द लिटिल वॉइस

जॉस शेल्डन

अनुवादः आयुषी शर्मा।

प्रथम प्रकाशन वर्ष 2016 में यूके में हुआ।

कवर डिज़ाइन: मारियाना इवानोवा।

संपादन: गिल एली एलन।

प्रूफरीडिंग: जॉन वर्बिकी।

अनुवाद: आयुषी शर्मा।

आपके लिए

सबसे विद्रोही काम जो आप कर सकते हैं वह है शिक्षित होना।

भूल जाओ उन्होंने आपको स्कूल में क्या सिखाया। शिक्षित हो जाओ।

मैं नियमों से खिलवाड़ करने को नहीं कह रहा। शिक्षित हो जाओ।

शिक्षित हो जाओ। शिक्षित हो जाओ।

उनकी गुलामी की ज़ंजीरें तोड़ो। शिक्षित हो जाओ।

भले ही आप फुटपाथ पर हो। शिक्षित हो जाओ।

क्या हथियार है आपका दिमाग। शिक्षित हो जाओ।

शिक्षित हो जाओ। शिक्षित हो जाओ।

अकाला

(एल्बम 'नॉलेज इज़ पावर' से)

एक

वह मेरा छठा जन्मदिन था जब उस छोटी-सी आवाज़ ने पहली बार मुझसे बात की थी।

प्रिय पाठक, कृपया यह जरूर समझें, की वो कोई निराकार छोटी आवाज़ नहीं थी। अरे नहीं! वह उस छोटे से जीव की आवाज़ थी जो मेरे मस्तिष्क के अंदर रहता था। लेकिन उस जीव ने, उस समय तक, कभी भी एक शब्द तक नहीं कहा था।

वह जीव मानव नहीं था। उससे कोसों दूर! हालाँकि इसकी आँखें मुझसे मिलती-जुलती थीं।

अगर ईमानदारी से कहूं तो, मैं यह ज़रूर स्वीकारूँगा की, मैं खुद भी ठीक तरह से नहीं जनता की वह क्या था। मैंने हमेशा बस उसे ' द एगोट' कह कर सम्बोधित किया है।

एगोट की त्वचा नरक की आग जितनी लाल थी, उसके बाल दोपहर के सूरज जितने उज्जवल, और उसका पेट किसी मोती जितना गोलाकार। उसके पैर झिल्लीदार थे, किसी एल्फ (परियों की कहानियों वाला बोना) की तरह कान और लचीले मुलायम पंजे। मुझे लगा था की वो पुरुष होगा, पर वो महिला भी हो सकती थी; यह बताना असंभव था।

मगर, उसके अजीब रूप के बावजूद, मैंने जब भी एगोट को देखा मुझे आरामदायक अनुभव हुआ। उसमे एक शक्तिशाली तरह का आकर्षण था, जिससे मुझे हमेशा सुकून मिला। वो अपनी चपटी टोपी को उठाकर, अपने एक नुकीले घुटने को मोड़कर, इस तरह से एक आँख मारता था की उसकी आँखों में चमक आ जाती थी। एगोट को देखने भर से ही मुझे अपने भीतर सुखद और भ्रमित अनुभव होता था।

एगोट जाना पहचाना था। वह मेरे दिमाग के प्रतिवेश का हिस्सा था। मेरा साथी। मेरा दोस्त।

लेकिन उसने कभी कुछ कहा नहीं था। जब तक मैं छह साल का हुआ तब तक तो नहीं।

मैं स्कूल में था जब यह हुआ, उस मेज़ पर बैठा था जिसपर मेरे साथ और पांच बच्चे बैठा करते थे। वह मोम सा फ़र्श सफ़ेद रोशनी से जगमगा रहा था। हवा में पेंसिल की कतरन की महक आ रही थी।

हमारी शिक्षिका, मिस. ब्राउन, उस पूर्व-निर्मित स्थान के सामने खड़ी थीं। वह चाक के छोटे से टुकड़े को एक उदासीन ब्लैक-बोर्ड के साथ घिस रही थीं।

"जैसे ही उन बहादुर खोजकर्ताओं ने उस दूर के देश में कदम रखा, उनके ऊपर एक

जंगली, बर्बर लोगों के समूह ने आक्रमण कर दिया," उन्होंने चाक की धूल के बादल के माध्यम से कक्षा को समझाया।

ओह! ओह! स्नॉटी मैकगिल चिल्लाई।

मुझे स्नॉटी मैकगिल पसंद थी। मुझे अपनी कक्षा के सभी बच्चे पसंद थे। मुझे लगता है की उस वक़्त, शायद हम सभी ने यह मान लिया था की हम बराबर हैं। की हम सब एक ही कश्ती में सवार हैं। हम वाकई में अपने अलग लिंग, वर्ग, या जाती के बारे में नहीं सोचते थे। हम बस एक बड़े परिवार की तरह साथ में मौजूद थे।

मुझे लगता है की स्नॉटी मैकगिल को वास्तव में साराह कहा जाता था, लेकिन हम उसे 'स्नॉटी' बुलाते थे क्योकि उसे हमेशा ज़ुखाम रहता था। ऐसा शायद ही कोई घंटा बीता होगा जब उसने न छींका हो, न अपनी नाक में ऊँगली डाली हो, या फिर अपनी नाक की पपड़ी लगी आस्तीन से अपनी नाक न पोंछी हो। लेकिन उसका रंग बहुत सुन्दर था। उस ज़ुखाम से जो गुलाबी चमक आती थी, वो उसे एक आभा की तरह घेर लेती थी। वह उस पर अच्छी लगती थी। वो हमेशा ही बहुत उत्साहित दिखती थी।

वैसे भी, जैसा की मैं कह रहा था, स्नॉटी मैकगिल अपने सिर के ऊपर अपना हाथ हिला रही थी।

"मिस.! मिस.!" उसने बुलाया। " ये 'जंगली' क्या होता है?"

मिस. ब्राउन हमारी ओर मुड़ी। उनके ऊपर हर तरफ चाक लगी हुई थी। उनके आस-पास भी हर चीज़ पर चाक लगी हुई थी। फ़र्श चाक के चूरे से ढँका हुआ था और फ़र्श से जुड़ी दीवार में लगी लकड़ी की पट्टी भी चाक की राख से सनी हुई थी। चाक का पाउडर मिस. ब्राउन के घने बालों में चमक रहा था। उनकी उँगलियाँ भी इससे ढँकी हुई थीं।

"ठीक है", उन्होंने कहा। "एक जंगली व्यक्ति के पास इंसान का शरीर होता है, लेकिन उसका शिष्टाचार नहीं। एक जंगली व्यक्ति किसी जानवर की तरह होता है। वो न कपड़े पहनता है, न किसी घर में रहता है, न पढ़ता है और ना ही काम करता है। वह अपनी खाने, पीने और प्रजनन करने की मूल इच्छओं का अनुसरण करता है। पर उसके पास बुद्धि नहीं होती है। उसकी कोई महत्वाकांक्षा नहीं होती है। वह बदबूदार, बालों वाला, और भद्दा होता है। वह जीवित रहने के लिए कम से कम कार्य करता है। और वह अपना ज़्यादातर वक़्त सोते या खेलते हुए बिता देता है।"

स्नॉटी मैकगिल बेहद डरी हुई लग रही थी। स्टेसी फेयरक्लॉ, सुस्त सैंपसन और गेविन गिलिस कि तरह। गलफुल्ला स्मिथ तो ऐसा लग रहा था जैसे वह लड़ाई शुरू करने वाला है। ज़्यादातर क्लास हक्की-बक्की लग रही थी। लेकिन मैं प्रेरित हुआ।

'उन्हें स्कूल जाने की ज़रुरत नहीं है!' मैंने ईर्ष्या और साज़िश के साथ सोचा। 'वे

अपना सारा वक़्त खेलते हुए बिताते हैं! वे जब तक चाहे तब तक सोते हैं!'

ऐसा लगा जैसे मैं अचानक किसी अतिमानव की प्रजाति से टकरा गया। मुझे, वो जंगली लोग, देवताओं की तरह प्रतीत हो रहे थे। मुझे एक बार में पता चल गया की मुझे भी इनमें से एक बनना है। मैं अपनी ज़िंदगी में किसी भी चीज़ को लेकर इतना निश्चित नहीं था।

एगोट शरारत-भरे अंदाज़ में मुस्कुराया। उसने अपने एक गलमुच्छे को उसके कंकालीय पंजों के बीच घुमाया, और अपने एक झिल्लीदार पैर को थपकाया।

मिस. ब्राउन ने जारी रखा:

"जब खोजकर्ताओं ने किनारे पर कदम रखा, तब जंगलियों का एक समूह दौड़ता हुआ उनकी तरफ़ आया; वानरों जैसे पेड़ो से झूलते हुए, बंदरों जैसे अपनी छाती पीटते हुए, और गधों की तरह चिल्लाते हुए। उन्होंने पक्षियों की तरह झुंड बनाया और बेलगाम जंगली जानवरों की तरह धुल में भगदड़ मचा दी।"

यही वो वक़्त था जब एगोट ने पहली बार कुछ कहा।

वह मेरी नाक के ठीक पीछे, मेरी खोपड़ी के अंदर की ओर टिका, और अपने दुबले-पतले पैर जोड़कर बैठ गया। और फिर उसने बात करना शुरू किया:

"अगर तुम एक जंगली बनना चाहते हो, तो तुम्हें शायद एक जंगली की तरह बर्ताव करना चाहिए। पता है, तुम्हें भी किसी जंगली जानवर की तरह भगदड़ मचानी चाहिए। शायद किसी बन्दर की तरह अपनी छाती पीटों। या फिर शायद तुम एक गधे की तरह चीख़ना चाहो। हाँ, हाँ।"

एगोट की आवाज़, किसी वर्णन से बहुत... बहुत... बहुत... बहुत परे है। इतनी पतली। इतनी सुकून भरी। इतनी विचित्र। इतनी विलक्षण। और बहुत, बहुत शांत।

एगोट यादृच्छिक शब्दों पर ज़ोर दे रहा था, ऐसे जैसे की वो उनके अस्तित्व के बारे में जानकर हैरान हो। वह अपने शब्दों को पी रहा था, जैसे कोई फ्रांसीसी एक भ्रमित वाइन के प्याले पर कुछ विचार कर रहा हो। और वो यादृच्छिक अक्षरों को ऐसे खींच रहा था, जैसे वो उन्हें जाता हुआ देख दुःखी हो।

एगोट की आवाज़ में कोई राग था। वह कविता के रूप में ज़्यादा कुछ नहीं बोलता था, जैसे शरद ऋतु की ठंडी रात में शेक्सपियर के किसी अभिनेता की तरह।

लेकिन एगोट शांत था। उसकी आवाज़ इतनी छोटी-सी आवाज़ थी। मेरे सिर के अंदर एक छोटी-सी आवाज़। उस छोटी-सी आवाज़ ने मुझे गूंगा बना दिया।

एगोट अपने होंठों को हिला रहा था, किसी ध्यान-मग्न दार्शनिक की तरह, और मेरे जवाब का इंतज़ार कर रहा था। लेकिन मैं तो पक्षाघात झटके की स्थिति में था। मैं अगर

चाहूँ तो भी जवाब नहीं दे सकता था। तो एगोट अपने हाथ बांध कर खड़ा हुआ, एक दिखावटी अपराध की मुद्रा में, और फिर उसने आगे कहा:

"मैं तुम्हें सिर्फ वही बता रहा हूँ जो तुम सुनना चाहते हो" उसने धीमी कोमल आवाज़ में कहा। उसने 'बता रहा हूँ' इस शब्द को इतना घूमा कर बोला की 'रहा हूँ' पांच बार गूंजा; 'बता-आ-रहा-रहा-रहा-रहा-रहा-हूँ'।

"तुम वास्तव में सभ्यता के बोझ तले नहीं मरना चाहते। नहीं, नहीं। तुम एक जंगली बनना चाहते हो। मुझे लगता है की तुम मेज़ों के बीच में कूदना चाहते हो, जैसे एक बन्दर पेड़ों के बीच में झूलता है। अगर तुम्हें लगा की तुम इसमें सफ़ल हो सकते हो, और कोई भी तुम्हारे बारे में कोई राय कायम नहीं कर रहा है, तो तुम दो बार नहीं सोचेंगे।"

वह स्पष्टता का क्षण था। उज्ज्वल सफ़ेद, मिलावट रहित स्पष्टता। शांत। वक़्त और दुनिया के परे।

कृपया मुझे समझाने की इजाज़त दें:

मैं ताओ धर्म के संस्थापक, प्राचीन चीनी दार्शनिक लाओ त्ज़ू का बहुत बड़ा प्रशंसक हूँ। वह एक दुबले-पतले वृद्ध सज्जन थे। उनके बाल शुद्ध बर्फ़ की तरह सफ़ेद और उनकी आँखें पृथ्वी पर मौजूद किसी भी महासागर से ज़्यादा गहरी थीं।

लाओ त्ज़ू ने एक बार कहा था कि 'दूसरों को जानना बुद्धिमत्ता है। खुद को जानना ज्ञान है'।

प्रिय पाठक, मुझे बिलकुल ऐसा ही महसूस हुआ! उस क्षण में, मुझे लगा की मैं खुद को 'जनता' हूँ। उस क्षण, मुझे अनुभव हुआ की मैं 'जागरूक' हूँ।

सब कुछ स्पष्ट हो गया था। यह साफ़ था की मैं एक पिंजरे में रह रहा था। यह स्पष्ट था की आज़ादी मेरी थी जिसे मैं ले सकता था। यह स्पष्ट था की मुझे क्या करना है। एगोट मेरी स्पष्टता थी। सब कुछ स्पष्ट था।

मुझे पारलौकिकता का अनुभव याद है, जैसे की मैंने भौतिक क्षेत्र से बाहर कदम रख दिया था। मेरे पैरों ने मेरे शरीर को उठाया, मेरा धड़ उठ कर खड़ा हो गया, और मेरी आत्मा सीधी खड़ी थी। मेरा शरीर मेरे नियंत्रण से दूर चला गया।

मैंने उसे आज़ाद होते देखा। जिस तरह वो हमारी साँझा की हुई मेज़ पर उछला। जिस तरह उसने एक बहादुर बन्दर की तरह अपनी छाती चौड़ी करी। और जिस तरह उसने किसी साहसी सुपर-हीरो की तरह अपना सीना फुलाया।

बीथोवन की नौवीं स्वर-समता का हल्का-हल्का स्वर मेरे कानों में बजने लगा। वायलिन के कोमल तारों ने उस नृत्य-नाटक (ballet) की मधुर पृष्टभूमि तैयार की जिसका मंच पर खुलासा हो रहा था। मेरे शरीर ने मेरे एक पैर को घुमाया। सफ़ेद कागज़

मेरे पैरों की नीचे की सतह पर उठ आये और किसी अशांत समुद्र के झाग की तरह मेरी पिंडलियों के चारों ओर फैल गए।

मुझे एक सर्व-सम्मिलित आनंद की लहर की तरह अनुभव हुआ।

मेरा एक पैर मेरे शरीर के आगे उठा, एक तीक्ष्ण तीर बनाते हुए, जो साथ रखी मेज़ की तरफ बाहर इशारा कर रहा था। मैंने उस अवस्था को सम्पूर्णतः स्थिर रखा, जबकि अपनी ठुड्डी को गर्वान्वित लावण्य के साथ ऊपर उठाया। फिर मैंने एक फुदकते हुए हिरन की तरह छलांग लगायी, धीमी गति से, एक पैर आगे की ओर व दूसरा पीछे की तरफ़ फेंकते हुए।

बीथोवन की नौवीं स्वर-समता, जिस तरह उपकरणों के माध्यम से हलके कोमल स्वर में बाहर निकल रही थी, बहुत शानदार लग रही थी। वाइला (viola), वाइलिन (violin) के साथ शामिल हुआ और चेलो (cello) ने उन वाइलों का साथ देना शुरू किया। डबल-बेस (double bass) की गुंजन शुरू हुई और बांसुरियों ने सीटी बजाना शुरू कर दी।

मैं अपने दोनों पैरों के साथ ज़मीन पर आया; आकाश के किसी फ़रिश्ते की तरह; समुद्र के किसी राक्षस की तरह।

मेरा मन एक अनंत महासागर के ऊपर तैर रहा था।

मेरे पैर असीम हवा में उछले। वे मेज़-दर-मेज़ बढ़ती हुई रफ़्तार से दौड़ने लगे; गति प्राप्त करते हुए, ऊंचाई प्राप्त करते हुए। मैं अपने अंदर मौजूद वानर की आत्मा को देख सकता था। मैं अपने खुले हुए मुँह से निकलती हुई बंदर की आवाज़ों को सुन सकता था।

बीथोवन की नौवीं स्वर-समता को मैं उसके पहले चढ़ाव पर पहुँचता सुन सकता था, जैसे ही पीतल के भाग ने युद्ध का सिंहनाद शुरू कर दिया। बांसुरियां और क्लैरिनेट (clarinets) एक हो गए। बसून (bassoons) कोलाहल मचाने लगे। ट्रम्पेट और हॉर्न अनियंत्रित हर्ष के साथ शोर मचाने लगे।

मैं ऐसे चीख़ा जैसे यौन चरमोत्कर्ष के क्षण में कोई गधा चीख़ता है।

मेरे फेफड़े शुद्ध भावना से भर गए।

मैं अपने चारों हाथ पैरों पर उतरा, किसी जंगली सांड की तरह दीखता हुआ। मेरे कंधे मेरी पीठ से बाहर निकल रहे थे और मेरी आँखों और कानों के बीच का हिस्सा सींग जैसे तना हुआ था।

मैं एक विशाल मेंढक की तरह उछला। और मैंने बेलगाम जंगली जानवरों के झुण्ड की तरह मेज़ों के बीच में उपद्रव मचा दिया; अपने मार्ग में उलटी पड़ी हुई कुर्सियों, घूमे हुए बच्चों, और कई तरह के कचरे का निशान छोड़ते हुए।

बीथोवन की नौवीं स्वर-समता ने बन्धक-मुक्ति, प्रतिष्ठा और आज़ादी की मांग की। वह एक ज़ोरदार पुकार थी। वह एक रोष से भरी हुई चीख़ थी।

"यू! यू! यू!" मिस ब्राउन चिल्लायी। "यू! यू! यू!"

मिस ब्राउन तब से चिल्ला रहीं हैं जब से मैं खड़ा हुआ था। पर मैं अगल ही विमान में सवार था। मैंने एक शब्द नहीं सुना।

मेरी शिक्षिका की आवाज़ ने मेरा घमंड तोड़ दिया, मेरे उत्साह को चकनाचूर कर दिया, और मुझे मेरे अभिमान के बिखरे हुए टुकड़ों के बीच ले जाकर फेंक दिया।

मेरे बाएं ओर; एक छोटा कैलकुलेटर जिसमे से काली स्याही बह रही थी, एक टूटी हुई मेज़ जो किसी शांत व्यसनी की तरह आगे-पीछे हिल रही थी, और एक गमले का पौधा जो विनाइल के फ़र्श पर हर तरफ़ मिट्टी के टुकड़े उगल रहा था। मेरे दाएं ओर: अलीशा अली जो अपनी कॉलर में रो रही थी, टीना थॉम्पसन जो अपने पैर को रगड़ रही थी, और गलफुल्ला स्मिथ अपना पेट पकडे हुए था।

"यू! यू! यू!" मिस ब्राउन चिल्लायी।

(वैसे मुझे यू कहते हैं। मुझे लगता है शायद मैं यह बताना भूल गया।)

"यू! तुम्हें क्या लगता है तुम क्या कर रहे हो? तुम्हारे अंदर क्या घुस गया है? मैं, मैं, मैं..."

मिस ब्राउन का अपने शब्दों से दम घुटने लगा, उन्होंने अपने हाथ को अपने गले पर रखा, थोड़ी चाक की धुल को खांस कर निकला, और फिर निष्क्रिय हवा का एक गन्दा हिस्सा निकल लिया।

उन्होंने अपना सिर हिलाया।

"तुम आमतौर पर कितने अच्छे बच्चे होते हो!"

उन्होंने साँस छोड़ी।

"मैंने कभी भी ऐसा कुछ नहीं देखा है। तुम्हारे अंदर जो भी घुस गया था। इस जगह को देखो! बस इस जगह को देखो। मैं... मैं... मैं इस पर विश्वास नहीं कर सकती! अरे बाप रे।"

मैंने चारों तरफ़ देखा।

मेरी आज़ादी के मलबे ने मेरी सूखी आँखों पर आक्रमण कर दिया। मेरी मुक्ति का कलंक मेरी मैली नसों द्वारा प्लावित हो गया। और मेरा महान शरीर रेगिस्तान के आंसुओं के लिए गर्म पात्र बन गया।

"मैं नाराज़ नहीं हूँ।" मिस ब्राउन ने कहा। "मैं बस निराश हूँ।"

वो मुझे चुभा। बहुत ज़्यादा चुभा।

मुझे मिस ब्राउन पसंद थीं। वह बहुत ही प्यारी इंसान थी। वह अच्छी थीं। इसलिए उनकी निराशा मुझे चीरते हुए निकल गयी।

वह एक भरी-भरकम निराशा थी; जिसका बोझ अपेक्षाओं और मेरी स्थिति की गंभीरता से बढ़ गया। और वह एक प्रबल तरह की निराशा थी। उसने मुझे ज़मीन पर ला पटका।

मेरी दुनिया उलट गई। अज्ञान ने प्रतिज्ञान की जगह ले ली। उजाले को अन्धकार ने प्रतिस्थापित कर दिया। हास्य की जगह मूर्खता ने ले ली।

मेरे उत्साह को प्राणघातक घबराहट ने मुझसे छीन लिया, जिसने मुझे हर तरफ़ से हिला रख दिया और मुझे अंदर तक सिहरने को मजबूर कर दिया। बीथोवन की नौवीं स्वर-समता मेरे निरंतर तेज़ी से धड़क रहे दिल के शोर द्वारा बाहर निकल गयी। मैं अपने अस्तित्व के केंद्र में मौजूद एक काले-छेद में खींच लिया गया था; अपनी शिक्षिका की निराशा से स्तब्ध और स्वयं के डर की भावना के कारण स्तम्भित। मुझे फंसा हुआ, छोटा और नीचा महसूस हुआ।

"निराश," मिस ब्राउन ने दोहराया। "यू! तुम इस तरह से व्यवहार नहीं कर सकते। समाज तुमसे ऐसा करने की अपेक्षा नहीं रखता।"

मिस ब्राउन ने अपना सिर हिलाया, जिसकी वजह से चाक की धुल हवा में उड़ने लगी। वह सफ़ेद-उज्ज्वल रोशनी में दमकने लगी। वह चमचमाई।

मिस ब्राउन ने अस्वीकृति दर्शाई।

फिर उन्होंने मुझे हेड-मास्टर से मिलने भेज दिया।

दो

मुझे हेड-मास्टर का ऑफिस कभी पसंद नहीं आया। ऐसा लगता था जैसे वहां एक हिंसक तरह की निष्पक्षता का कब्ज़ा है। मुझे यकीन था की उसकी नाज़ुक दीवारें और नम्र कुर्सियां मुझ पर अपनी सौम्यता से आक्रमण करना चाहती हैं।

मेरे लिए, प्रिय पाठक, वह जगह शुद्धि के स्थान की तरह थी; न अच्छी न बुरी; लेकिन महान पुरस्कार या उससे भी अधिक महान दंड पाने का प्रवेश द्वार थी।

किसी भी प्रकार के शुद्धि-गृह की तरह, वास्तविक या काल्पनिक, यह इंतज़ार था जिसने आपको परेशान किया। मुझे वहाँ एक घंटे से भी ज़्यादा बैठना पड़ा; गिदोन इंटरनेशनल बाईबल के संस्करण के चिकने पन्नों पर अपने अंगूठों को फिराते और उसे उलट-पुलट करते हुए। मिस्टर ग्रन्ट, हमारे हेड-मास्टर, मुझसे सीधे मिल सकते थे, लेकिन उन्होंने ऐसा न करने का फ़ैसला लिया।

"आओ यू," उन्होंने आख़िरकार कहा। "हम तुम्हें पूरा दिन इस तरह यहाँ बैठा कर नहीं रख सकते। बोलो बेटा! मुझे बताओ तुम यहाँ क्यों हो। क्या तुम्हें नहीं दिख रहा की मैं व्यस्त हूँ?"

मिस्टर ग्रन्ट ने मेरी आँखों में देखा।

एगोट ने अपनी आँखें घुमाई।

मैं सीधा खड़ा हो गया। मेरे दांत इतने किटकिटा रहे थे की मैं कुछ बोल सकूँ उससे पहले मुझे अपने मुँह को जबरदस्ती खोलना पड़ा:

"मिस ब्राउन ने मुझे भेजा है, सर," मैंने धीरे से फुसफुसाते हुए कहा।

"हाँ, बेशक उन्होंने भेजा है। और क्या मैं पूछ सकता हूँ, मिस ब्राउन ने तुम्हें यहाँ क्यों भेजा है?"

"क्योकि मैंने जंगलियों की तरह बर्ताव किया, सर। मैं एक बन्दर की तरह मेज़ों के बीच उछला। और मैंने किसी बेलगाम जंगली जानवर की तरह भगदड़ मचा दी।"

"यू! यूई शॉडकिन!" मिस्टर ग्रन्ट ने गहरी सांस ली। वह गुस्से से ज़्यादा आश्चर्यचकित लग रहे थे। "तुम ऐसा क्यों करोगे? अरे रे! हम ऐसे बर्ताव नहीं करते हैं। क्या हो गया है तुम्हें? तुम आमतौर पर कितने अच्छे बच्चे होते हो।"

मैंने नीचे अपने पैरों की तरफ देखा।

"मेरे दिमाग के अंदर रहने वाले जीव ने सुझाव दिया की मैं ऐसा करूँ," मैंने नमूने के तौर पर पेश किया। "वह बहुत विश्वासप्रद था।"

एगोट ने किसी संत की तरह सिर हिलाया और अपनी ठोड़ी पर अपनी उँगलियाँ

रखीं। ऐसा लग रहा जैसे वो परिस्थिति का अध्ययन कर रहा है; बाद में इस्तेमाल करने के लिए सबूत जुटा रहा है। पर उसने एक शब्द तक नहीं कहा।

मिस्टर ग्रन्ट चकित लग रहे थे। उन्होंने इतनी तिरछी नज़रों से देखा कि उनकी पतली भौहों का विलय हो गया। वह किसी पतली झाड़ी कि तरह लग रहीं थी।

ऐसा लग रहा था जैसे मिस्टर ग्रन्ट को पता ही नहीं है की वो क्या कहें। उन्होंने बस अपनी उँगलियों को अपनी मेज़ पर थपथपाया। फिर उन्होंने एक वर्णनातीत प्लास्टिक कि खिड़की से बाहर देखा।

"तुम्हें ऐसा लगता है की एक छोटा-सा जीव तुम्हारे दिमाग में रहता है?" अंततः उन्होंने पूछा। "और वो जीव तुम्हें बताता है की क्या करना है?"

"नहीं सर," मैंने उत्तर दिया। "वह आमतौर पर मुझे नहीं बताता की क्या करना है। उसने पहले कभी कुछ नहीं कहा।"

"लेकिन तुम्हेंं इतना यकीन ज़रूर है की तुम्हारे दिमाग के अंदर एक जीव रहता है?"

"हाँ, बिलकुल। वह हमेशा से वहां रहता है।"

"और उस जीव ने तुम्हेंं जंगलियों की तरह सब जगह दौड़ने-भागने को कहा था?"

"वैसे, उसने मुझे इतना कुछ 'कहा' नहीं था सर। उसने बस एक तरह से सुझाव दिया था। उसने एक तरह से मुझे मना लिया था की मैं वास्तव में यही करना चाहता हूँ।"

मिस्टर ग्रन्ट की आँखे मिश्रित भावनाओं के पारदर्शी गोले बन गयीं थी। साज़िश, भ्रम और दहशत से भरी हुई; विचार, विमर्श और संकट।

उन्होंने मेरी नज़रों से बचने के लिए निचे अपनी मेज़ की ओर देखा। और फिर उन्होंने रीसाइकल्ड कागज़ के कोरे पैड पर कुछ अस्पष्ट लिखा।

उनके शरीर का बायां हिस्सा घबराया हुआ था।

उनकी नाक से एक बाल गिर गया।

"हाँ, तो, अम्म्म," उन्होंने कहा।

मैंने सिर हिलाया।

एगोट ने सिर हिलाया।

एक कीड़े ने सिर हिलाया।

"तो, प्यारे बच्चे, मुझे लगता है की हमे तुम्हेंं कुछ मदद दिलाने की ज़रुरत है। तुम किसी भी चीज़ की फ़िक्र मत करों। हम तुम्हारा अच्छी तरह से ख्याल रखेंगे! हम तुम्हारी तरफ हैं!"

तीन

मेरी माँ ने मुझे स्कूल छोड़ते वक़्त मेरे गाल पर चूमा था। वह हमेशा मुझे स्कूल छोड़ते वक़्त मेरे गाल पर चूमती थीं। वह हमेशा मुझे गले लगाती थीं। और वह हमेशा कहती थी:

"एक अच्छे बच्चे बन कर रहना, मेरे फ़रिश्ते। ऐसा कुछ मत करना जो मैं नहीं करती!"

मैंने उनकी ओर देखा। कन्धों के उन पैड की ओर जिसके सहारे उनकी शाल टिकी हुई थी, वो जिगर के पीले दाग जिसने उनके हाथों को घेर रखा था, और उनकी वो आँखें जो बहुत ही सच्ची थी। बहुत ईमानदार। बहुत प्यार करने वाली।

मैं मुस्कुराया। और नर्स के कमरे की ओर चला गया, जहाँ मैंने भयानक शांति की स्थिति में इंतज़ार किया।

रोगाणुरोधक की गंध ने मेरी नाक जला दी और मेरे सिर को सनसना कर रख दिया। नर्स के कमरे में यह बात तो थी; आप वहां ठीक होने जाते हो, लेकिन अक्सर वहां आपको और भी बुरा महसूस होता है। वह बंजर था। वह बहुत चमक रहा था। वह आरामदायक महसूस करने के लिए कुछ ज़्यादा ही साफ़ था।

डॉ. सईद अंदर आयी, एक दुबली-पतली कुर्सी पर बैठी, और फिर उन्होंने शुरू किया:

"हम एक खेल खेलने जा रहे हैं," उन्होंने कहा। "इसे 'शब्द संगती' कहते हैं। मैं एक शब्द कहूंगी, और मैं चाहूंगी की तुम उत्तर के रूप में वो शब्द कहो जो सबसे पहले तुम्हारे दिमाग में आता है।"

"तुम समझ गए?"

मैंने सिर हिलाया।

"ठीक है, तो इसे शुरू करते हैं..."

डॉ. सईद एक असली डॉक्टर जैसे नहीं लग रही थी। उन्होंने शक्ति और दया का वो मिश्रण नहीं ओढ़ा हुआ था जो जाल की तरह ज़्यादातर डॉक्टरों के इर्द-गिर्द लटका होता है। और उन्होंने परिश्रावक (stethoscope) भी नहीं पहना था। उन्होंने कोई परिक्षण भी नहीं किया। उन्होंने बस बातें की और खेल खेले। पर मुझे इससे कोई परेशानी नहीं थी। उन खेलों ने मुझे अपनी गणित की कक्षा से बाहर रखा!

"आइस-" उन्होंने किसी विवेकी शिक्षक की तरह चेहरे पर ईमानदारी के भाव के साथ कहा।

"क्रीम," मैंने उत्तर दिया।

"राक्षस-"

"डरावने"

"वास्तविक-"

"मैं"

"विश्वास दिलाना-"

"कार्टून"

"शेर-"

"दहाड़ !!!"

"जंगली-"

"आज़ाद"

"सेब-"

"संतरा"

"तथ्य-"

"शिक्षा"

"कल्पना-"

"कार्टून"

"छोटे जीव-"

"कार्टून!"

जैसे-जैसे हम खेल रहे थे, डॉ. सईद ने एक प्रपत्र (form) भर दिया; बक्सों में क्रॉस का चिह्न लगाते और अव्यवस्थित तरीके से अस्पष्ट टिप्पणियां लिखते हुए।

वह रुकी। और फिर उन्होंने बहुत छोटे से पल के लिए ऊपर मेरी ओर देखा। उनका चेहरा पूर्णतः निष्ठावान लग रहा था। गंभीर। रिक्त।

फिर वह नरम पड़ा। ऐसा लग रहा था जैसे डॉ. सईद मुस्कुराने वाली हैं। पर उन्होंने उस तीव्र इच्छा का विरोध किया और अपने चेहरे का निष्पक्षीय भाव बनाये रखा।

"ठीक है," उन्होंने कहा। "मैं तुम्हें कुछ तस्वीरें दिखाने वाली हूँ। मैं चाहती हूँ कि तुम्हें जो दिख रहा है वो तुम मुझे बताओ।"

मैंने हाँ में सिर हिलाया।

एगोट ने भौहें सिकोड़ी। उसका लाल माथा, गहरे भूरे रंग का और मैगनोलिया की तरह हो गया था। वह बहुत की गहरे चिंतन की स्थिति में लग रहा था; डॉ. सईद के बारे में राय कायम करते हुए। पर उसने एक शब्द भी नहीं कहा। वह बस मेरे दिमाग की मोटर स्ट्रिप की गलियों को तेज़ी से ऊपर-नीचे करता रहा; अपने सिर को हिलाते हुए और मूछों

को घुमाते हुए।

डॉ. सईद ने ए4 आकर के पत्तों का एक ढेर अपनी गोद में रखा और पहला पत्ता मेरी तरफ घुमाया। उसमे एक बिल्ली और कुत्ते का चित्र था, और दोनों एक ही गेंद का पीछा कर रहे थे।

मैंने डॉ. सईद की तरफ वापस देखा।

"तुम्हें क्या दिख रहा है?" उन्होंने मुझे हलके से कोहनी मरते हुए पूछा।

"एक तस्वीर," मैंने जवाब दिया।

"हाँ। जारी रखो..."

"मुझे एक तस्वीर दिख रही है।"

"तस्वीर में क्या है?"

"एक बिल्ली और एक कुत्ता।"

"और वो क्या कर रहे हैं?"

"एक गेंद का पीछा कर रहे हैं।"

"इससे तुम्हें कैसा महसूस होता है?"

"हाँ?"

"इस तस्वीर को देख कर तुम्हें क्या महसूस होता है?"

"मुझे कुछ महसूस नहीं होता।"

"कुछ भी नहीं?"

"नहीं। यह बेवकूफ़ी है। बिल्लियां गेंदों के पीछे नहीं भागती।"

डॉ. सईद ने सिर हिलाया। वह अपने पत्ते घुमाती गयी, उन सभी में यादृच्छिक दृश्य चित्रित थे। और उन्होंने अपने यादृच्छिक सवाल पूछना जारी रखा।

फिर वह एक युवा लड़के की तस्वीर पर आयीं। उसके एक कंधे पर एक छोटा सा फरिश्ता खड़ा था और दूसरे पर एक राक्षस।

मैंने डॉ. सईद की ओर फिर से देखा।

"तुम्हें क्या दिख रहा है?" उन्होंने पूछा।

"एक लड़का जिसके कन्धों पर एक फरिश्ता और एक राक्षस हैं।"

"इसका क्या मतलब है?"

"मतलब?"

"इसमें क्या सन्देश है?"

"यह एक तस्वीर है।"

"लेकिन यह तस्वीर कहना क्या चाहती है?"

मैं हँस दिया। यह वो वाली हँसी थी जो कभी-कभी बिन बुलाये ही आ जाती है। वह एक लड़कियों वाली हँसी थी; कान फाड़ देने वाली और निरुत्साह से भरी विचित्र। वह शर्मनाक थी। तो मैंने जितना जल्दी हो सके उसे अंदर निगल लिया। और फिर मैंने एक अभिमानी आवाज़ में डॉ. को उत्तर दिया:

"तस्वीरें नहीं बोलती," मैंने कहा। "तस्वीरें कुछ भी नहीं बोलती।"

एगोट मुस्कुराया।

डॉ. सईद ने भौहें सिकोड़ीं।

"तुम्हें क्या लगता है, इस लड़के के कंधे पर फरिश्ता क्यों है?" उन्होंने पूछा।

"शायद वह गुम हो गया है," मैंने जवाब दिया।

"गुम हो गया?"

"हाँ, फ़रिश्ते स्वर्ग में रहते हैं। और वो स्वर्ग नहीं- वहां एक राक्षस है। आपको स्वर्ग में राक्षस नहीं मिलते।"

ब्लीच की घृणास्पद गंध, विसंक्रमित हवा के माध्यम से फ़ैल गयी।

"क्या तुम्हें लगता है की वो फरिश्ता शायद उस लड़के से बात करने आया है?"

"हैं?"

"फरिश्ता और राक्षस दोनों लड़के के साथ खड़े हैं। आमतौर पर, जब लोग साथ में खड़े होते हैं, तो वे बात करते हैं। क्या तुम्हें लगता है की शायद इस तस्वीर के किरदार आपस में बात करेंगे?"

"मुझे नहीं पता।"

"तुम्हें नहीं पता?"

"शायद। मुझे ऐसा दिख तो नहीं रहा, पर मुझे लगता है ऐसा हो सकता है।"

डॉ. सईद ने सारे पत्ते अपनी गोद में वापस रख लिए।

"फरिश्तों और राक्षसों ने क्या कभी तुमसे बात की है?" उन्होंने पूछा।

उन्होंने अपना सिर झुकाया और मेरी आँखों में देखा।

"नहीं." मैंने उत्तर दिया। "मैंने पहले कभी भी एक फरिश्ता या एक राक्षस नहीं देखा है। असल ज़िंदगी में तो नहीं।"

डॉ. सईद ने एक गहरी सांस ली।

"यू," उन्होंने कहा। "पिछले हफ्ते तुमने मिस्टर ग्रन्ट को कहा था की एक राक्षस ने तुम्हें अपनी कक्षा को तबाह करने को कहा है। क्या ये सही है?"

"नहीं," मैंने जवाब दिया। "मैंने ये नहीं कहा। ऐसा नहीं हुआ था।"

मैं मानता हूँ जो मैंने कहा था। मेरे लिए, एगोट एक 'राक्षस' नहीं था। वह एक दोस्त

था। और उसने मुझे कक्षा को तबाह करने को नहीं 'कहा' था। उसने मुझे एक जंगली की तरह बर्ताव करने का सुझाव दिया था। इसमें अंतर है। एक बड़ा, बहुत बड़ा अंतर है।

"यूं?'

"हाँ।"

"क्या तुम सच कह रहे हो?"

"जी मिस.।"

"तो तुमने अपने हेड-मास्टर से नहीं कहा की तुमने अपने सिर के अंदर एक आवाज़ सुनी है?"

"हाँ, मैंने उन्हें यह कहा था।"

"और वो आवाज़ एक राक्षस की थी?"

"नहीं, एक राक्षस नहीं।"

"वह आवाज़ कहाँ से आयी थी?"

"एक जीव से।"

"किस तरह का जीव?"

"एक अजीब-सा जीव। लेकिन अच्छा वाला।"

"और यह जीव, इसने तुमसे बात की?"

"हाँ।"

"और वो तुम्हारे सिर के अंदर रहता है?"

डॉ. सईद के सवाल मुझे बैचेन कर रहे थे। मुझे लग रहा था जैसे मुझसे पूछताछ हो रही है, अदालत के किसी मुलज़िम की तरह। मैं कठघरे में था और डॉ. सईद मेरी प्रासीक्यूटर थीं। फांसी का फंदा इंतज़ार कर रहा था। अस्पष्ट शब्द फ़ैसले को घूमा सकते हैं।

मैंने एक शब्द भी नहीं कहा।

डॉ. सईद एक इंच भी नहीं हिलीं।

एगोट मेरे दिमाग के गलियारे से कूदा, एक पट्टे से नीचे फिसला, और अपने पीले उज्ज्वल बालों से अपने पतले पंजों को भगाया। आखिरकार ऐसा लगा की वो बात करने को तैयार है।

"अच्छा, हेलो!" उसने अपनी धीमी आवाज़ में कहा; 'अच्छा' कहने के लिए पूरे 5 सेकंड लेते हुए, और 'हेलो' शब्द को गुंजाते हुए। "अगर तुम यहाँ से बहार निकलना चाहते हो तो तुम्हें शायद मेरे अस्तित्व को नकार देना चाहिए। शायद अच्छी डॉक्टर को कह दो की तुमने मेरा आविष्कार किया है। मुझे उम्मीद है की अगर तुमने उन्हें सच बताया तो

वे तुम्हें पागल समझेंगे। और वे पागल लोगों के साथ भयानक चीज़ें करते हैं। नहीं, मुझे नहीं लगता की तुम ऐसा चाहते हो। नहीं, नहीं।"

मुझे सच बताना चाहिए था। अच्छे बच्चे यही करते हैं।

"भयानक, भयानक चीज़ें," एगोट ने दोहराया।

उसने अपने पेट को उछाला जैसे वो एक गेंद हो।

"वे पागल लोगों को स्ट्रैट जैकेट में, मोटी कोठरी के अंदर रखते हैं। वे उन्हें दलिया खिलाते हैं। चिपचिपा, भूरा दलिया। और कुछ नहीं, सिर्फ दलिया। और वे उन्हें हर रोज़ बिजली के झटके देते हैं।

भयानक, भयानक चीज़ें। नहीं, तुम यह नहीं चाहोगे।"

एगोट फिर से मेरे दिमाग के अंदर घुस गया, एक बीनबैग में किसी बिल्ली की तरह, और अपने पंजों से एक चिकन का टुकड़ा निकला।

"मैं तुम्हें सिर्फ वही बता रहा हूँ जो तुम सुनना चाहते हो," उसने बिना ऊपर देखे कहा। "तुम इससे बाहर निकल सकते हो। तुम उन भयानक चीज़ों से बच सकते हो।"

डॉ. सईद ने अपना गला साफ़ किया।

"और वो तुम्हारे सिर के अंदर रहता है?" उन्होंने दोहराया।

मैंने नीचे अपने पैरों की ओर देखा।

"नहीं मिस." मैंने जवाब दिया।

"वह जीव कहाँ रहता है?"

"कोई जीव नहीं है, मिस.।"

मैं प्रभाव के लिए रुका।

"मैंने यह मनगढ़ंत जीव बनाया है मिस, मुझे माफ़ कर दीजिये।"

मेरे शरीर को पता नहीं था की किस तरह प्रतिक्रिया दे। मेरा दिल मेरे अंदर के कलपुर्ज़ों को ज़ोर-ज़ोर से मार रहा था; 'बूम! स्मैश! बूम, बूम, स्मैश!' मेरा पेट कांपा। मेरी छाती हिल गयी।

मुझे कमज़ोरी अनुभव हुई। मुझे अस्वस्थ महसूस हुआ।

"वाकई यू?"

"जी मिस, वाकई। मैं अपने कार्यों की ज़िम्मेदारी नहीं लेना चाहता था। मैंने इतनी बदमाशी की थी। मैं शर्मिंदा हूँ।"

डॉ. सईद वहाँ मौन बैठी थी; मुझे अपनी उन ईमानदार आँखों और उस निष्पक्ष चेहरे के साथ एकटक देखते हुए।

मैं भी चुप था।

जैसा की लाओ त्ज़ू ने कहा है; 'मौन एक महान शक्ति का स्रोत है'।

मैं 'महान शक्ति' का प्रदर्शन करना चाहता था।

और, अंत में, इसने काम किया। डॉ. सईद ने मुझसे पहले अपनी चुप्पी तोड़ दी:

"क्या तुमने कभी आवाज़ें सुनी हैं?" उन्होंने कई मिनटों के गुज़र जाने के बाद मुझसे पूछा। "क्या तुमने कभी अपने सिर के अंदर आवाज़ें सुनी हैं?"

"कभी नहीं," मैंने झूठ बोला। "एक बार भी नहीं।"

चार

मुझे हर हफ़्ते डॉ. सईद से मिलने जाना पड़ता था।

उन्होंने नरमी से मुझे जांचा; किसी वाचाल जासूस की तरह मुझसे पूछताछ करते हुए। पर मुझे नहीं लगता मैंने कभी खुद ज़्यादा कुछ कहा हो। मैंने अपना ज़्यादातर वक़्त डॉक्टर के लकड़ी के ट्रेन सेट से खेलते हुए बिताया। मैं उस चीज़ पर मोहित हो गया था। मुझे उसके घूमने वाले पहियें और भरी-भरकम पटरी बहुत पसंद आये।

डॉ. सईद ने बहुत-सी टिप्पणियां (notes) लिखीं। और मेरा मतलब है बहुत ही सारी टिप्पणियां। कागज़ों के बंडल! लाइन वाली कापियों में और खाली पन्नों में। भड़कीली स्याही और हलकी पेंसिल का इस्तेमाल करके। उनकी लिखावट के असंख्य घुमावों ने अनगिनत पन्नों को शहीद कर दिया। उनके घुमावदार पेन ने पेचीदा लाइनों की कभी न ख़त्म होने वाली भूल-भूलैया बना दी।

फिर, एक साल बीत जाने के बाद, डॉ. सईद ने उन टिप्पणियों को लपेट कर दूर रख दिया, चली गयी और कभी नहीं लौटीं। उसके बाद मुझे गणित की कक्षाओं में जाना पड़ता था।

मुझे पूरी तरह से नहीं पता था की डॉ. सईद क्यों उठ कर चली गयी। पर मुझे लगता है इसमें शायद एगोट का कोई हाथ है। वह मेरा मार्गदर्शक था। उसने मुझे डॉ. सईद के अहानिकर सवालों में छुपे हुए जाल से बचने में मदद की थी।

एगोट ने मुझसे रोज़ मिलने आना शुरू कर दिया। उसकी बुद्धिमान सलाहों ने मुझे संदिग्ध परिस्थितियों से बचाया। उसके शरारती स्वभाव ने मेरे आत्मसंयम से एक पर्दा उठा दिया। मैंने वो चीज़े करना शुरू कर दीं जो मैं भीतर की गहराईयों से करना चाहता था, लेकिन कभी करने की हिम्मत नहीं थी।

कृपया समझें, प्रिय पाठक, की मैं सिर्फ छोटी चीज़ों के बारे में बात कर रहा हूँ। और ऐसा कहा गया है की छोटी चीज़ें छोटे दिमागों का मनोरंजन करतीं हैं। शायद मेरे पास वाकई एक छोटा दिमाग है, लेकिन लाओ त्ज़ू ने 'छोटी चीज़ों में महानता हासिल करें' ऐसा कहा है। और मुझे लगता है मैं वही करने की कोशिश कर रहा था।

एक सुबह, उदाहरण के लिए, हमारी कक्षा सुबह की सभा में जाने का इंतज़ार कर रही थी। उस साल के हमारे शिक्षक, मिस्टर ओ'डोनेल, कमरे से बाहर निकले। तो मैंने इसका फ़ायदा उठाया। हाँ मैंने ऐसा किया! मैंने कक्षा की सारी लड़कियों को उनके पैरों को दूर-दूर करके खड़ा कर दिया। और फिर मैं अपनी पीठ के बल उनके नीचे से फिसला।

गेविन गिलिस भी मेरे साथ शामिल हो गया। आप हमेशा मस्ती में शामिल होने के

लिए गेविन पर भरोसा कर सकते थे। वह लड़का बहुत अच्छा था। उसके पास शरारत की एक समझ थी जो लगभग मेरे बराबर ही थी। और उसके पास हमेशा सबसे अच्छे खाने का डब्बा होता था, जो वो अपने सभी दोस्तों के साथ बांटता था। हाँ, मुझे गेविन वाकई में पसंद था।

खैर, गेविन और मैं लड़कियों के पैरों के नीचे से फिसले। हमने उन सभी की निक्कर देखी! हमने वो सारी देखीं!

एमी मैक्लिश की गुलाबी रंग की थी सफ़ेद पोल्का-डॉट्स के साथ। केली इवांस की कुछ 1800 के युग की थी; बड़ी सी चीज़ भूरे कागज़ के बैग के रंग की। और शैंटेल स्टीवंस ने टाइट पतली सी पहनी थी। वो सिर्फ 7 साल की थी, वह चालक छोटी लड़की!

वह एक उल्लंघन था; उन लड़कियों का उल्लंघन और समाज की अपेक्षाओं का उल्लंघन। कोई भी व्यक्ति इस तरह की कोई चीज़ नहीं कर सकता था। लेकिन वह बहुत अच्छा लगा। वह ऐसा लगा जैसे मैंने अपने अंदर की परेशान करने वाली एक तीव्र इच्छा को संतुष्ट कर लिया हो। जैसे की मैंने और गेविन ने अपने आंतरिक-स्तन को आज़ाद कर दिया हो; हमारा असली, जंगली रूप।

एगोट ने मुझे ऐसा करने के लिए प्रोत्साहित किया।

"तुम उनकी निक्करें देखना चाहते हो," उसमे मेरे दिमाग के तने के सामने झुकते हुए मुझे प्रेरित किया। "यह शायद तुम्हारा इकलौता मौका हो सकता है। तुम इसमें से बचके निकल जाओगे। और तुम्हें ये पसंद आएगा। उन सभी छोटी-छोटी सुन्दर निक्कारों के बारे में सोचों।"

एगोट ने इतनी शांति से यह बोला की मैं उस पर अपना पूरा ध्यान केंद्रित करने से खुद को रोक ही नहीं पाया। उसने इतनी उदासीनता के साथ ये कहा, मानो जैसे मेरी मौजूदगी से उदासीन, की उसने मुझे भीतर खींच लिया। उसकी आवाज़ की मधुर लय ने मुझे किसी प्रचंड समाधि की स्थिति में डाल दिया। उसने मुझे मदहोश कर दिया। उसने मुझे नीचे ज़मीन पर फेंक दिया और मुझे उन अनछुए जांघों और कुँवारी ऊसन्धियों के नीचे ढ़केल दिया; उनके नारीत्व का शोषण करते हुए; बेवकूफी करने के मेरे अप्रत्याशित बर्ताव का आनंद उठाते हुए।

लेकिन मेरे बर्ताव के लिए एगोट को ज़िम्मेदार ठहराना गलत होगा। सच तो यह है की मैं उन लड़कियों की स्कर्ट में झांकना चाहता था। उस निषिद्ध फल के करीब जाने की मेरी अतृप्त इच्छा थी। एगोट ने तो मेरे संकोच को दूर करने में मेरी मदद की, लेकिन उसने मुझे किसी दूसरे इंसान में नहीं बदला। इससे बहुत दूर।

लाओ त्ज़ू कहते हैं, 'जब आप खुद के वास्तविक रूप से संतुष्ट होते हैं, बिना तुलना

या प्रतिस्पर्धा किये, तो सभी आपका सम्मान करेंगे'।

मैं अपना 'वास्तविक रूप' बना हुआ था। मेरा असली रूप। और मुझे लगता है मेरे सहपाठियों ने इसके लिए मेरा 'सम्मान' किया। किसी ने भी मिस्टर ओ'डोनेल को नहीं बताया की हमने क्या किया है। गेविन और मैं अपनी मूर्खता से बच निकले, जैसा की एगोट ने कहा था।

मैं उसके बाद के महीनों में, कई सारी चीज़ों से बचके निकल गया।

मैं स्नॉटी मैकगिल के कक्षा-कार्य की नकल करते हुए भी बच गया। मैं मिस्टर मैकडॉनेल की मेज़ से उठायी हुई चॉकलेट खाने के बाद भी बच गया। और मैं गमले में पेशाब करने के बाद भी बच गया। दो बार! हालाँकि, तीसरी बार मैं ऐसा करते हुआ पकड़ा गया।

"मासूम-सी शकल बना लो," एगोट ने मुझसे कहा। उसका खुद का चेहरा अपराध के लाल रंग से फीका होते हुए विनीत के गुलाबी रंग का हो गया। "मिस्टर मैकडॉनेल से कहो की तुम शर्मिंदा हो। तुम उसे रोक नहीं पाए। तुम फिर ऐसा कभी नहीं करोगे।

"मुझे यकीन है उन्हें दया आ जाएगी। हाँ, हाँ।"

मिस्टर मैकडॉनेल ने सुना जैसे-जैसे मैं एगोट के शब्दों को दोहराता गया। उन्होंने अपनी आँखें घुमाई और कक्षा जारी रखी।

मेरे सहपाठियों के गुस्ताख़ चेहरे पर चुलबुली-सी मुस्कराहट झिलमिलाई। उनकी दबी हुई हँसी मेरे कानों में गूंजी। मुझे यकीन था वो मेरे साथ हँस रहे हैं, मुझ पर नहीं। और उससे मुझे इतना गर्व महसूस हुआ! इतना विद्रोहात्मक! इतना सही, अपराजित!

मैंने अपना सीना फुलाया। मुझे ऐसा लगा जैसे मैं अपने महल का राजा और अपनी कक्षा का स्वामी हूँ।

मैं फिर से पांचवी बार गमले में पेशाब करते हुए पकड़ा गया। सजा के तौर पर, मुझे दो हफ़्तों तक एक पॉटी इस्तेमाल करना पड़ा। वह बहुत ही शर्मनाक था। वह मुझे एक असल झटके के साथ ज़मीन पर ले आया।

वह पौधा मर गया।

मैंने लोगों के सामने पेशाब करना बंद कर दिया।

और मुझे दूसरी छोटी सज़ाएं मिलना भी शुरू हो गयी।

मुझे आलथी-पालथी मार कर ज़मीन पर बैठना पड़ा, एक सूडेट्री रेडिएटर की तरफ मुँह करके, जब मैंने सुस्त सैंपसन की आस्तीन को रुमाल की तरह इस्तेमाल किया था। मेरा चेहरा किसी वेश्या के लैंप की तरह लाल पड़ गया और मेरे पैर पूरी तरह से सुन्न हो गए थे। लेकिन में तीस मिनटों में अपनी मेज़ पर वापस आ गया था।

जब मैं कक्षा में ध्यान नहीं दे रहा था तो मुझे चुप करके बैठा दिया गया। लेकिन मैंने तब भी अपने दोस्तों की तरफ फुसफुसाया, स्वयं के लिए खड़े होने के लिए, और इस सिस्टम के खिलाफ़ आवाज़ उठाने के लिए। एगोट ने मुझे ऐसा करने को कहा। उसने अपना सीना फुलाया और मैंने अपना।

और मुझे किताब पढ़ने के लिए मजबूर किया गया जब मेरे सहपाठी बाहर पौधों के बारे में सीख रहे थे, क्योकि मैंने स्कूल की सभा के दौरान बहुत ज़ोर से पाद दिया था। अगर सच कहा जाये तो, वह बहुत ही धीमी पाद थी। वह थोड़ी शरारती थी। उससे एगोट को हँसी आ गयी थी।

पर उनमे से कोई भी सज़ा मुझे एगोट की बात सुनने से कभी नहीं रोक पायी।

एगोट ने मुझे चाक को छुपाने को कहा था, हमारी गणित की कक्षा को आगे बढ़ने से रोकने के असफल प्रयास के रूप में। उसने मुझे घड़ियों को रीसेट करने के लिए प्रोत्साहित किया था, ताकि हम स्कूल से एक घंटे पहले ही घर जा पाएं। उसने लगभग काम किया। और एगोट ने मुझे स्टेसी फेयरक्लॉ के बालों से गुच्छे काटने के लिए प्रोत्साहित किया। खैर, मुझे लगा मैं उस पर एक एहसान कर रहा हूँ; वह बहुत प्यारी लगती थी जब भी उसके बाल छोटे होते थे।

मैं उन सभी और बहुत सारी चीज़ों से बच निकला। इसने मुझे अपराजित महसूस करवाया। इसने मुझे वास्तव में बहुत की महान महसूस करवाया!

पांच

हर बार जब मैं एगोट को सुनता था मुझे थोड़ा-सा आज़ाद महसूस होता था। थोड़ा-सा खुश।

एगोट मेरा ड्रग था। जब मैंने उसके सुझावों का अनुसरण किया, मुझे नशा हो गया। बिलकुल, पकड़े जाना उस ऊंचाई से नीचे आने जैसा था; दुःखद, दुर्बल और उदास। लेकिन मैं अपनी शर्म को लेकर उभयभावी हो गया, मैंने अपने अपराध-बोध पर विजय प्राप्त कर ली, और मैं अपनी सज़ाओं से भी बच निकला। मुझे फिर भी और चाहिए था। मुझे फिर भी और की लालसा थी।

मुझे लत लग गयी थी।

लेकिन वह सब बदल गया जब मैंने एगोट के सुझावों को जरूरत से ज़्यादा मान लिया...

ये वसंत ऋतु की एक सुबह को हुआ; उन में से एक दिन जब ओस की बूंदों से ज़मीन चमकदार और हवा सदैव ताज़ी होती है। लेकिन मैं अंदर फंसा हुआ था; और स्कूल का दम घोट देने वाला स्वभाव मुझे परेशान कर रहा था। देखिये, मैं एक पंछी हूँ; मुझे आज़ादी से उड़ने की ज़रुरत है। मुझे मेरा एकांत और आज़ादी चाहिए। और, उस वक़्त, मुझे एक बच्चा बनने की जरुरत थी; बच्चे की तरह उछल-कूद करने की, बच्चे की तरह हँसने की, और बच्चे की तरह शैतानी करने की। लेकिन मैं वहां था, एक मेज़ के पीछे बैठने को मजबूर; उन चार असंवेदनशील दीवारों में कैद और अपने शिक्षकों के सर्वशक्तिमान अधिकारों का गुलाम।

मुझे लगता है, उस तरह से अंदर फंसे रहने की वजह से मैं सिकुड़ने लगा, जिसे रिचर्ड लूव 'नेचर डेफ़िसिट डिसऑर्डर' कहते हैं। यह एक डिसऑर्डर/विकार है जो तब पैदा होता है जब एक इंसान बाहर पर्याप्त समय नहीं बिता पाता। साथ ही साथ जिसके परिणामस्वरूप कई सारी व्यवहार सम्बन्धी परेशानियां भी होने लगती हैं; नेचर डेफ़िसिट डिसऑर्डर इन्द्रियों के सुस्त होने, बीमारियों की दर में वृद्धि, और ध्यान सम्बंधित परेशानियों का कारण है। डॉ. स्टेफ़नी वेयर के अनुसार, अंदर फंसे रहना आपके स्ट्रेस हॉर्मोन, ब्लड प्रेशर (रक्तचाप), और स्थिर धड़कन को बढ़ा सकता है।

लेकिन, अगर आप मुझसे पूँछे की मुझे उस वक़्त कैसा लगा, मैंने उस तरह से चीज़ों को बुद्धिमत्ता से नहीं सोचा होता। मैंने लूव या वेयर की पसंद का ज़िक्र नहीं किया होता। मेरा दिमाग इस तरह से काम नहीं करता था।

मेरे मुद्दे भावनात्मक थे। मैंने उन्हें महसूस किया था। मुझे राष्ट्रीय पाठ्यक्रम की

बूँद-बूँद शिक्षा में फंसा हुआ महसूस होता था। मुझे उस उबाऊ कक्षा में किसी कैदी की तरह महसूस होता था। और मुझे लगता था की मैं अपने व्यक्तित्व को खो रहा हूँ; एक सामान्य यूनिफार्म पहने हुए, स्कूल के सामान्य से नियमों का पालन कर करते हुए।

मुझे बस वास्तविक नहीं लगता था। मुझे सही नहीं लगता था। मैं आज़ाद होना, दौड़ लगाना, और अनन्तता के क्रीड़ा स्थल में आनंद लेना चाहता था। मैं युवा होना चाहता था। मैं उस लुप्तप्राय जाती का सदस्य बनना चाहता था; अपने प्राकृतिक वातावरण में बच्चे।

मैंने साँस ली, आह भरी और खिड़की से बाहर देखा।

मुझे एक इंद्रधनुष दिखाई दिया। मुझे, वो आकाश के सिर पर किसी ताज की तरह लग रहा था। वह खूबसूरत था। जीवंत। चमकीला।

बैंगनी बहुत ही उज्ज्वल था! नीला बहुत ही नम्र था! लाल बहुत ही वास्तविक था!

मेरी चिपचिपी आँखें उस इंद्रधनुष की दावत उड़ा रही थीं। उसने मुझे आश्चर्य से भर दिया। मैं उसके जादू को महसूस कर पा रहा था। मैं उसके रहस्य से मंत्रमुग्ध हो गया था।

मैं अपनी कक्षा से बाहर भाग कर उस इंद्रधनुष का पीछा करना चाहता था। मैं उसके दोनों में से किसी भी सिरे में गड़े हुए सोने के मटकों को खोद कर निकलना चाहता था। मैं उस इंद्रधनुष की रंग-बिरंगी वाष्प में घूमना चाहता था और उसकी प्रकाशमान धुंध में खेलना चाहता था।

मैं अपने जूते उतार कर अपने पैरों की उँगलियों के बीच घास को महसूस करना चाहता था।

मैं बारिश में नाचना चाहता था।

लेकिन मैं नहीं कर सका। मुझे अंदर ही रहना पड़ा, वायुहीन कक्षा के अंदर फंसे हुए। घुटते हुए। बेचैनी, तनाव, चिड़चिड़ापन महसूस करते हुए।

और इसलिए, मिस्टर ओ'डोनेल के पास्ट पार्टिसिपल पर सातवे पाठ के दौरान, मैंने ज़ोर से हँसना शुरू कर दिया। मैं हँसने की ख़ातिर हँस दिया। ज़ोरदार हँसी के बाद ज़ोरदार हँसी। कड़ाकेदार अट्टहास्य ने मुझे आश्चर्य चकित कर दिया। और दिली ठहाकों ने मुझे लोट-पोट होने पर मजबूर कर दिया।

मैं एगोट की सलाह मान रहा था:

"जाने दो," उसने अपनी चपटी टोपी को उठाते हुए मेरी तरफ़ फुसफुसाया। 'दो' यह शब्द चार बार गूंजा था; 'दो-दो-दो-दो'.

"मुक्त हो जाओ। आज़ाद हो जाओ। वो लड़के बनो जो तुम बनना चाहते हो। हाँ, हाँ!"

तो मैंने हँसना शुरू कर दिया। बस ऐसे ही। मैंने बिलकुल वैसा ही किया जैसा एगोट ने सुझाया था। और वह बहुत सही लगा! इतना अच्छा! इतना स्वाभाविक!

एगोट ने चीख़ना शुरू कर दिया।

फिर मैंने चीख़ना शुरू कर दिया। मैं चीख़ने की ख़ातिर चीख़ा। मैं एक जोशीला भेड़िये की तरह चीख़ा। मैंने एक कभी न ख़त्म होने वाली 'आ-उऊ' किया, जो समय की पंखों पर तैरता रहा और आसमान तक जा उड़ा। मैंने अपने अंदर के जानवर को आज़ाद कर दिया। वह आधार था। वह पाशविक था। और वह बहुत अच्छा लगा।

'आ-उऊ! आ-उऊ! आ-उऊ!'

मैंने पूरे तीन मिनटों तक चिल्लाया होगा।

मिस्टर ओ'डोनेल कक्षा में चलने लगे, धीमे व्यवस्थित कदम उठाते हुए। वह रुके। और फिर वो मेरे ऊपर खड़े हो गए, अपने हाथों को पीछे अपनी कमर पर रख कर।

उनकी परछाई ने मुझे निगल लिया। उनकी सांस ने मेरी गर्दन जला दी।

उन्होंने इंतज़ार किया, किसी पहरेदार की तरह चुपचाप, जब तक मेरा ख़त्म नहीं हो गया। और फिर वह कमरे की आगे की तरफ़ लौट गए, फिर उन्होंने पाठ पढ़ाना जारी रखा जैसे की कुछ हुआ ही नहीं। लेकिन मैं बता सकता हूँ की वो प्रभावित हुए थे। जब वो लिख रहे थे उनके हाथ कांप रहे थे। और बोलते हुए उनकी आवाज़ हकला रही थी:

"व-व-वर्ब का स-स-सब्जेक्टिव रूप क्या है?" उन्होंने पूछा।

"क्या आपको यह पता नहीं होना चाहिए?" मैंने एगोट के अनुरोध पर जवाब दिया। "शिक्षक आप हैं"।

मिस्टर ओ'डोनेल ने अपने चाक के टुकड़े को तोड़ दिया।

सुस्त सैंपसन किसी बच्चे की तरह खिसियाने लगी।

और पीए से एक घोषणा हुई:

"डेज़ी स्मिथ: कृपया रिसेप्शन पर तुरंत आएं।"

मिस्टर ओ'डोनेल रुके। वो वहां खड़े थे, अपनी कमर के पीछे हाथ रखकर, और वो व्यवधान के ख़तम होने का इंतज़ार कर रहे थे।

पीए बंद हुआ।

मिस्टर ओ'डोनेल आगे जारी रखने वाले थे, लेकिन उन्हें मौका मिलता उसके पहले मैं बोल पड़ा:

"मुझे फिर से वो आवाज़ें सुनाई दे रहीं हैं," मैंने कहा।

सभी हँसने लगे।

मिस्टर मैकडोनेल चीड़ गए।

"यू!" वो चिल्लाये। "यू शॉडकिन! बस बहुत हो गया तुम्हारा। यह तुम्हारी आखिरी चेतावनी है। तुम हद पार कर रहे हो। अगर मैंने आज तुम्हारी एक आवाज़ और सुनी, तो तुम खुदको मिस्टर ग्रन्ट के सामने खड़ा पाओगे। गंभीर अनुशासनात्मक उपायों का इंतज़ार होगा। ओह हाँ!"

लेकिन मैंने परवाह नहीं की। मैं अभी भी चिड़ा हुआ था; बैचेन ऊर्जा और अधूरी लालसाओं से भरा हुआ। मैं अभी भी बंधा हुआ महसूस कर रहा था। मुझमे अभी भी मुक्त होने की तीव्र इच्छा थी।

तो, एगोट के सुझाव पर, मैंने लकड़ी का रूलर उठा लिया और उसे गलफुल्ले स्मिथ के हाथ पर मारा।

"यी-हा!!!" एगोट ने ख़ुशी से चिल्लाया। उसकी आवाज़ अभी भी धीमी थी, भले ही वो चिल्ला रहा था, जिसने उसे एक तरह की सूक्ष्म गंभीरता से रंग दिया।

गलफुल्ले स्मिथ की आँखे चमकने लगीं।

मैंने उसकी छाती को पकड़ लिया। उसके हाथों को मारा। मैंने उसके मुँह से सांस चूस ली।

गलफुल्ले स्मिथ ने अपना रूलर उठाया।

"तुशे!" उसने ख़ुशी से चिल्लाया जब उसने मुझे मारा।

हे भगवान्, मुझे वो लड़का बहुत पसंद था! गलफुल्ला स्मिथ एक असली लेजेंड था। उसमे एक तरह की जिंदादिली थी जो आपको अक्सर थोड़े से गोल-मटोल लोगों में मिलती है। मुस्कुराहट कभी भी उसको होठों से ज़्यादा दूर नहीं होती थी। उसकी आँखे हमेशा एक गुस्ताख़ तरीके से आँख मारने के लिए झुकी हुई होती थीं।

मैंने उसके रूलर को ज़ोर से एक तरफ़ फेंक दिया और अपने पैरों पर ज़ोर से उछला।

"ओं गार्द!"

गलफुल्ला स्मिथ ऊपर कूदा। वो चमक रहा था!

हमने एक दूसरे का आमना-सामना किया।

मैं आगे की तरफ़ कूदा, मेरा सिर झुका हुआ था और मेरा रूलर बाहर निकला हुआ था। गलफुल्ला स्मिथ पीछे की तरफ़ झुक गया। उसके मोटे पैर हज़ारों छोटे-छोटे कदमों से लड़खड़ा रहे थे।

उसने खुद को संभाला। उसने मुझे एक शरारती आँख मारी। और वह आक्रमण करने लगा; आगे-पीछे होना और प्रहार करना; अपने रूलर से शांत हवा को काटना। मैं बचा और झुका और कूदा; एक तरफ़ फिर दूसरी तरफ़।

एगोट ने मेरी नक़ल उतारी। उसके चेहरे पर एक प्रसन्न मुस्कुराहट थी। उसके बाल

चमकने लगे। उसकी लाल त्वचा तेजस्वी पसीने से दमकने लगी।

हम पूरे कमरे में उछलते कूदते रहे।

उस वक़्त हम हमेशा उछलते कूदते रहते थे। यह हमारे युवा होने की अभिव्यक्ति थी; चलने की तुलना में ज़्यादा आनंदपूर्ण, दौड़ने की तुलना में ज़्यादा सुखद, और सीधे खड़े होने से ज़्यादा भारहीन।

हम व्यस्त रेकों के पास से, बीमार पौधों के पास से, चकित छात्रों के पास से कूदे।

हम स्कूल के उस चूहे के पास से कूदे, जो एक छोटे-से पिंजरे में कैद था।

हम टेबल, कुर्सियों और अलमारियों के पास से कूदे।

और हम नाचे। तेज़ आवाज़ करती कुर्सियां दूर सरकती गयीं जब हम उनके बीच वाल्ट्ज कर रहे थे। लड़कियां ज़ोरों से साँसें लेने लगी जब हमने एक दूसरे को मारा। लड़के ख़ुशी से चीख़ने लगे जब मेरा रूलर गलफुल्ले स्मिथ की पसलियों में, हाथों की मांसपेशियों में और कूल्हों में घुसा। उसने जवाब में मेरे पेट, कलाई और गुर्दे में मुक्के मारे।

वह रोक लगाती दीवारे पिघल गयीं। अक्षर, नंबर और शब्द आसमान में तैरने लगे। नियम, कानून और प्रतिबंध धुल की तरह ज़मीन पर गिर पड़े।

मैं अपनी बंदी बना देने वाली हथकड़ियों से मुक्त हो रहा था। मैं खुद को व्यक्त कर रहा था। और, इन सबसे ऊपर, मैं एक बच्चा बन रहा था; खेल खेलना, मेरी अतिरिक्त ऊर्जा जलाना, और अपनी ज़िन्दगी का बेहतरीन वक़्त बिताना।

एगोट अपनी ज़िन्दगी का बेहतरीन वक़्त बिता रहा था।

मिस्टर ओ'डोनेल चिल्ला रहे थे:

"यू शॉडकिन! इस बार तुमने कर दिया! ओह हाँ!"

वो कमरे भर में संघर्ष कर रहे थे, कुर्सियों के ऊपर से अजीब तरह से चलते हुए और बच्चो से टकराते हुए। उनके भूरे जूते मोम से फर्श को थप्पड़ मार रहे थे। उनकी आस्तीनें गुस्साए पक्षी के पंखों जैसे फड़फड़ा रही थीं।

"तुम अब मुसीबत में हो लड़के!"

मिस्टर ओ'डोनेल मेरे ऊपर गिर गए, मेरी कॉलर पकडी और मुझे एक चील की तरह जिसके पास चूहा है, ऊपर उठा लिया। मेरा ऊपर का बटन मेरे गले में घुस गया। मेरे पैर हवा में थे।

यह मेरे पतन की शुरुआत थी।

मेरी दुनिया उलट गयी। आज़ादी की जो चिंगारियां मेरे अंदर जल रही थीं वह मिस्टर ओ'डोनेल की नम साँसों से भुझ गयी। मेरी आशा डर में बदल गयी थी।

मिस्टर ओ'डोनेल मुझे बाहर उठा कर ले गए।

हम तेज़ी से चलने लगे; प्लास्टिक से लिपे-पुते हॉल से होते हुए जिसकी गंध सफ़ेद गोंद के जैसी थी, कांटेदार कोनों से होते हुए और निर्जन सीढ़ियों से ऊपर। मेरे शिक्षक के पैरों से एक भयानक सी ताल बज रही थी, बिना वक़्त और बिना लय के।

वो दीवारे पागलों की तरह मुझे कृपाशील पृथकता के साथ घूर रही थीं।

हवा में बीते हुए वर्षों का स्वाद था।

मेरा दिल बैठ गया। वह किसी अनिष्ट के पूर्वाभास से गूँज रहा था। मेरी गर्दन के बाल सीधे खड़े हो गए थे। मेरे पैर पसीने के आँसू रो रहे थे।

हम चलते गए; नियोन ट्यूबलाइट की प्रकाशमान जगमग से, महत्वाकंक्षी अलमारियों से होते हुए और बहुत सारी सीढ़ियों से ऊपर।

हम चलते गए; मेरे असंतोष की गलियों, मेरी तबाही के गलियारों और मेरी शर्मिंदगी के भूल-भुलैया से होते हुए।

हम चलते गए, जब तक हम मिस्टर ग्रन्ट के ऑफिस नहीं पहुंच गए, जहाँ हम सीधे खड़े थे और आदेश का इंतज़ार कर रहे थे।

"और हमारे पास यहाँ क्या है?" हेडमास्टर ने ज़ोर से पूछा।

"यह लड़का बहुत दूर चला गया," मिस्टर ओ'डोनेल ने उत्तर दिया। "बहुत दूर! यह सब जगह उधम मचा रहा था, लड़ाई कर रहा था, ज़ुबान लड़ा रहा था और चींख रहा था। अब थोड़ी गंभीर अनुशासनात्मक कार्रवाई का वक़्त है। ओह हाँ!"

मिस्टर ग्रन्ट का सिर ऊपर-नीचे हुआ।

"गंभीर अनुशासनात्मक कार्रवाई?" उन्होंने दोहराया।

"थोड़ा गंभीर अनुशासन," मिस्टर ओ'डोनेल ने सहमति जताई। "ओह हाँ!"

मिस्टर ग्रन्ट ने सोचने के लिए कुछ वक़्त लिया। उनकी घनी भौहें सिकुड़ गयीं। उनकी हाथी के जैसी त्वचा पर सिलवटे पड़ गयीं।

उसके बाद के क्षण अनंत-काल के छोटे-छोटे टुकड़ों की तरह लग रहे थे। सब कुछ शांत था। यहां तक की गूँज भी चुप थी। हवा ने भी खुद को शांत कर लिया था।

मेरे शिक्षक मेरे ऊपर खड़े थे; अपनी नकारात्मक ऊर्जा से मेरा दम घोटते हुए और मेरे बिखरे हुए अस्तित्व से वेग का एक-एक कतरा सोखते हुए। मैं उनकी आभा को महसूस कर पा रहा था। मैं उनके आत्म-अवशोषण के भूरे रंग को, उनके तनाव के गहरे पीले रंग को और उनके गुस्से के लाल रंग को देख पा रहा था।

उनका गुस्सा उबल रहा था। उनकी नाक से धुआँ निकल रहा था। और उनकी खून-सी लाल आँखों से लावा बह रहा था।

मुझे बहुत छोटा महसूस हुआ! मुझे उस चूहे की तरह महसूस हुआ जिसे एक धैर्यवान बिल्ली द्वारा कोने में फँसा लिया गया था। मेरे डर ने मेरा गला घोंट दिया। मेरे अपराध-बोध ने मुझे परेशान कर दिया। मेरी शर्म फूट पड़ी। मुझे कलंकित, भद्दा और बिल्कुल बेतुका महसूस हुआ।

"क्या तुमने कभी यह प्रवाद सुना है," आखिरकार मिस्टर ग्रन्ट ने पूछा। "'मुझे एक बार मूर्ख बनाओ, तो तुम्हें शर्म आनी चाहिए। "मुझे दूसरी बार मूर्ख बनाओ, तो मुझे शर्म आनी चाहिए?'"

मैंने अपना सिर हिलाया। उस इशारे ने मेरे पेट को बीमार-सा कर दिया।

मिस्टर ग्रन्ट ने अपनी उँगलियों को हिलाया।

"तुम हम सभी की 'बेवकूफ़' बनाते आ रहे हो," उन्होंने आह भरी। "हमने तुम्हें मौके-दर-मौके दिए और तुमने समय-दर-समय हमे 'शर्मिंदा' किया। अब हमे चीज़े अलग तरह से करने की ज़रुरत है। हमे तुम्हें अनुशासित करने की ज़रुरत है।"

मिस्टर ग्रन्ट ने स्वीकृति के लिए मिस्टर ओ'डोनेल की ओर देखा।

मिस्टर ओ'डोनेल ने संत की तरह हाँ में सिर हिलाया।

मेरा पेट एसिड से भर गया।

"हाँ," मिस्टर ग्रन्ट ने आगे जारी रखा। "अनुशासन, गंभीर अनुशासनात्मक उपाय!"

मिस्टर ग्रन्ट ने अपने मौसम के कारण फटे हुए होंठो को हिलाया।

"हमे अपने विद्यार्थियों को अनुशासित करना पसंद नहीं करते हैं। नहीं। हमे इसमें थोड़ा सा भी मज़ा नहीं आता है। पर हमे यह करना पड़ता है। हमे अपने विद्यार्थियों की खातिर ऐसा करना पड़ता है- उन्हें एक बेहतर इंसान बनने में मदद करने के लिए। यह हमारा कर्तव्य है।"

मिस्टर ग्रन्ट खुद से प्रसन्न लग रहे थे।

"तुम्हें पता है लोग अपने पौधों की छटाई क्यों करते हैं?" उन्होंने पूछा।

मैंने कंधे उचका दिए।

"उन्हें खाने के लिए?" मैंने पूछा।

मिस्टर ग्रन्ट हँस दिए। वह एक दिली हँसी थी। चाचा जैसी। उल्लासपूर्ण।

"नहीं यूई, ऐसा उन्हें खाने के लिए नहीं है। ऐसा इसलिए है की जब आप पौधे के हावी टहनियों को काटते हो, तब आप उसके कमज़ोर टहनियों को बढ़ने का मौका देते हो। समय के साथ, पौधा पनप जायेगा। वह अधिक सुन्दर फूल और अधिक बड़े फल देने लगेगा।"

मैंने हाँ में सिर हिलाया।

पर मैं निश्चित नहीं था की मिस्टर ग्रन्ट क्या कहना चाह रहे हैं। तो मैंने अपने विवेक की क्षमताओं पर संदेह करना शुरू कर दिया। मैंने अपनी बुद्धिमानी पर संदेह करना शुरू कर दिया। मैंने हर चीज़ पर संदेह करना शुरू कर दिया:

'मैं क्या कर रहा था?'

'मैंने क्यों भेड़िये के जैसे चीख़ा?'

'मैंने गलफुल्ले स्मिथ के साथ तलवार-बाज़ी क्यों की?'

'मुझे इतना अलग बनने की क्या ज़रूरत थी?'

'क्यों मैं अपनी कक्षा के बाकी बच्चो जैसे नहीं रह सका?'

मेरा संदेह मेरी शर्म से जा मिला। इसने मेरे पेट में एसिड का बवंडर और मेरे दिल में खून का चक्रवात पैदा कर दिया।

मिस्टर ग्रन्ट, दूसरी तरफ, किसी चेशर बिल्ली की तरह मुस्कुरा रहे थे। मेरे चेहरे से जो खून सूख गया था वह उनके चेहरे पर फिर से प्रकट हो गया था। आखिरकार उनकी भौहें अलग-अलग हो गयी थी।

उन्होंने जारी रखा:

"यूई बेटा, तुम्हारे व्यक्तित्व पर कुछ दुष्ट टहनियाँ हावी हो गयी हैं। शैतानी की टहनियाँ। अनुशासनहीनता की टहनियाँ। आत्मविश्वास की टहनियाँ।

"हमे तुम्हें अनुशासित करने की ज़रूरत है।"

मिस्टर ग्रन्ट बहुत ही छोटे से क्षण के लिए शांत हुए, जिससे मिस्टर ओ'डोनेल को उनके शब्दों को दोहराने का मौका मिल गया:

"हमे तुम्हें अनुशासित करने की ज़रूरत है लड़के! ओह हाँ!"

मिस्टर ग्रन्ट ने अपना गला साफ़ किया:

'अह्हम! ऊऊह्ह्हम!'

"हाँ बिलकुल," उन्होंने जारी रखा। "हमे तुम्हें अनुशासित करने की आवश्यकता है। लेकिन हम तुम्हें अनुशासित नहीं करना चाहते हैं। हम दुष्ट नहीं हैं। हम बुरे इंसान नहीं हैं।

"सोचो की हम माली हैं। हम तुम्हें विकसित होने और बढ़ने में मदद करना चाहते हैं! लेकिन, तुम्हारे खिलने से पहले, हमे तुम्हारे दुष्ट स्वभाव के उन लक्षणों की छँटाई करनी होगी जो तुम्हारे व्यक्तित्व पर हावी हो रहे हैं। मैं तुम्हारे अच्छे पहलू को खिलने दूँगा। इससे तुम्हें बेहतर बनने में मदद मिलेगी!"

हेड-मास्टर के शब्द मुझे इतने मनोहर लगे। इतने निर्मल। इतने ज़्यादा समझदारीपूर्ण!

लेकिन, अब दोबारा उनके बारे में सोच कर, मैं लाओ त्ज़ू की कहावत के बारे में सोचे बिना नहीं रह पाता; 'सच्चे शब्द सुन्दर नहीं होते, और सुन्दर शब्द सच्चे नहीं होते।अच्छे शब्द प्रेरक नहीं होते, और प्रेरक शब्द अच्छे नहीं होते'।

मुझे मिस्टर ग्रन्ट के शब्द 'सुन्दर' और 'प्रेरक' लगे। मुझे वो मादक लगे। लेकिन, उन दोनों वयस्क पुरुषों की उपस्थिति से अभिभूत, मैं यह देख ही नहीं पाया की मिस्टर ग्रन्ट के शब्द न 'अच्छे' थे और न ही 'सच्चे'।

मेरी आँखें खुल गयी।

और फिर मुझे समझ आया। मुझे इसे समझने में जैसे सदियाँ लग गयीं, लेकिन आखिरकार मुझे ये समझ आ गया। आखिरकार मुझे समझ आ गया की मुझे इतना भ्रष्ट क्यों महसूस हो रहा था।

इसकी वजह वो छोटा हानिकारक व्यक्ति था, एगोट!

मैं जब भी मुसीबत में पड़ा तो एगोट ने मुझे हमेशा बचा लिया। उसने हमेशा मुझे मिलने वाली सज़ाओं और मुझे बोले जाने वाले कठोर शब्दों से उबरने में मदद की थी। उसने मुझे हमेशा अजय महसूस करवाया।

लेकिन, इस अशान्तिप्रिय हंगामे में जिससे मैं घिरा हुआ था, मैंने उसकी अनुपस्थिति पर गौर ही नहीं किया। मैंने उसके बारे में सोचा तक भी नहीं।

मिस्टर ओ'डोनेल मेरे ऊपर खड़े थे। मिस्टर ग्रन्ट मेरे सामने बैठे हुए थे। और मैंने एगोट को ढूंढ़ने के लिए अपने अंदर झाँका।

मैंने जल्द ही उसे खोज लिया। वह बैठा हुआ था, अपनी पीठ दिखाकर, अपने एल्फ जैसे कानों को खरोंचता हुआ। ऐसा लग रहा था जैसे वो खुद से बात कर रहा हो; बिना किसी आवाज़ के अपना मुँह खोल और बंद कर रहा था। वह बहुत ही परेशान लग रहा था। टूटा हुआ। खोया हुआ।

मैंने उसका ध्यान आकर्षित करने की कोशिश की, लेकिन उसने ऊपर तक नहीं देखा।

मैंने अपना सिर हिलाया। मैंने एगोट पर चिल्लाया। मैंने उसे घूर के देखा। लेकिन वो एक इंच भी नहीं हिला। उसने पूरी तरह मुझे नज़रअंदाज़ कर दिया!

वह बार-बार अपने पंजों की गिनती कर रहा था।

उसके गालों से एक चांदी का आँसू नीचे लुढ़का।

उसके सिर से एक बाल गिर गया।

मैं स्तब्ध रह गया। अचंभित। मुझे ठगा हुआ सा महसूस हो रहा था।

जंगलियों की तरह बर्ताव करने पर जब मुझे चेताया गया था उसके बाद पहली बार

मैं इतनी बुरी स्थिति में था। उस वक़्त की तरह, मुझे प्राणघातक तरह की घबराहट हो रही थी, जिसने हर तरफ से मुझे हिला कर रख दिया, और मुझे अंदर तक थरथरा दिया। मुझे त्यागा हुआ, छोटा और नीचा महसूस हुआ।

मैं समझ की नहीं पाया की क्या हो गया था। मैं उस जानकारी को संसाधित ही नहीं कर पा रहा था जो खुद को मेरे सामने प्रकट कर रही थी। मैं एगोट के विश्वासघात का सामना ही नहीं कर पा रहा था।

एगोट बस वहां बैठा हुआ था, आगे-पीछे हिलते हुए। मुझसे बेख़बर। मेरी ज़रूरतों से बेख़बर।

जिस वक़्त मुझे उसकी सबसे ज़्यादा ज़रुरत थी उसने मुझे पूरी तरह से त्याग दिया था। मेरी उंगलियां झनझनाने लगीं और मैं अंदर से पूरी तरह खोखला अनुभव कर रहा था।

"हमे तुम्हें अनुशासित करने की ज़रूरत है यूई," मिस्टर ग्रन्ट ने समापन किया।

"तुम्हें अनुशासन की ज़रूरत है लड़के," मिस्टर ओ'डोनेल ने कहा।

"खैर, उम्म्म, हाँ," मिस्टर ग्रन्ट ने जारी रखा। "अपनी सजा शुरू करने के लिए लंच के बाद मुझसे आकर मिलो।"

मैंने अपना सिर झुकाया।

मैं जवाब देने की ताकत नहीं जुटा पाया।

छह

मैं बदल गया।

अगर आप मिस्टर ओ'डोनेल या मिस्टर ग्रन्ट से पूछे, तो शायद वे कहेंगे की उनकी अनुशासनात्मक कार्यवाहियों ने असर दिखाया है। लेकिन वे गलत होंगे।

यह ऐसा है जैसा लाओ त्ज़ू कहते हैं; 'यदि आप भरोसे के लायक नहीं हैं, तो लोग आप पर भरोसा नहीं करेंगे'।

खैर, मेरे लिए, एगोट 'अविश्वास्पात्र' हो गया था। मैं उस पर 'विश्वास' नहीं कर सका। मुझे नहीं लगा की मैं उसकी सलाह पर भरोसा कर सकता हूँ।

तो जब एगोट ने मुझे विद्रोह करने को कहा तब मैंने उसे नज़रअंदाज़ कर दिया; हेडमास्टर के पास वापस जाने की जगह दूसरे बच्चो के साथ जाकर खेलो। मैं अपना लंच खाते ही मिस्टर ग्रन्ट से मिलने चला गया था।

मिस्टर ग्रन्ट ने मुझे स्कूल के रिसेप्शन पर बैठाया। फिर उन्होंने मुझे इस पंक्ति को पचास बार लिखने के लिए कहा:

'मेरा अच्छा पहलू मेरे बुरे पहलू को हरा देगा। मेरे फ़रिश्ते मेरे राक्षसों को हरा देंगे। मेरी रोशनी मेरे अंधेरों को मिटा देगी'।

एगोट कपाल की नसों के बीच झूला, ऐसे जंगली टार्ज़न की तरह जिसका मेरे दिमाग के जंगल पर पूरा नियंत्रण था।

उसने नसों को छोड़ा, थोड़ी खाली जगह पर उड़ा, और एक 'ऊम्फ़' के साथ नीचे उतरा। उसकी लाल त्वचा पसीने से चमक रही थी और उसके पीले बाल लटके हुए थे मैले-कुचेले तरह के आकर्षण के साथ।

वह मेरी तरफ़ मुस्कुराया। वो इतनी मासूम मुस्कुराहट थी। आकर्षक। मोहक।

एगोट ने अपनी चपटी टोपी को उठाया, अपने घुटने को झुकाया, और इस तरह से एक आँख मारी जिससे उसकी आँखों में चमक आ गयी। उसने मुझे अंदर-से सुखद और भ्रमित अनुभव करवाया।

एगोट इतना ज़्यादा आकर्षक था। वह अभी भी मेरी भावनाओं पर नियंत्रण रखे हुए था।

"तुम सच में यह पंक्तियाँ नहीं लिखना चाहते हो," उसने अपनी बहुत-ही-धीमी आवाज़ में कहा; नहीं शब्द के 'न' अक्षर पर किसी उदास संगीत-नाटक की गायिका की तरह ज़ोर देते हुए। "मुझे लगता है तुम मिस्टर ग्रन्ट के निवेदन को अस्वीकार करना चाहते हो। तुम कमज़ोर नहीं लगना चाहते हो। नहीं, नहीं।"

मैंने एक शब्द नहीं कहा।

"यदि तुम अभी दब जाओगे, तो तुम्हे महीनों तक सज़ा भुगतने के लिए मजबूर कर दिया जायेगा। सम्भावना है की तुम बेहतर होते अगर तुम अपने लिए खड़े होते।"

एगोट की मधुर आवाज़ ने मुझे एक तरह के नशे में डाल दिया था। उसके ज़हरीले आकर्षण ने मुझे सम्मोहित कर लिया था। मैं उसकी सलाह मानने की कगार पर था।

"उह। बात ऐसी है की। मैं, उम्म्म। मैं, अम्म्म," मैं हकलाया।

पर फिर मुझे हेडमास्टर के शब्द याद आये:

'हम तुम्हे अनुशासित नहीं करना चाहते। नहीं। हम विकसित होने और बढ़ने में तुम्हारी मदद करना चाहते हैं!'

मिस्टर ग्रन्ट मेरी आंखों में देख रहे थे। वह एक सौम्य तानाशाह की तरह लग रहे थे। वह सांता क्लॉस और किंग आर्थर का मिला-जुला रूप लग रहे थे।

"यह तुम्हे बेहतर बनने में मदद करेगा," उन्होंने प्रेरित किया।

मैंने हाँ में सिर हिलाया। मेरा सिर झुका हुआ था और मेरी आँखें ज़मीन पर टिकी हुई थी।

मैंने अपना पेन उठाया और लिखना शुरू कर दिया।

मैंने यह एक मतलबी कारण से किया; आगे की सज़ा से बचने के लिए। और मैंने यह एक नि:स्वार्थ कारण से भी किया; मिस्टर ग्रन्ट को खुश करने के लिए। भले की वो मुझे तकलीफ़ पंहुचा रहे थे, मैं तब भी उन्हें खुश करना चाहता था। वह नि:स्वार्थ इच्छा मेरे अंदर की गहराईयों तक दौड़ रही थी।

खैर, जैसे ही मिस्टर ग्रन्ट पलटे, एगोट फिर से आ गया।

"तुम उन पंक्तियों को नहीं लिखना चाहते हो," उसने कहा। "अगर तुम खुद के साथ ईमानदार हो तब तो बिलकुल नहीं।"

मैंने अगली पंक्ति लिखी।

उसने अपने होठों को ऊपर-नीचे हिलाया।

"अगर तुम पंक्तियाँ लिखने वाले हो," उसने आगे कहा। "तुम हमेशा एक अलग पंक्ति लिख सकते हो। बस अपना थोड़ा-सा चरित्र दर्शाने के लिए। छोटे-छोटे तरीकों से खुद के लिए खड़े होने के लिए। तुम लिख सकते हो: 'मेरी टहनियाँ नहीं कटेंगी। मेरे हाथ बंधे नहीं होंगे'। अगर तुम यह चाहते हो तो। हाँ, हाँ।"

मैंने उसे नज़रअंदाज़ किया। मैंने उस छोटे हानिकारक जीव को नज़रअंदाज़ किया, ठीक वैसे ही जैसे उसने मुझे नज़रअंदाज़ किया था जब मुझे उसकी सबसे ज़्यादा ज़रूरत थी।

कृपया समझे, प्रिय पाठक, मैं यह नहीं जता रहा की यह आसान था। ओह नहीं! भीतर की गहराईयों में कहीं मुझे पता था की एगोट सही है। मैं उन पंक्तियों को नहीं लिखना चाहता था। मैं उस जगह से बाहर भाग जाना चाहता था। मैं बाहर खेलना चाहता था, अपने सभी दोस्तों के साथ।

लेकिन मेरी दुनिया मेरे इर्द-गिर्द बिख़र गयी थी। एगोट ने मुझे बहुत बड़ी मुसीबत में डाल दिया था। और फिर उसने मुझे अकेला छोड़ दिया था! मुझे उस धोखेबाज़ की वजह से ये पंक्तियाँ लिखनी पड़ रही थी! तो मेरा दोबारा उसकी बात सुनने का कोई इरादा नहीं था।

बेशक, अभी भी एगोट की बात सुनने के कई कारण थे; अभी तो चढ़ाव आना बाकी था। जो उत्साह मैंने पहली बार एगोट की बात सुनने पर अनुभव किया था वह मोक्ष की तरह था। वह स्वतंत्र कर देने वाला था। शिक्षाप्रद। परमानंद।

और तब से मैंने उस तरह के चढ़ाव कई बार अनुभव किये थे। बस उतनी तीव्रता से नहीं। एगोट को सुनने से मुझे कभी भी उतना अच्छा महसूस नहीं हुआ जितना की पहली बार हुआ था। उत्साह कभी भी उतना प्रचंड नहीं रहा। स्वतंत्रता कभी भी उतनी गहन नहीं होती थी।

साथ ही, मेरे उतार और भी बुरे होते जा रहे थे। मुझे नियमित रूप से पहले से भी ज़्यादा सज़ाएं मिल रही थी। और वे सज़ाएं मुझे उदास कर देती थी।

खैर, ये वह उतार थे, न की चढ़ाव, जो मेरे विचारों के अखाड़े में केंद्र स्तर लेते जा रहे थे।

पासा पलट चुका था।

एक सफ़ेद झंडा उदासीन हवा में लहरा रहा था। मेरे हाथ में एक पेन था। और एक कोरा कागज़ मेरे आत्मसमर्पण की पक्तियों से भर रहा था।

सात

एगोट एक चीज़ के बारे में सही था। उन पंक्तियों को लिखने के मेरे फैसले ने मिस्टर ग्रन्ट का पलड़ा भारी कर दिया था। उनका आत्मविश्वास उतनी ही शीघ्रता से बढ़ा जितनी शीघ्रता से मेरा कम होता गया। उनकी सज़ाएँ बड़ी और जल्दी आने लगी...

मुझे हर दिन अंदर रुक कर, अपना लंच खाने के बाद, पंक्तियाँ लिखनी पड़ती थी। और प्रिय पाठक, उनमें से कुछ पंक्तियाँ वाकई में विचित्र थी।

यहाँ कुछ उदाहरण हैं:

'मैं कक्षा में तब-तक बाधा नहीं डालूँगा जब-तक मैं उलटी न कर दूँ, मेरा खून बह रहा हो या मैं जल रहा हूँ'।

'अच्छे लड़के अपने जूते नहीं खाते, अपनी पतलून के नीचे घास नहीं भरते, या मेज़ पर खाना नहीं चिपकाते'।

'छात्रों को लैमप्रोफोनी में शामिल नहीं होना चाहिए। उन्हें कम बोलना चाहिए'।

असल में, वे पंक्तियाँ लिखना ज़्यादा बुरा नहीं था, लेकिन मुझे अपने लंच के अवकाश को खोना बुरा लगता था। मुझे ताज़ी हवा चाहिए थी। मुझे लोगों से मिलना था। लेकिन मैं फंसा हुआ था, अकेले, उस निर्जीव स्कूल रिसेप्शन में; वह बेजान, खाली जगह जहाँ की हवा हमेशा नम और शांति बहुत ही घमंडी थी।

एगोट हमेशा मुझे बुरा व्यवहार करने के लिए प्रोत्साहित करता था।

एक दिन, उदाहरण के लिए, उसने सुझाया की मैं स्कूल के चूहे को आज़ाद कर दूँ:

"वो आज़ाद होना चाहता है, ठीक तुम्हारी तरह," उसने प्रेरित किया मेरे दिमाग के पेरिएटल लोब को खरोंचते हुए। "संभवतः तुम्हें उसे गलियारे में दौड़ने देना चाहिए। आज़ाद कर दो। बह जाने दो। वो करो जो तुम वास्तव में करना चाहते हो। हाँ, हाँ।"

दूसरी बार, बिना हवा के उस कमरे जैसे बक्से में पसीने से तर, एगोट ने सुझाया की मैं भाग जाऊँ और तालाब में कूद जाऊँ। और तीसरी बार उसने सलाह दी की मैं दीवार को चाटूँ। (खैर, मैं सोचता तो था की उसका स्वाद कैसा होगा)।

एगोट ने सुझाव दिया की मुझे अपने लिए खड़ा होना चाहिए, बुरा बर्ताव करना चाहिए, विद्रोह करना चाहिए, हर उस वक़्त जब मुझे पंक्तियाँ दी जाती हैं। और हर बार मैंने उसे नज़रअंदाज़ कर दिया।

मैंने उसे नज़रअंदाज़ किया जब मिस्टर ग्रन्ट ने मुझे बताया की मैं अपना सुबह का अवकाश कचरा उठाते हुए बिताऊंगा। हालांकि, यदि मैं सच बताऊ तो, मुझे वह 'सज़ा' पसंद आयी थी। उसकी वजह से मैं बाहर आ पाया था और उससे मुझे अपना ध्यान

केंद्रित करने के लिए काम मिल गया था।

मैंने तब भी एगोट को नज़रअंदाज़ किया जब मुझे पीई का पाठ पढ़ने में भाग लेने की जगह फुटबॉल के मैदान के चारों ओर दौड़ने को कहा गया था। और मैंने उसे नज़रअंदाज़ किया जब मुझे कक्षा की फ़ील्ड सैर को छोड़ने के लिए कहा गया था। मैंने मुझे मिलने वाली हर एक सज़ा का पालन किया।

और वे सज़ाएँ स्कूल तक ही नहीं रुकी।

देखिये, मेरे माता-पिता, थोड़े रूढ़िवादी थे। वे सामान्य तौर पर मेरे अच्छे माता-पिता बनने से ज़्यादा, अच्छे माता-पिता बनने की परवाह करते थे। वे सामान्य लगना चाहते थे; इज़्ज़तदार और ज़िम्मेदार। पर वे मेरी व्यक्तिगत ज़रूरतों को स्वीकारने के लिए तैयार नहीं थे।

और, मेरे व्यवहार को मद्देनज़र रखते हुए, उन्होंने वो किया जो उन्हें लगा समाज चाहेगा। उन्होंने मेरे लिए खड़े होने से इंकार कर दिया।

उन्होंने मुझे मेरे शिक्षक के गुस्से से नहीं बचाया। एक बार भी नहीं! वे मेरे शिक्षकों के साथ मिल गए! उन्होंने प्रत्येक मुद्दे पर स्कूल का समर्थन किया। प्रिय पाठक, वे भी मेरी आलोचना करने लगे! उन्होंने खुद मुझे दंड दिया!

मैं जब भी घर आया मेरे माता-पिता ने मुझे मेरे कमरे में भेज दिया। मुझे वहां पर ही रहना पड़ता था, अकेले, हफ़्तों तक। वह उबाऊ था; मेरे पास न टीवी थी न रेडियो। वहां बिलकुल भी कुछ करने के लिए नहीं था।

मुझे खाने के लिए भी उबाऊ खाना दिया जाता था। पुराने यू के लिए न आइसक्रीम थी न चॉकलेट!

मेरे पिता मुझे मारा करते थे जब भी मैं उनकी अवज्ञा करता था। 'बैंग! बैंग! बैंग!' उनकी आँखें लाल हो जाती थी। मेरा निचला भाग किसी पुरानी लगी चोट से दुख रहा था।

और मेरी माँ साबुन से मेरा मुँह धुलवाती थी जब भी मैं अप-शब्द कहता था।

"तुम्हें एक अच्छा बच्चा बनना होगा," वह कहती। "ऐसा कुछ मत करना जो मैं नहीं करती!"

मुझे लगता है उन सज़ाओं से मेरी माँ असहज महसूस करती थीं। वो जब भी मुझे दंड देती थीं उनकी वे ईमानदार, प्यार-भरी आँखें व्यथित लगती थीं; जैसे वो मेरा कुछ दर्द खुद भी महसूस कर रही हों। लेकिन मेरे पिता को देखकर लगता था की उन्हें यह करने में आनंद आ रहा है। वे जब भी मुझे दण्डित करते थे तब उनकी ठुड्डी बाहर निकल जाती थी। उनकी भौहें आनंद के लिए उछलने लगती थीं।

मेरे माता-पिता के परित्यजन ने मुझे पीसना शुरू कर दिया। उसने मेरे भीतर एक वीरान खदान खोल दी। मुझे सर्वशक्तिमान महासागर के द्वारा यादृच्छिक दिशा में फेंके हुए किसी रेत के एक कण की तरह महसूस हुआ। मुझे सुबह की हवा में किसी पंख की तरह लगा। मैं इतना ज़्यादा उदास था की मेरा एगोट की बात सुनने का मन करता था।

"अपना कमरा छोड़ दो," उसने अक्सर यह सुझाव दिया। "तुम्हारे माता-पिता क्या कर लेंगे? वे कुछ नहीं कर सकते! उनका तुम पर कोई अधिकार नहीं है, खुद पर तुम्हारा अधिकार है। नहीं, नहीं।"

पर मैंने कभी भी एगोट की बात नहीं सुनी।

एगोट के शब्द दूषित लग रहे थे। उनका खिंचाव शक्तिशाली था, उनकी धारणा सच्ची थी। लेकिन वे मेरे पतन की छवियों के बोझ से लदे हुए थे। जब भी एगोट ने कुछ बोला, मैंने उन सज़ाओं को याद किया जो मुझे उसके सुझावों को मानने पर भुगतना पड़ीं। मैंने खुद को पंक्तियाँ लिखते, कूड़ा उठाते या अपने कमरे में बैठे देखा।

उन सज़ाओं के दबाव ने एगोट के खिंचाव पर विजय प्राप्त कर ली।

और इसलिए मैं उन बुरे दिनों में सिर झुका कर शर्मिंदगी के साथ आगे बढ़ता गया। मैंने हथियार डाल दिए। मैंने वो सभी कुछ किया जिसकी मुझसे उम्मीद की गयी, जब भी उम्मीद की गयी, तब भी जब मैं नहीं करना चाहता था। मैंने 'कृपया' और 'धन्यवाद' कहा। मैंने तब ही कुछ बोला जब मुझसे बात की गयी।

लेकिन मैं उससे बाहर आ गया। मैं बच गया। क्योंकि, जब मैंने खुद को अस्वीकृत किया, लोगों ने मुझे स्वीकार करना शुरू किया। जितना ज़यादा मेरे कार्यों ने मुझसे विश्वासघात किया, उतना ही दूसरे लोगों ने मुझे अपनाया। उस सर्व-गायन, सर्व-नृत्य, पागल-खाने जैसी दुनिया में, मेरी अनुरूपता वास्तविक उत्सव का कारण थी। और उसने मुझे भी प्रसन्न किया। मुझे दूसरों को खुश करना अच्छा लगता था। मैं उन्हें खुश करना चाहता था! मेरे भीतर वह निःस्वार्थ इच्छा बढ़ गयी।

मैं जनता था मैं लोगों की ख़ुशामद कर रहा हूँ, क्योंकि उन्होंने मुझसे ऐसा करने को कहा था। जैसे की, तीन महीनों तक पंक्तिया लिखने पर जब मिस्टर ग्रन्ट ने मेरी पीठ थपथपाई थी:

"मैं जनता था हम तुम्हें एक सम्मान-जनक नागरिक बना देंगे," उन्होंने आत्म-संतुष्टिपूर्ण उल्लास के साथ गाया। "क्या अब दुनिया एक बेहतर जगह महसूस नहीं होती?"

वास्तव में तो नहीं लग रही थी, लेकिन मैंने फिर भी मिस्टर ग्रन्ट की सकारात्मक ऊर्जा की सराहना की। उससे मुझे गर्व महसूस हुआ। मेरा शरीर एक आरामदायक तरह

की गर्मजोशी से चमकने लगा और मेरे पैरों की उंगलियां सभी सनसना गयीं।

मैंने अपने माता-पिता के दयालु शब्दों की भी सराहना की:

"हमे तुम पर बहुत ज़्यादा गर्व है," उन्होंने मुझे और तीन महीने गुज़र जाने के बाद कहा। वे मुझे बॉलिंग के लिए ले गए थे। मेरी माँ ने मेरे घुटनों के ऊपर हाथों को मला और मेरे पिता ने हाँ में सिर हिलाया। (वो छूकर भावनाएं व्यक्त नहीं किया करते थे)।

मैंने उस सैर का आनंद लिया। और मैंने उन सभी चीज़ों का भी लुफ़्त उठाया जो मुझे मिली जब मैंने अच्छा व्यवहार किया; आइसक्रीम, आम और चॉकलेट; फुटबॉल के जूते, कंप्यूटर के खेल और फ़िल्में।

जब मैंने पूरा एक महीना बिना किसी मुसीबत में पड़े निकाला, मेरी माँ मुझे वॉटरपार्क में ले गयीं जहाँ भंवर, फिसल पट्टियां और जकूज़ी थे!

"तुम कितने अच्छे बच्चे हो," उन्होंने कहा। "तुम्हे थोड़ा मनोरंजन करने का अधिकार है।"

जब ट्रेन में किसी ने मुझसे झगड़ा करने की कोशिश की, लेकिन मैंने पलट के लड़ाई नहीं की, तो मेरी दादी ने मुझे कुछ च्यूइंग गम दिलायीं।

और जब मुझे एक परीक्षा में दस में से दस अंक मिले, मिस्टर ओ'डोनेल ने मुझे एक स्वर्ण स्टार दिया! वैसे ही जैसे सभी अच्छे लड़के और लड़कियों को मिलता था!

उस तरह का विशेष व्यवहार मुझे अच्छा महसूस करवाता था। वह मुझे अच्छे-से पेश आने के लिए प्रोत्साहित करता था। कृपया समझे, इसलिए नहीं की मैं अच्छे-से पेश आना चाहता था। अरे नहीं! केवल मात्र इसीलिए क्योंकि मुझे पुरस्कार चाहिए थे। मुझे वह पुरस्कार पसंद थे। और मुझे लोगों को खुश करना अच्छा लगता था।

मेरे लिए, यह एक तरह का काम था; मैं वह चीज़े कर रहा था जो मैं नहीं करना चाहता था, उस वेतन के बदले जो मैं पाना चाहता था। मुझे लगता है की आप कह सकते हैं की मैं एक मज़दूर था, समाज की इच्छाओं के पैरों तले काम कर रहा था।

आखिरकार मैंने समाज के अनुरूप ढलना शुरू कर दिया था...

आठ

मुझे उस वक़्त ये पता नहीं था, लेकिन मेरे माता-पिता और शिक्षक एक ऐसी प्रक्रिया का उपयोग कर रहे थे जिसे मनोवैज्ञानिक 'ऑपरेंट कंडीशनिंग' कहते हैं। मुझे नहीं लगता की उन्हें पता था वह उस प्रक्रिया का उपयोग कर रहे हैं। मुझे नहीं लगता की उन्हें यह तक पता था की ऑपरेंट कंडीशनिंग होती क्या है। लेकिन फिर भी वह इसका प्रयोग कर रहे थे।

ऑपरेंट कंडीशनिंग, एडवर्ड थोर्नडाईक की अवधारणा, 'लॉ ऑफ इफैक्ट' पर आधारित है, जिसमे यह बताया गया है की जिन कार्यों को करने के बाद सुखद परिणाम प्राप्त होते हैं उन्हें दोहराये जाने की सम्भावना बढ़ जाती है, जबकि जिन कार्यों को करने के बाद अप्रिय परिणाम प्राप्त होते हैं उन्हें दोहराने की संभावनाएं कम हो जाती है।

यह सामान्यबोध जैसा लगता है, है ना?

खैर, ऑपरेंट कंडीशनिंग वहां होती है जहां कोई व्यक्ति इस प्राकृतिक नियम का उपयोग किसी दूसरे प्राणी के व्यवहार में बदलाव लाने के लिए करता है; वांछित व्यवहार स्वरूपों को प्रोत्साहित करने के लिए सुखद परिणामों (जैसे पुरस्कार) का निर्माण करके, या अवांछित व्यवहार स्वरूपों को हतोत्साहित करने के लिए अप्रिय परिणामों (जैसे दंड) का निर्माण करके।

बुरहस स्किनर उन पहले मनोचिकित्सकों में से एक थे जिन्होंने यह साबित किया था की ऑपरेन्ट कंडीशनिंग काम कर सकती है। स्किनर ने एक प्रयोग तैयार किया जिसमे एक भूखे चूहे को एक बक्से के अंदर रखा गया। जब भी वह एक लीवर को ढकेलता था उसे खाने से पुरस्कृत किया जाता था, जिसे एक प्लास्टिक की नली के माध्यम से उस तक पहुंचाया जाता था।

पहले, स्किनर के चूहों ने यादृच्छिक (random) ढंग से बर्ताव किया। लेकिन, समय के साथ, वे सभी गलती से लीवर को ढकेल देते थे, जिसके लिए उन्हें खाना मिलता था। जल्द ही उन्हें समझ आ गया की वो लीवर को ज़्यादा बार ढकेल कर ज़्यादा खाना प्राप्त कर सकते हैं। और इसलिए उन्होंने लीवर को बार-बार ढकेला।

ऑपरेंट कंडीशनिंग ने उन चूहों को लीवर ढकेलने वालो में बदल दिया।

ऑपरेंट कंडीशनिंग के इस प्रकार को 'पॉज़िटिव रीनफोर्स्मेंट' या 'सकारात्मक सुदृढीकरण' कहा जाता है।

स्किनर ने अपने प्रयोग को अनुकूलित किया। इस बार, चूहे इलेक्ट्रोनिक करंट के अधीन थे जो फ़र्श पर दौड़ रहा था।

जल्द ही चूहों ने करंट को रोकने के लिए लीवर को धकेलना सीख़ लिया।

फिर स्किनर ने एक रोशनी को स्थापित किया, जो करंट से ठीक पहले चालू हो जाती थी।

समय के साथ, चूहों ने बिजली के झटके से बचने के लिए, रोशनी के आते ही लीवर को धकेलना सीख़ लिया। जब बिजली के झटके बंद कर दिए गए थे तब भी, रोशनी को देखते ही चूहों ने लीवर को धकेलना जारी रखा।

ऑपरेंट कंडीशनिंग के इस प्रकार को 'नेगेटिव रीनफोर्स्मेंट' या 'नकारात्मक सुदृढीकरण' कहा जाता है।

दंड और पुरस्कारों, रिश्वत और धमकियों की इस साझेदारी का उपयोग इंसानी व्यव्हार को प्रभावित करने के लिए भी किया जा सकता है। यह 'लिटिल अल्बर्ट एक्सपेरिमेंट' के द्वारा दर्शाया गया था।

उस परीक्षण में, दो मनोवैज्ञानिकों ने छोटे बच्चे अल्बर्ट को कुछ मुखौटे, एक बन्दर, एक खरगोश और एक चूहा दिखाया। मुझे नहीं पता की मनोवैज्ञानिकों और चूहों के बीच क्या है। मुझे लगता है की उन छोटे डरावने जीवों के प्रति उन लोगों की कोई स्थिरता या जूनून है। लेकिन वैसे भी, छोटे अल्बर्ट को उसे दिखाई जाने वाली किसी भी वस्तु से कोई परेशानी नहीं थी; उसने उन्हें देखकर बिलकुल भी कोई प्रतिक्रिया नहीं दी।

फिर मनोवैज्ञानिकों ने लोहे के पट्टे पर हथोड़ा दे मारा। छोटा अल्बर्ट रोने लगा। उस आवाज़ से वो डर गया था।

जब अल्बर्ट ग्यारह महीने का था, मनोवैज्ञानिकों ने उसे फिर से चूहा दिखाया। जब वह ये कर रहे थे उन्होंने लोहे के पट्टे को फिर से मारा।

छोटा अल्बर्ट रोने लगा, क्योकि वह आवाज़ से डर गया था। और जितनी भी बार इस प्रक्रिया को दोहराया गया वह रोने लगा, हफ्ते में एक बार, सात हफ़्तों के लिए।

अंत में, अल्बर्ट ने उस डरावनी आवाज़ को चूहे से जोड़ दिया। और इसलिए वह चूहे से डरने लगा। वह रोता और दूर जाने की कोशिश करता जब भी उसे चूहा दिखाया जाता, तब भी जब लोहे के पट्टे को नहीं मारा जाता था। और वह इसी तरह से बर्ताव करता था जब वो उन दूसरी चीज़ों को देखता था जो उसे चूहे की याद दिलाती थीं; जैसे उनका पालतू कुत्ता, फ़र वाला कोट, कुछ सूती ऊन और एक नकली क्रिसमस वाली पिता की दाढ़ी।

ठीक ऐसा ही मेरे साथ हुआ!

मेरे माता-पिता और शिक्षकों ने मेरे दुर्व्यवहार करने पर मुझे दंड दिया, जिसने मुझे दुर्व्यवहार नहीं करने के लिए प्रोत्साहित किया। यह नकारात्मक सुदृढीकरण का मामला था। और मेरे माता-पिता ने मुझे मेरे अच्छे बर्ताव पर पुरस्कृत भी किया, जिसने मुझे

अच्छा व्यवहार करने के लिए प्रोत्साहित किया। यह सकारात्मक सुदृढीकरण का मामला था।

"अच्छे लड़के बनो," मेरी माँ कहा करती थीं। "ऐसा कुछ मत करना जो मैं नहीं करती!"

और मैंने उनकी बात सुनी। लेकिन मुझे इससे कभी ख़ुशी नहीं हुई। भीतर की गहराईयों में, मैं 'अच्छा लड़का' नहीं बनना चाहता था। मुझे बस वो पुरस्कार चाहिए थे जो मुझे अच्छे बर्ताव पर मिलते थे। और मैं अभी भी उस तरह की चीज़े करना चाहता हूँ जो मेरी माँ 'नहीं करतीं'। पर मैंने ऐसी चीज़े नहीं की क्योंकि मुझे सज़ा मिलने का डर था। हाँ, मैं उनके अनुरूप ढल गया था। लेकिन, अल्बर्ट और चूहों की तरह ही, मुझे नहीं लगता मैं कभी भी सचमुच में खुश था।

मेरा मतलब, इस बारे में सोचिये। स्किनर ने उन चूहों को ठीक वैसा ही बर्ताव करने के लिए मजबूर कर दिया जैसा वो चाहते थे; उन्होंने उन चूहों को अच्छे छोटे लीवर ढकेलने वालों में तब्दील कर दिया। पर क्या आपको लगता है वो चूहे खुश थे? सचमुच खुश? आपको लगता है उन्हें बिजली के झटके सहना अच्छा लगता था? मेरा मतलब किसे बिजली के झटके सहना अच्छा लगता है? आपको नहीं लगता वे चूहे आज़ादी से नालों के आस-पास दौड़ना पसंद करते, चूहों वाले काम करते हुए जैसे चीज का टुकड़ा खाना और तारों को दांत से कुतरना?

और छोटे अल्बर्ट के बारे में क्या? आपको लगता है वो हर उस वस्तु से डरना चाहता था जो एक चूहे जैसी लगती है? वो बिकुल वैसे ही प्रतिक्रिया दे रहा था जैसा मनोवैज्ञानिक चाहते थे, पर मुझे संदेह है की वो सच में खुश था।

खैर, मैं भी वैसा ही था। मैं खुश नहीं था। मैं कैसे होता? मैं निरंतर भय की स्थिति में रह रहा था।

मैं जब भी कोई शरारत करना चाहता था, जब भी एगोट ने मुझे दुर्व्यवहार करने के लिए मना लिया था, मैं तुरंत ही उन दर्दनाक सज़ाओं को बारे में सोचता था जो मुझे सहना पड़ती।

मेरे सभी कार्य डर के नियंत्रण में थे...

जब मैं अपने कपड़े उतार कर नंगा भागना चाहता था, क्योंकि अंदर बहुत गर्मी थी, मैंने खुद को अपने स्कूल के रिसेप्शन पर देखा, पंक्तियाँ लिखते हुए जो बस कभी ख़तम ही नहीं हुई। अंत में, मैंने अपना जैकेट उतार दिया, लेकिन मैं बाकि के कपड़े पहने रखे।

जब मैं अपना रात का खाना ज़मीन पर फेंकना चाहता था, क्योंकि वह बहुत ही बेस्वाद था, मैंने खुद को अपने कमरे में बंद देखा, ऊबते हुए। तो मैंने वह बकवास खाना

खा लिया।

और जब मैं सुस्त सैंपसन की पिई किट छुपाना चाहता था, ताकि मैं उसे उसकी अंडरवियर में पिटी करते देख पाऊं, तब मैं खुद को अपने पिता द्वारा बार-बार पिटते हुए देखने से रोक नहीं पाया। 'बैंग! बैंग! बैंग!' इसके बारे में सोचने-भर से ही मेरे शरीर के निचले भाग में पीड़ा होने लगी। और इसलिए, अंततः, मैंने सुस्त सैंपसन की पिई किट ठीक वहीं रख दी जहाँ वो थी।

मेरे सभी कार्य मेरे डर के नियंत्रण में थे, ठीक वैसे ही जैसा छोटे अल्बर्ट के साथ हुआ था।

क्योंकि छोटे अल्बर्ट को हर बार चूहा देखने पर एक डरावनी आवाज़ सुनाई देती थी, इसलिए उसने उस डरावनी आवाज़ को चूहे से जोड़ लिया था। और वो चूहे से डरने लगा।

ठीक वैसे ही, क्योंकि हर बार दुर्व्यवहार करने पर मुझे सज़ा मिलती थी, मैंने दुर्व्यवहार को सज़ा से जोड़ लिया था। और इसलिए मैं दुर्व्यवहार करने से डरने लगा। भीतर की गहराईयों में, मैं अभी भी बुरा बर्ताव करना चाहता था। एगोट अभी भी मुझे बुरा व्यवहार करने के लिए प्रोत्साहित करता था। लेकिन ऐसा कभी हुआ नहीं।

मेरे अच्छे व्यवहार ने दूसरों को खुश किया; मैं वो इंसान बनता जा रहा था जो वो मुझे बनते देखना चाहते थे। पर मुझे नहीं लगता इससे कभी मुझे ख़ुशी हुई। मुझे नहीं लगता कोई भी खुश रह सकता है जब उन्हें अस्वाभाविक ढंग से कार्य करने के लिए मज़बूर किया जा रहा हो।

लाओ त्ज़ू कहते हैं: 'जब मैं उसे जाने देता हूँ जो मैं हूँ, तब मैं वो बन जाता हूँ जो मैं होता'।

खैर, मैं निश्चित रूप से 'जाने दे रहा था'। मैं वो बनता जा रहा था 'जो मैं होता'। लेकिन वो मुझे अंदर से तकलीफ़ दे रहा था। क्योंकि मैं वो बनना ही नहीं चाहता था 'जो मैं होता'। मैं वही बने रहना चाहता था जो मैं हूँ।

नौ

यह केवल सकारात्मक और नकारात्मक सुदृढीकरण, दंड और पुरस्कार नहीं थे जिन्होंने उस वक़्त मुझसे सच्चा और अच्छा बर्ताव करवाया। मेरे ऊपर एक बहुत महत्वपूर्ण ज़िम्मेदारी थी जिसने मुझे नियंत्रण में रहने में मदद की। देखिये, प्रिय पाठक, मैं कक्षा की अलमारी का मॉनिटर (छात्रनायक) था। और मुझे इस पद पर होने का बहुत ही अभिमान था!

जैसा की कहा जाता हैं, ज़िम्मेदारी होना किसी के व्यक्तिगत आत्मविश्वास के लिए अच्छा होता है।

कक्षा की अलमारी 3 मीटर चौड़ी और 2 दराज लम्बी थी। वह फाइबर बोर्ड से बनी हूई थी, जो की प्लास्टिक की पतली परत द्वारा संरक्षित किया हूआ था। उसमे छह दरवाज़े, अठारह हिन्ज (दरवाज़े के क़ब्ज़े) और एक सौ तेईस स्क्रू (पेच) थे। हाँ, मैंने उन सभी को गिना था। दो बार।

जब मैंने पहली बार उस ज़िम्मेदारी को लिया था तब वो अलमारी बहूत ही अव्यवस्थित थी। पेन पेन्सिलों के साथ मिले हूए रखे थे, रंग के डब्बे धूल से ढके हुए थे, और सारी अभ्यास पुस्तिकाएं अलग-अलग दिशा की ओर रखी हुई थीं।

पर जल्द ही मैंने उसे ठीक कर दिया!

जब मैंने यह कार्य समाप्त किया, सभी चीज़ें क्रम में और साफ़ सुथरी थीं। हर वस्तु का अपना स्थान था। नोक वाले पेन रंगों के अनुसार क्रम में रखे गए थे। पेन्सिलें सबसे छोटी से शुरू होकर सबसे बड़ी तक एक लाइन में रखी हूई थीं। यहां तक की मैंने दराजों में छोटे-छोटे लेबल भी चिपका दिए थे, यह निशान लगाने के लिए की प्रत्येक वस्तु कहाँ रखी है।

मुझे लगता है मुझे ज़रूर 'ऑब्सेसिव कंपल्सिव डिसऑर्डर' हूआ था।

मुझे उस अलमारी पर बहूत गर्व था। उसने मेरे दिमाग को ध्यान केंद्रित करने के लिए कुछ दिया था। और मेरे काम को सराहा भी गया था:

"वो रहा मेरा नन्हा लेफ्टिनेंट!" हमारी शिक्षिका, मिस ग्रे कहा करती थीं। वह मेरे बालों को सहलाया करती थीं, यह दर्शाने के लिए की वे मुझसे खुश हैं। और वो इस तरह से मेरी ओर देखकर मुस्कुराती थीं जिसका एक हिस्सा गर्वान्वित और दूसरा मोहक होता था।

मिस ग्रे बहूत ही प्यारी इंसान थीं। उनके गालों पर छोटे डिंपल थे जो उनके खुश होने पर गहरे हो जाते थे। और वह हमेशा ग्रीष्मकालिन कपड़े पहना करती थीं, जो वास्तव में

कमरे में उजाला कर देते थे। उन पर सुन्दर फूल, नन्हीं तितलियाँ और रेट्रो पैटर्न बने हुए होते थे।

मिस्टर ग्रन्ट ने भी मेरे काम पर टिप्पणी की थी:

"तुम इस स्कूल के सबसे अच्छे अलमारी के मॉनिटर हो," उन्होंने एक बार मुझसे कहा था।

मैं गर्व से शर्मा गया। मेरी त्वचा झनझना उठी। मेरे दांतों में सनसनाहट महसूस हुई।

अपनी ज़िंदगी में पहली बार, मैं ऐसा कुछ कर रहा था जो मज़ेदार था और उसकी सराहना भी हो रही थी। मैं आत्मसात करना शुरू कर रहा था।

मुझे वह ज़िम्मेदारी पसंद थी। जब मुझे खोया हुआ, बंधा हुआ या कमज़ोर महसूस होता था, तब मैं हमेशा बुरा बर्ताव किया करता था। मुझे स्वायत्तता चाहिए थी। मुझे अपने कार्यों पर शासन चाहिए था। और उस भूमिका ने मुझे कई तरह की शक्तियां दी थीं। मुझे अलमारी को अपने हिसाब से जमाने को मिला, जैसे मुझे सही लगा। मेरे पद ने मुझे वो ज़िम्मेदारी दी थी। उसने मुझे समाज में हिस्सेदारी दिलाई थी। और मुझे वह प्राणपोषक लगी।

मैं किसी को भी उस अलमारी को अव्यवस्थित नहीं करने देता था। मैं एक बड़े भाई की तरह रक्षात्मक था। मैं हिफ़ाज़ती था। और मुझे अभिमान था। अरे, बहुत ही ज़्यादा अभिमान!

पर जैसे लाओ त्ज़ू कहते हैं: 'अभिमान व्यक्ति को पतन की ओर ले जाता है'।

और वैसा ही हुआ। मेरा 'अभिमान' वास्तव में मुझे मेरे 'पतन' की ओर ले गया...

यह सब तब शुरू हुआ जब स्नॉटी मैकगिल ने कैंची को गलत जगह पर वापस रखा। प्रिय पाठक, एगोट ने अपना संकेत पहचान लिया था!

देखिये, एगोट मेरे दिमाग के परिदृश्य में स्थायी आकृति बना हुआ था। वह अभी भी वहां घर जैसे था; मेरी मांसल नसों पर मौज करते और मेरे दिमाग के अलग-अलग भागों में झूलते हुए। पर वो ज़्यादा कुछ नहीं बोलता था। उसने अपनी कुछ आभा खो दी थी। वह एक अवांछित शख्स बन गया था; मेरी उसका विरोध करने की इच्छा के अधीन।

एगोट ने मेरी तरफ़ घूर कर देखा।

यह कहना गलत होगा की उसकी आँखें कुत्ते के बच्चे जैसी थीं। एगोट उसके लिए कुछ ज़्यादा ही मोहक था। उसने जिस तरह से मुझे देखा उसमे बेकरारी का एक अंश था। उसने अपने घुटनों को सामान्य प्रकार से नहीं मोड़ा था। बल्कि, वह बिलकुल सीधा खड़ा था। और उसकी आवाज़ उदासीन लग रही थी। एगोट को अपना मुँह खोलने के लिए

इतनी ज़्यादा ऊर्जा लग रही थी जैसे की उसके पास पूर्णतः अपनी स्वरतंत्री को सक्रीय करने की ताकत नहीं है।

"यू?" वह फुसफुसाया। "यू?"

एगोट ने हवा में एक ऊँगली उठायी और बोलने की अनुमति का इंतज़ार किया।

मैंने हाँ में सिर हिलाया।

"तुम्हे वह पसंद नहीं आया, है ना?"

मैंने फिर से हाँ में सिर हिलाया।

"लोगों को तुम्हारी व्यवस्था के साथ गड़बड़ी नहीं करनी चाहिए, करनी चाहिए क्या?"

मैंने ना में सिर हिलाया।

"तो फिर, शायद स्नॉटी मैकगिल के बाल खींचना एक अच्छा विचार है। उसे पता होना चाहिए की उसने दुर्व्यवहार किया है। जब तुम दुर्व्यवहार करते हो तुम्हे दंड मिलता है, तो उसे भी दंड मिलना चाहिए। यह न्यायोचित ही है।"

मैंने स्नॉटी मैकगिल के बाल खींच दिए।

मैंने सोचे बिना ही ऐसा कर दिया। और मुझे तुरंत ही इसका पछतावा हुआ। मुझे तब भी इसका पछतावा हो रहा था जब मैं यह कर रहा था!

"ईईईईईईईईई," स्नॉटी मैकगिल चिल्लाई।

वह एक कान फाड़ देने वाली चीख़ थी, किसी उस्तरे की तरह तीक्षण और किसी प्रसूति बन्दर की तरह तेज़। वो मुझे ऐसे चीरती हूई निकल गयी जैसे मक्खन को चाकू।

मेरी स्थिति की गंभीरता ने मुझे बोझ तले दबा दिया।

मुझे यह समझने में एक क्षण लगा की मैंने क्या कर दिया है। और फिर सब कुछ साफ़ हो गया। मैंने एगोट की बात सुन ली थी! मैंने महसूस तक नहीं किया की मैं वो कर रहा था। एगोट ने सुझाव दिया था की मैं स्नॉटी मैकगिल के बाल खींच दूँ। और मैंने उसके बाल खींच दिए। ऐसे ही! मैंने उसके बारे में सोचा तक नहीं। मैंने बस वो कर दिया; ठीक वहां, ठीक तभी, ठीक उस वक़्त।

और मुझे लगा था की मैंने एगोट को चुप करा दिया था! कितना बेवकूफ था मैं!

मेरा खून जम गया और मेरी मासपेशियां पत्थर-सी हो गयीं।

उस चीख़ ने हवा को साफ़ दो टुकड़ों में काट दिया।

मिस ग्रे का चेहरा निराशा की तस्वीर था; आर्ट नूवो के गालों और सादी आँखों के साथ। उनके डिंपल,जो उनके खुश होने पर गहरे हो जाते थे, वो कम हूए और फिर गायब हो गए। उनकी ग्रीष्मकालीन पोशाक के फूल मुरझाते और गायब होते प्रतीत हुए।

"मुझे माफ़ कर दीजिये मिस," मैंने दबी आवाज़ में कहा। "मैं ऐसा नहीं करना चाहता था।"

"तो फिर तुमने ऐसा क्यों किया?" मेरी शिक्षिका ने कहा।

"सच बता दो," एगोट ने सलाह दी। वह पहले की तुलना में कहीं ज़्यादा सहज लग रहा था। उसे अपना पुराना वा-वा-वूम (आकर्षण) वापस मिल गया था। उसकी आँखों में चमक वापस आ गयी थी।

"उन्हें बता दो स्नॉटी मैकगिल ने क्या किया।"

"चुप रहो!" मैंने अपने दिमाग के अंदर वापस बोला।

"मैं एक शरारती लड़का हूँ, मिस," मैंने ज़ोर से जवाब दिया। "मैं बहुत ही ज़्यादा शरारती लड़का हूँ। मैं दंडित होने के योग्य हूँ।"

मिस ग्रे ने मेरी आँखों में देखा।

वह बहुत ही सुन्दर लग रही थीं! उनके अंदर एक आग थी जिससे उनका चेहरा लाल पड़ गया था। उनके अंदर कोमलता भी थी। मैंने उन्हें अपने सामने पिघलते प्रत्यक्ष देखा था। उनके कंधे शिथिल हो गए थे। उनके डिंपल वापस आ गए थे।

"क्या तुम वास्तव में दंडित होना चाहते हो?" उन्होंने पूछा।

"जी मिस," मैंने जवाब दिया। "मैं सचमुच, वाक़ई में दंडित होना चाहता हूँ। मैं इतनी कड़ी सज़ा पाना चाहता हूँ की मैं दोबारा कभी उस तरह से दुर्व्यवहार ना करूँ। मैं एक बुरा, बहुत बुरा लड़का हूँ। मैं चाहता हूँ की आप मुझे एक सबक सिखाएं।"

मैं एगोट का दिल टूटने की आवाज़ सुन सकता था:

'क्रैक!!!'

एगोट ने अपने सीने को अंदर दबाया और उसे दोगुना कर दिया। उसका दम घुटने लगा था। उसके सुनहरे बाल सफ़ेद रंग के फ़ीके वर्ण के हो गए थे।

मुझे उसका दर्द महसूस हुआ। यह ऐसा था जैसे मेरा भी एक भाग पीड़ित था। मेरा सीना तंग और मेरा गला कसता हुआ महसूस हो रहा था। मेरे अंदर करंट दौड़ गया।

मिस ग्रे हँसने लगीं। उनके डिंपल गहरे होने लगे।

"ठीक है," उन्होंने कहा। "मैं तुम्हे क्या बताउंगी; तुम अपनी सज़ा का प्रबंध खुद कर सकते हो। इस कार्डबोर्ड के टुकड़े पर 'बाल खींचनेवाला' लिखो और उस धागे के टुकड़े को अपने गले में लटकाने के लिए इस्तेमाल करो। तुम इसे पश्चाताप के चिह्न के रूप में जब तक तुम्हे उचित लगता है पहनो।

"क्या यह ठीक है, मेरे नन्हे लेफ्टिनेंट?"

मैंने हाँ में सिर हिलाया।

मैंने उस चिह्न को अपने गले में लटकाया और पूरे चार हफ़्तों तक पहने रखा। आखिर में मिस ग्रे को ही उसे मेरे गले से निकालना पड़ा था। उन्होंने कहा मैंने खुद को पर्याप्त सज़ा दे दी है।

दस

हर बार जब मैंने वह चिह्न पहना, एगोट कराहा था। मैंने जितनी बार उसकी सलाह को नज़रअंदाज़ किया, उसने अपनी पसलियों को कसकर पकड़ लिया था। उसकी त्वचा जो एक समय नरक की आग जितनी लाल थी, निष्प्राण और मटमैले रंग की हो गयी थी। उसके बाल सफ़ेद रंग के और भी अधिक फ़ीके वर्ण के हो गए थे।

ऐसा नहीं कह सकते की मैंने एगोट को नहीं सुना। जैसे की पिछली कहानी में, ऐसे कई अवसर थे जब मैंने उसकी सलाह का सहजता से पालन किया था। वो अवसर दुर्लभ थे। वे सिर्फ कुछ महीनों में ही आते थे। लेकिन वो आते थे...

मैंने एगोट की बात सुनी जब उसने कहा की मैं स्टेसी फेयरक्लॉ को एक प्रेम सन्देश लिखकर दूँ। मैंने लिखा; 'मुझे तुम्हारे बाल पसंद हैं। वह बहुत ही सुन्दर लगते हैं'। मैंने इस बारे में सोचा ही नहीं की मैं क्या कर रहा था। मैंने बस वो कर दिया। पहला, क्योकिं वह ऐसी चीज़ थी जो मैं सचमुच करना चाहता था। और दूसरा, क्योकि वो सच था। स्टेसी के बाल सच में सुन्दर लगते थे। वो लड़की खिलना शुरू हो गयी थी।

एगोट चमकने लगा। उसकी त्वचा हफ़्तों बाद दमक रही थी। और उसके कुछ बालों ने अपनी सुनहरी चमक वापस प्राप्त कर ली थी।

लेकिन जब मिस ग्रे ने मुझे अलमारी के मॉनिटर की ड्यूटी से हटा दिया था, कक्षा में खलल डालने की सज़ा के तौर पर, और जब मैंने वह सज़ा बिना किसी शिकायत के स्वीकार कर ली थी, एगोट अपनी पूर्वस्थिति में लौटने लगा। उसने झुक-कर चलना शुरू कर दिया था। और उसने अपने बालों को गिराना शुरू कर दिया था।

एक विशेष रूप से तनावपूर्ण पाठ के दौरान, जिसमे हमारी कक्षा को गुणा तालिकाओं को ज़ोर से पढ़ना था, मैं चिल्लाया 'पू! पेशाब! उलटी!' अपनी आवाज़ के सबसे ऊँचे सुर में। एगोट ने अपने पैरों को एक के ऊपर एक रखा, अपने धूम्रपान वाले पाइप को जलाया, और सुझाव दिया की मैं ऐसा करूँ। और वो मैंने कर दिया। बस ऐसे ही, बिना सोचे। हालाँकि मुझे लगता है की मैं अपना थोड़ा उत्साह कम करना चाहता था।

एगोट ने तुरंत ही अपनी थोड़ी ताकत वापस प्राप्त कर ली। उसके एल्फ जैसे कान ऊपर उठ गए और उसकी आँखें छह महीनों में पहली बार चमकने लगीं।

लेकिन मिस ग्रे ने सकारात्मक प्रक्रिया नहीं दी। उनके डिंपल पूरी तरह से गायब हो गए थे। उनकी ग्रीष्मकालीन पोशाक उनके तंग कन्धों से लटकी हुई थी। और उन्होंने मुझे पूरे तीन घंटों के लिए चुपचाप बैठा दिया। तीन घंटे!

जब मेरी माँ को पता चला की मैंने क्या किया था, तो वो भी हैरान थीं। उनका चेहरा

सफ़ेद और शव जैसा हो गया था। उनकी आँखों से प्यार सूख गया था। और उन्होंने बड़बड़ाना शुरू कर दिया:

"तुम एक अच्छे लड़के क्यों नहीं बन सकते? तुम ऐसी चीज़ें क्यों करते हो जो मैं नहीं करती? क्यों, अरे क्यों, अरे क्यों?"

उन्होंने एक हफ़्ते के लिए मेरे टीवी देखने पर रोक लगा दी। उन्होंने मेरा पसंदीदा रिकॉर्ड कूड़ेदान में फ़ेंक दिया। और उन्होंने सिनेमा जाने की हमारी मासिक यात्रा को रद्द कर दिया।

मैंने उन सभी सज़ाओं को स्वीकार कर लिया।

और इसलिए एगोट मुरझा गया। उसके गाल दो बासी किशमिश जैसे दिखने लगे। उसका गोलाकार पेट ढीला पड़ने लगा। उसके नाख़ून बाहर निकल कर गिरना शुरू हो गए। और उसका शरीर सिकुड़ना शुरू हो गया।

और फिर एक समय ऐसा था जब मिस ग्रे ने गेविन की उसके कार्य में मदद की थी। वो हमारे ऊपर इस तरह से झुकी की उनकी ग्रीष्मकालीन पोषक मेरे सामने टेबल पर गिरी। मैं उसका विरोध नहीं कर पाया। मैं खुद पर नियंत्रण नहीं रख पाया। मैं एगोट को सुने बगैर नहीं रह पाया!

उसके सुझाव पर, मैंने अपना लालची हाथ उठाया और उस कोमल सूती कपड़े को भींच लिया। मैंने उसे सहलाया। मैंने उसे अपनी आँखों तक उठाया और वाइसरॉय तितली की छवि को देखने लगा। मुझे मिस ग्रे की जांघों की झलक भी दिखाई दी थी।

और, मुझे यह स्वीकार करना होगा, की मुझे अविश्वसनीय महसूस हूआ। मेरा शरीर घोर आनंद से भर उठा। मेरा दिल अनियंत्रित उल्लास के साथ ज़ोर-ज़ोर से धड़कने लगा। और मैं पूरे तीन इंच बढ़ गया।

एगोट के आत्मविश्वास में भी वृद्धि हुई। उसके आकर में भी वृद्धि हुई। वो भी अनियंत्रित उल्लास के साथ मुस्कुराया।

लेकिन मिस ग्रे चिल्ला रही थीं:

"विद्रोह! ग़दर! लेफ्टिनेंट शॉडकिन - अपनी हद पहचानों!"

उनके चेहरे पर सदमे और दहशत के भाव ने मुझे हड्डियाँ चकनाचूर कर देने वाली टक्कर के साथ ज़मीन पर ला पटका। उनकी मुड़ी हूई गर्दन और फूला हूआ मुँह देखकर मुझे एहसास हूआ की मैंने क्या कर दिया है। और मुझे इस पर विश्वास नहीं हो रहा था। मुझे यकीन नहीं हो रहा था की मैंने एगोट की बात मान ली थी।

उसके बाद मुझे दो हफ़्तों के लिए रसोई के दस्ताने पहनने पड़े। वे बहूत ही गर्म एवं पसीने वाले, खुजली वाले और मोटे थे। उनमे से कुछ बहुत पुरानी-सी बदबू आती थी! पर

मैंने कभी शिकायत नहीं की। भले ही मुझे यह पसंद नहीं था, लेकिन मैं वाकई मानता था की मैं इस सज़ा का हक़दार हूँ।

और इसलिए एगोट और भी दुर्बल हो गया। उसके सारे दांत गिर गए, उसकी चमड़ी सफ़ेद पड़ गयी और उसका शरीर उसके असली आकर से आधे आकर का हो गया।

जब भी मैं कोई दंड स्वीकार करता था एगोट को सहना पड़ता था। और ऐसा बहुत होता था। क्योंकि, उसके बाद के महीनों में, जब भी कुछ गलत होता था तो मुझे दंड मिलता था। चाहे कुछ भी होता हो।

मुझे सज़ा मिली जब मेरी कक्षा का परीक्षा में परिणाम खराब था, जबकि मेरा परिणाम ठीक था।

मुझे टॉयलेट में बाढ़ लाने के लिए सज़ा मिली। लेकिन मैंने तो यह किया भी नहीं था! सचमुच! मुझे नहीं पता इसका ज़िम्मेदार कौन था, पर वो मैं तो नहीं था।

और मुझे रंग का डब्बा गिरा देने के लिए दंड मिला। वह एक हादसा था। मैं आपको बता रहा हूँ न, एक हादसा! फिर भी मुझे उसके लिए सज़ा मिली।

ऐसा लगता था जैसे मेरे शिक्षकों में डिफ़ॉल्ट सेटिंग है; 'कुछ गलत होता है, चलो यू शॉडकिन पर इलज़ाम लगाओ'।

मैं निर्दोष साबित होने तक अपराधी था। और वहां कभी भी एक निष्पक्ष जाँच नहीं होती थी। मैं घुटने टेक देता था और वे मुझे तलवार के सामने रख देते थे।

मैंने इसे स्वीकार किया।

एगोट दर्द से कराहने लगा।

ग्यारह

एगोट छोटा एवं कमज़ोर, दुर्बल एवं निरहंकार हो गया था। उसके पैरों ने अपनी झिल्ली खो दी थीं और उसके एल्फ़ जैसे कान लटक गए थे। उसकी चपटी टोपी उधड़ गयी थी और उसका आकर्षण फीका पड़ना शुरू हो गया था।

वह इतना नाउम्मेद हो गया था की आख़िरकार मैं उसे उसके स्रोत पर रोक सकता था।

वो उन भ्रामक दिनों में से एक था जब मौसम को पता नहीं होता की वो आ रहा है या जा रहा है; खुला मौसम सर्वव्यापक कोहरे में बदल रहा था; शांत धूप को उग्र बादल ढँक रहे थे।

श्रीमती स्केलेट, हमारी उस वर्ष की शिक्षिका, प्राचीन ग्रीस में हूई किसी हिंसात्मक जंग के बारे में बता रही थीं। उनकी पेट की चर्बी उनके स्कर्ट के ऊपर वाले बटन से जूझ रही थी। और उनका इत्र उनके शरीर की बदबूदार गंध से लड़ने की नाकाम कोशिश कर रहा था। उनमें से ज़रूरत से ज़्यादा पके हुए शाहबलूत के सूप की गंध आ रही थी।

मैं विचलित हो गया था।

मुझे रक्तरंजित युद्ध या ट्रोजन हॉर्सेज की ज़्यादा परवाह नहीं थी। तो मेरी आँखों ने भटकना शुरू कर दिया। बदले में मैंने हर एक छात्र को देखा। और मैंने सोचा की वे वास्तव में क्या करना चाहते होंगे।

स्नॉटी मैकगिल पाठ में खोयी हूई थी। उसकी छोटी चमकदार आँखें श्रीमती स्केलेट के स्पोंजी होंठों पर टिकी हूई थी। तो मैंने उसकी कल्पना एक समुद्री डाकू के रूप में की, एक जहाज़ के मस्तूल से झूलते हुए, श्रीमती स्केलेट की कहानियों के एक योद्धा की तरह जंग छेड़ते हूए।

स्टेसी फेयरक्लॉ अपने बालों के छल्ले को घुमा रही थी; किसी गर्वित मोर की तरह खुद को सँवारते हूए। तो मैंने उसकी सुपर मॉडल की तरह कल्पना की, हज़ारों कैमरों के फ़्लैशों की चमक में आराम से कैटवॉक करते हूए।

गलफुल्ला स्मिथ अपने नर-स्तनों के साथ बाज़ीगरी कर रहा था। तो मैंने उसकी कल्पना शेर को कलाबाज़ियां सिखाने वाले के रूप में की, अपनी बाह की लम्बाई पर हूला हूप वाला घेरा पकडे हूए, अपने नितंबों को इठलाते हुए। उसने शेर की तरफ देखते हुए आँख मारी। और वह उस घेरे में से कूद गया।

सुस्त सैंपसन सो रही थी।

मैंने कमरे का अवलोकन करना जारी रखा जब-तक मुझे कुछ हिलता हुआ दिखा,

अचानक और फ़ुर्ती से, खड़ी हुई अलमारियों के नीचे।

मैंने कंकाल के ढांचे को ध्यान से देखा। मेरी आँखें उस पर टिकी हुई थीं।

पर कुछ नहीं हुआ।

घड़ी की सुइयाँ धीरे-धीरे टिक-टिक करती रहीं।

और फिर, पलक झपकते ही, स्कूल का चूहा अपनी पूरी रफ़्तार से भागा। वह आज़ाद हो गया था!

"यिप्पी!" एगोट ख़ुशी से चिल्लाया, दर्द में अपनी पसलियों को पकड़ते हुए। "आज़ादी! हाँ, हाँ।"

चूहा तेज़ी से दीवार के नीचे लगी लकड़ी की पट्टी पर दौड़ा।

एगोट ने ख़ुशी से उछलने की कोशिश की। उसके पास सांस लेने जितनी भी ताकत नहीं थी, लेकिन उसका चेहरा ज़रूर चमकने लगा था। उसके सख़्त गालों पर मुस्कुराहट की झलक आने लगी थी। और उसकी निराश आँखों में आशा की एक उदास झिलमिलाहट दिखाई दी। मेरी निराश आँखों में।

चूहा बंद दरवाज़े की तरफ भागा।

"उसे बाहर जाने दो!" एगोट ने चिल्लाया। वह हांफ़ने लगा। उसे उबकाई आयी। उसने खुद को शांत किया। और फिर उसने कहा:

"दरवाज़ा खोल दो! तुम इसकी भागने में मदद करना चाहते हो! मुझे लगता है तुम करना चाहते हो! हाँ, हाँ!"

और, पता है क्या? मैं ऐसा करने वाला था! मेरा सीना आगे की तरफ बढ़ा। मैं अपनी सीट के बाहर कूदा!

पर जैसा की लाओ त्ज़ू कहते हैं: 'मुआवज़ा अच्छे और बुरे के साथ जाता है, जैसे परछाई पदार्थ के साथ जाती है'।

खैर, एगोट के प्रभाव का 'पदार्थ', जिसने मुझे आगे धकेला था, के साथ मेरे आत्मसंयम की 'परछाई' भी थी, जिसने मुझे पीछे रोक लिया। क्रिया बराबर और विपरीत प्रतिक्रिया से जा मिली। मेरी पसलियों ने मेरे अंदर के कल-पुर्ज़ों की अग्रिम गति को रोक दिया। मेरे घुटने लॉक हो गए। और मेरे कंधे झुक गए।

मेरी रीढ़ की हड्डी पीछे की ओर हो गयी और मेरे पैर आगे की ओर बढ़ गए। मेरा शरीर हवा के हल्केपन से ऊपर उठ गया। और मेरे नितंब फ़र्श की कठोरता से जा टकराये।

मेरी पूरी कक्षा मुझ पर हँस रही थी। मुझ पर! मुझे पता है वे मुझ पर नहीं हँस रहे थे। मुझे इस बात का यकीन था।

मैं बहुत शर्मिंदा था। मेरा चेहरा पूरी तरह लाल पड़ गया था।

एगोट का सिर्फ चेहरा ही लाल नहीं हुआ था, वह पूरा का पूरा लाल हो गया था! वह एक धूम्ररहित गोले से घिरा हुआ था। वह तमतमाया। वह चिल्लाया। और वह मेरे दिमाग की पश्चकपाल पालि के फ़र्श पर गिर गया, जहाँ वो अपनी राख़ के ढेर पर पड़ा रहा।

उसने ऊपर मेरी तरफ़ अत्यधिक निराशा से देखा।

मैंने नीचे उसकी तरफ़ अत्यधिक तिरस्कार से देखा।

"मुझे माफ़ करना," मैंने श्रीमती स्केलेट से कहा।

मैंने ख़ुद पर से धूल साफ़ की और अपनी सीट पर लौट गया।

"स्कूल का चूहा भाग गया है," मैंने कहा। "हमे उसे पकड़ कर उसके पिंजरे में वापस डालना होगा।"

बारह

उसके बाद एगोट ने शायद ही कभी कुछ कहा। मुझे नहीं लगता उसमे इतनी ताकत थी।

वह आग में जला हूआ पीड़ित लग रहा था, जो मुझे लगता है वह था। और वह मरणासन्न रोगियों के आश्रय में किसी बीमार वृद्ध की तरह रह रहा था। वह बहूत ही कम हिलता था। वह अपना ज़्यादातर समय मेरे मस्तिष्कमेरु-द्रव्यों में नहाते हूए बिताता था। वह इतना पतला था की आप उसका कंकाल देख सकते थे। लेकिन उसकी आँखें अभी भी मेरे ही समान थीं।

मुझे लगता है वो अभी भी मुझे प्रभावित करने की कोशिश करता है, लेकिन उसकी छोटी-सी आवाज़ इतनी धीमी हो गयी है की मैं उसे ठीक से सुन ही नहीं पाता। मेरा मन साफ़ हो गया था। और मैंने बुरा व्यवहार करना बंद कर दिया। अंततः मैं एक अच्छा बच्चा बन गया था। कक्षा के समाज का एक सम्मानित सदस्य। मैं नियमों का पालन करने लगा था!

जब-तक मुझसे बात न की गयी हो मैंने कभी बात नहीं की। कक्षा के दौरान न मैं कभी लड़ा न खेला। मैंने कभी भी किसी और पर च्यूइंग गम नहीं चिपकायी। कभी नहीं! एक बार भी नहीं!

मैंने 'होमवर्क क्लब' में हिस्सा लिया, स्कूल की गायक-मंडली में शामिल हो गया और स्कूल फ़ुटबॉल में आने की कोशिश की। (हालाँकि मैं इसमें सफल नहीं रहा)।

मैंने हमेशा अपनी शर्ट पैंट के अंदर टक करके, कॉलर को नीचे और जूतों को बांध कर रखा। (मैं प्रायः विफल रहा)।

मैंने कक्षा अधिकारी बनने का प्रस्ताव रखा। (मैं मतदान में तीसरा आया)।

लेकिन मेरे अंकों में सुधार आया। मैं विज्ञान की परीक्षा में अपनी कक्षा में दूसरे स्थान पर आया। मैं अंडे और चम्मच की दौड़ में तीसरा आया। और यहाँ तक की जब हमारी कक्षा में खाना बनाने की प्रतियोगिता हूई थी तब मैं विजेता टीम का सदस्य था!

मेरी अनुरूपता पुनः मेरी प्यारी वृद्ध माँ के भीतर साँसे लेने लगी। अभी भी जब वो मुझे स्कूल छोड़ने जाती हैं, वो मुझे चूमती हैं, गले लगाती हैं और कहती हैं:

"अच्छे लड़के बन कर रहना। ऐसा कुछ मत करना जो मैं नहीं करती!"

उनकी आँखे अभी भी निष्ठावान दिख रही थीं। इतनी ईमानदार! इतनी प्यार भरी!

लेकिन उनके व्यवहार में कुछ नयापन था। कुछ अवर्णनीय। उम्मीद जैसा कुछ। विश्वास जैसा कुछ। ऐसा जैसे की वो जो कह रही हैं उस पर उन्हें वास्तव में भरोसा था;

की उन्हें विशवास था की शायद मैं वाकई एक 'अच्छा लड़का' बन सकता हूँ; की मैं 'ऐसा कुछ नहीं करूँगा जो वो नहीं करतीं'।

यदि आपको मेरा परिवर्तन कुछ हद तक अकल्पनीय लगे, प्रिय पाठक, या यह थोड़ा अवास्तविक लगे, तो कृपया ये याद रखें की मुझे वो है जिसे मनोवैज्ञानिक 'सभी या कुछ भी नहीं व्यक्तित्व' कहते हैं। मैं ऐसी प्रक्रिया में संलग्न हूँ जिसे 'स्प्लिटिंग' कहते हैं।

या तो मैं चॉकलेट से भरा पूरा थैला खा सकता हूँ, या फिर मैं एक भी चॉकलेट खाने से बचूंगा, लेकिन केवल एक चॉकलेट खाकर डब्बा बंद कर दूँ ऐसा मैं नहीं कर सकता। मैं संतुलन नहीं बना सकता।

तो जब अच्छा बर्ताव करने की बात आयी, अगर मैं वो करने वाला था, तो मैं पूरी तरह से वह करने वाला था। मैं प्रत्येक नियम का पालन करने वाला था, फिर चाहे कैसे भी हालत हो। और मैं हर उस व्यक्ति का तिरस्कार करने वाला था जो ऐसा नहीं करता।

मैं आपको इस तरह के व्यवहार के कुछ उदाहरण देता हूं ...

जब मैं दस साल का हूआ था हमारी कक्षा को बाहर कतार बना कर खड़े होने को कहा गया था, जबकि हमारे शिक्षक अपने सहयोगी को ढूंढने गए थे। खैर, बारिश शुरू हो गयी, इसलिए बाकि सारे बच्चे अंदर चले गए। लेकिन मैंने आदेशों का पालन किया। मैं बारिश में खड़ा रहा!

मैं काँपने लगा। मुझे ज़ुखाम हो गया। मेरे सभी सहपाठियों को लगा की मैं पागल हो गया हूँ। यहां तक कि गेविन गिलिस, जो उस समय मेरा सबसे अच्छा दोस्त था, उसने अपना सिर हिलाया और तु-तु-तु-तु किया। गलफुल्ला स्मिथ बन्दर जैसे हँसने लगा। उसने मुझे हँसते हूए आँख मारी।

लेकिन मैं नियमों का पालन कर रहा था। इस बात के लिए मुझे खुद पर गर्व था। और मेरे शिक्षक ने मुझे एक हाउस अंक भी दिया था, तो अंत में मुझे अनुभव हुआ की मैं सही साबित हूआ।

दूसरी बार, जब मेरी कक्षा को डांटा गया था सुबह की सभा में ज़ोर से न गाने के लिए, मैंने इतनी ज़ोर से गाया की सभी पक्षी अपनी शाखाओं से कूद गए! मैंने दूसरे सभी बच्चों की आवाज़ को दबा दिया था!

और फिर, ग्यारह की उम्र में, मेरे आज्ञापालन ने मुझे वाकई मुसीबत में डाल दिया था।

यह सब तब शुरू हूआ जब मुझे टॉयलेट जाना था:

"क्या मैं बाथरूम जा सकता हूँ?" मैंने पूछा।

"क्यों?" श्रीमती बाल्डिंग, हमारी उस साल की शिक्षिका ने जवाब दिया।

"मुझे टॉयलेट करना है।"

"वाकई यू! तुम्हे लंच के वक़्त जाना चाहिए था!"

मैंने अपना सिर झुका लिया।

मैं कहना चाहता था की, 'मुझे लंच के वक़्त जाने की ज़रुरत महसूस नहीं हुई', लेकिन मैं उन्हें पलट कर जवाब नहीं देना चाहता था। श्रीमती बाल्डिंग अच्छी थीं, लेकिन वे सख़्त थीं। एक बार, वो गलफुल्ले स्मिथ पर चिल्लाई थी क्योंकि उसने उन्हें आँख मारी थी! उन्होंने गेविन गिलिस को पूरा दिन नंगे पैर चलने को कहा था क्योंकि उसके जूतों में मिट्टी लगी हुई थी!

तो आप वाकई श्रीमती बाल्डिंग के बुरे पक्ष को नहीं देखना चाहेंगे। अरे नहीं! और पलट कर जवाब देने से मैं उनके बुरे पक्ष की तरफ़ आ जाता। तो मैं बस वहां बैठा रहा, अपने पैरों को एक के ऊपर एक रखते और हटाते हुए। और, कुछ असुविधाजनक मिनटों के बाद, मुझे जाने की इजाज़त मिल गयी थी।

"सचमुच यू! क्या यह एक आपातकालीन स्थिति है?" श्रीमती बाल्डिंग ने पूछा। उनके बाल, जो चिड़िया के घोंसले जैसे दिख रहे थे, वह प्रत्यक्ष रूप से सिकुड़ने लगे।

मैंने बेसब्री से सिर हाँ में हिलाया और कमरे से बाहर भागा।

जब तक मैं लौट कर आया 'शांति काल' शुरू हो चुका था। सभी अपनी सीट पर बैठे थे, पढ़ते या लिखते हुए।

मुझे शांति पसंद थी। वह मुझे दिन में सपने देखने की अनुमति देती थी।

मेने सपना देखा की मैं जंगल में दौड़ रहा हूँ, अपने पैरों की उँगलियों के बीच झाड़ियों और अपने बालों में सूखे पत्तों के साथ। मैंने सपना देखा की मैं नमक के समुद्र में पानी से खेल रहा हूँ। मैंने पक्षी की तरह बादलों के बीच उड़ने का सपना देखा।

सुस्त सैंपसन ने गुनगुनाना शुरू कर दिया।

यह असामान्य था, क्योकि सुस्त सैंपसन आमतौर पर शांत काल के वक़्त सोती थी। और मुझे लगा यह गलत है, क्योकि आप गुनगुना नहीं सकते थे। जब मैंने शांत काल के वक़्त गुनगुनाया था मुझे पंक्तियाँ लिखनी पड़ीं थी; 'मौन स्वर्णिम है, गुनगुनाहट को अपने भीतर रखना चाहिए'।

मुझे लगा की मुझे कुछ करना चाहिए। और इसलिए मैंने अपने मुँह पर एक ऊँगली रखी और सुस्त सैंपसन को शांत रहने को कहा।

सुस्त सैंपसन ने अपनी जीभ बाहर निकाली। वह 'यू' के आकर की (U-shaped) और गुलाबी थी।

मैंने अपनी भौहें चढ़ायीं।

सुस्त सैंपसन ने गुनगुनाना जारी रखा। उसका सिर आगे पीछे होता रहा। इससे उसकी चोटियाँ झूलने लगीं।

"यह शांत काल है," मैंने फुसफुसाया। "तुम्हे शांत काल के दौरान गुनगुनाना नहीं चाहिए।"

यह बहूत अजीब बात थी। वास्तव में अजीब बात।

मैं, यू शॉडकिन, नियमों को तोड़ने वाला और आज़ादी की रक्षा करने वाला, किसी और को अनुपालन करने के लिए कह रहा था! यह ऐसा था जैसे मैं पूरी तरह एक अलग ही इंसान बन गया था; खाली, साधारण और अधीन। पर आपको बिलकुल यही मिलता है जब आप 'सभी या कुछ भी नहीं व्यक्तित्व' वाले व्यक्ति पर ऑपरेंट कंडीशनिंग की प्रक्रिया लागू करते हैं; एक व्यक्ति जो पहले की तरह ही चरम सीमा पर है, लेकिन पूरी तरह विपरीत दिशा में।

सुस्त सैंपसन अभी भी गुनगुना रही थी। वह खुश लग रही थी। उसके सुर्ख गालों पर एक मुस्कुराहट थी। उसकी आँखों में सफ़ेद रोशनी झिलमिला रही थी और उसके मुखमंडल पर गुलाबी रंगत छा गयी थी।

"मैं मिस को बताऊंगा," मैंने फुसफुसाया।

मैं हमारी शिक्षिका को कुछ नहीं बताता। वह एक कोरी धमकी थी। और वैसे भी, मैं हमारी शिक्षिका को बिना बोले कुछ नहीं बता पाता, जो शांत काल के दौरान मना था। लेकिन मैं सुस्त सैंपसन की गुनगुनाहट को बंद करना चाहता था। मुझे लगा मैं उसे दंडित होने से बचा रहा हूँ।

सुस्त सैंपसन ने मेरा कान खींच दिया। उसने वाकई में मेरा कान खींच दिया! क्या आप विशवास कर सकते हैं?

उसने अपने लम्बे हाथ को हमारी टेबल के ऊपर से आगे बढ़ाया, मेरे कान के निचले हिस्से को पकड़ा, और जितनी ज़ोर से वो कर सकती थी उतनी ज़ोर से खींच दिया। वह किसी चिरकालिक पीड़ा जैसे दुखा। मेरे कान के आस-पास तारें और बिंदु मंडराने लगे। मेरा खून रुक गया और मेरी नसें स्पंदित हूई।

लेकिन मैं चिल्लाया नहीं। वह शांत काल था। और आप शांत काल के दौरान चिल्ला नहीं सकते थे।

मैंने गुस्से में सुस्त सैंपसन की ओर भौहें चढ़ाई, जो अभी भी गुनगुना रही थी, और मैंने एक बार फिर उसे चुप कराया।

उसने मुझे लात मारी। सच में। उसने वाकई मुझे लात मारी! उसका नुकीला पैर मेरे टखने से टकराया। उसने मेरी नाज़ुक त्वचा को छील दिया।

मैं हिल गया। लेकिन मैंने कोई प्रतिक्रिया नहीं दी।

हमे कहा गया था की लड़ाई को लेकर स्कूल में 'शून्य सहिष्णुता' की नीति है; की अगर दो बच्चे लड़ते हैं तो उन दोनों को दंड दिया जायेगा। सज़ा से बचने का एक-मात्र तरीका था लड़ने से मना कर देना, भले ही कोई आप पर हमला कर रहा हो। आपको शांत रहते हुए मार खाते रहना है। तब सामने वाले को सज़ा मिलेगी और आपको नहीं।

यह वो नियम थे। और आप नियमों को तोड़ नहीं सकते थे।

तो मैंने एक गहरी सांस ली, अपने दर्द को निगला, और सुस्त सैंपसन की तरफ़ गुस्से से देखा।

उसने अपना पेन मुझ पर फ़ेंक दिया। मैं झूठ नहीं बोल रहा। उसने सचमुच अपना पेन मुझ पर फ़ेंक दिया!

यह उन स्याही वाले पेनों में से एक था जो वे सारी कपटी लड़कियां इस्तेमाल करती थी। मुझे कभी भी उनका तर्क समझ नहीं आया, वो हमेशा सब गंदा कर देते थे और गड़बड़ उत्पन्न करते थे। तो बेशक, स्याही की बौछार हर जगह पहूँच गयी। उससे मेरी सफ़ेद कमीज़ पर नीले रंग की बारिश का छिड़काव हो गया था। और उसे मेरे मूँह तक भी अपना रास्ता मिल गया था। उसका स्वाद क्षारीय था; संश्लेषिक, तैलीय और खट्टा।

मैंने सुस्त सैंपसन की ओर गुस्से से नाक-भौं सिकोड़ें।

उसने अपना रबर मुझ पर फेंका। उसने अपनी पुस्तक मेरे ऊपर फेंकी। वो टेबल के ऊपर कूद गयी, उसने मेरी कॉलर पकड़ी और मुझे पीछे धकेल दिया। मेरी कुर्सी पलट गयी और मैं ज़मीन पर गिर गया।

"तुम वो लड़के नहीं हो जिससे हम सभी प्यार करते थे," उसने गरजते हुए कहा। "तुम वो लड़के नहीं हो जिससे मैं प्यार करती थी!"

उसके दाएं हाथ ने मेरे बाएं गाल को मारा। उसके बाएं हाथ ने मेरे दाएं गाल को मारा। उसने मुझे बार-बार थप्पड़ मारे; दाएं, बाएं, दाएं, बाएं; किसी भूखे जैकहैमर की बढ़ी हुई गति की लय से।

उसने अपना रबर मुझ पर फेंका। उसने अपनी पुस्तक मेरे ऊपर फेंकी। वो टेबल के ऊपर कूद गयी, उसने मेरी कॉलर पकड़ी और मुझे पीछे धकेल दिया। मेरी कुर्सी पलट गयी और मैं ज़मीन पर गिर गया।

"तुम वो लड़के नहीं हो जिससे हम सभी प्यार करते थे," उसने गरजते हुए कहा। "तुम वो लड़के नहीं हो जिससे मैं प्यार करती थी!"

उसके दाएं हाथ ने मेरे बाएं गाल को मारा। उसके बाएं हाथ ने मेरे दाएं गाल को मारा। उसने मुझे बार-बार थप्पड़ मारे; दाएं, बाएं, दाएं, बाएं; किसी भूखे जैकहैमर की बढ़ी हुई

गति की लय से।

अपमान! एक लड़की द्वारा पीटने का अपमान! एक दुबली-पतली लड़की! एक लड़की जो अपना ज़्यादातर समय सोते हूए बिताती थी।

इस बात की शर्म सालों तक मेरे अंदर रही।

एगोट दर्द से कराहने लगा। मेरी तरफ़ आने वाला हर आघात उसने अपने ऊपर लिया। लेकिन वह मेरी तरह उन आघातों का सामना नहीं कर पाया। उसके गाल बहूत कमज़ोर थे। और इसलिए उसके गालों की हड्डियां उलट गयी थीं। वे उसके मुँह के अंदर ठूसने लगी और उसके दिमाग पर दबाव बनाने लगीं। एगोट का चेहरा अंडाकार हो गया। फिर वह नाशपाती के आकार का हो गया। उसकी एक आँख बाहर निकल आयी, उसके पेट से उछली, और लुढ़कते हूए तरल पदार्थ के गड्ढे में जा गिरी।

आघातों का आना जारी रहा।

श्रीमती बाल्डिंग भी आ रही थीं। वह मेज़ों के बीच से भाग रही थी और कुर्सियों के बीच से इधर-उधर हो रही थीं। उनके बाल ज़िंदगी के लिए चिपके हूए थे।

"सचमुच सैंपसन!" उन्होंने चिल्लाया। "तुम्हे क्या लगता है तुम क्या कर रही हो?

"सचमुच यू! उसे भड़काने के लिए तुमने क्या किया?"

उन्होंने सुस्त सैंपसन को मेरे ऊपर से उठाया।

"सचमुच यू!" उन्होंने कहा। "मुझे लगा तुम इस तरह का बर्ताव अपने पीछे छोड़ आये हो।"

मेरा चेहरा जल रहा था। वह पीड़ादायक, खुजली वाला और लाल हो रहा था।

"क्या हूआ?"

मैं काँपने लगा।

"मुझसे बात करो!"

मैंने श्रीमती बाल्डिंग की तरफ़ ऊपर देखा और फुसफुसाया:

"मैं शांत काल के दौरान नहीं बोल सकता।"

"मैं तुमसे एक सवाल पूछ रही हूँ," मेरी शिक्षिका ने झट से कहा। "सच में यू! इतना मसख़रे बनने की कोशिश मत करो।"

मैंने अपना सिर न में हिलाया और अपने होंठों को ताला लगा दिया। मैं किसी भी कीमत पर नियम को तोड़ने वाला नहीं था।

"अगर तुम नहीं बोलोगे, तो मैं तुम्हे स्थायी नज़रबंदी पर रख दूंगी!"

मैंने कूछ नहीं बोला। मैंने बस अपनी आँखें बंद करीं और अपने अंदर झाँक कर देखा।

मैंने एगोट को देखा।

एगोट प्राणघातक त्वरित आवेशों के एक सिलसिले से गुज़रा। उसकी मांसपेशियों में भयंकर क्रूरता से ऐंठन आ गयी। वह इतना गड़गड़ायां की उसके मुँह से सफ़ेद-चाक का बुलबुला बाहर आ गया। और वह हवा के लिए इतने ऊंचे कर्कश स्वर में चिल्लाया की मेरा सिर दर्द से फड़कने लगा।

मुझे नहीं पता था क्या महसूस करना है।

एगोट के दाएं हाथ ने उसकी छाती पर मारा। पॉप! बस ऐसे ही। वह पूरी तरह से गायब हो गया।

एगोट के बाएं हाथ ने भी यही किया। उसका दायां पैर अलग हो गया। उसका बयां पैर लंगड़ा हो गया।

एगोट ने अपनी खोखली आँखों से ऊपर मेरी ओर देखा। मेरी खोखली आँखों से! और अपनी अंतिम सांस के साथ, उसने कहा:

"अलविदा पुराने दोस्त। बस यह याद रखना की मैं हमेशा दिल से तुम्हारे लिए अच्छा चाहता था। मैंने हमेशा तुमसे प्यार किया है। मैं बस चाहता था की तुम वही बने रहो जो तुम वास्तव में हो।"

तेरह

एगोट मर गया। और फिर वो विघटित हो गया। मुझे एक पूरे महीने तक मेरे दिमाग में बदबू फैलाते हुए उसके सड़ चुके शरीर के साथ घूमना पड़ा था। हे भगवान, वह बहुत पीड़ादायक था! वह ऐसा लगता था जैसे सीज़र के सभी घोड़े मेरे सिर के ऊपर उपद्रव कर रहे हों, मेरी खोपड़ी को कुचल रहे हों; ऐसे खुरों के साथ जो मुझे नीचे धकेलने के लिए उत्सुक थे और ऐसे पैरों के साथ जो मुझे कुचलने की ठान चुके थे।

मेरा सिर फड़कने लगा। मेरी आँखों में पानी आ गया और मेरी भौंह गहरे बैंगनी रंग की हो गयी।

एगोट के कठोरता के क्षणों (जब मृत्यु के बाद मासपेशियां और जोड़ कड़े हो जाते हैं) ने एक फूली किस्म की सड़ांध को रास्ता दिया। उसका शरीर किसी गुब्बारे की तरह फूलने लगा; गंदी गैस और वीरान उदासी से भरा हुआ। उसकी नाक, मुँह और गुदा से झाग टपक रहा था। और उसके रिक्त आँखों के सॉकेट से मवाद टपक रहा था।

मेरा सिर किसी नशे की पार्टी में बजने वाले स्पीकर की तरह फड़फड़ाने लगा।

एगोट का शरीर टुकड़े-टुकड़े हो गया। उसकी भूरे रंग की चमड़ी राख़ बन गयी। कीड़ों ने उसकी हड्डियों को खा लिया। और मेरे दिमाग के द्रव्यों ने उसके अवशेषों को सोख लिया।

मेरा दर्द कम होना शुरू हो गया था।

फिर, एक मनमौजी शरद ऋतु की शाम, एगोट के बाकि बचे अवशेष भी आखिरकार उड़ गए। मेरे नथुने पूरी तरह से खुले और उन्होंने हवा का सबसे श्रेष्ठ घूंट निगला, जो मैंने आज से पहले नहीं चखा था। मेरे फेफड़े शुद्ध उत्साह के साथ थरथराये।

मुझे अभिभूत कर देने वाले हल्केपन की भावना का अनुभव हुआ।

अंततः मैं आज़ाद था।

चौदह

मेरी युवावस्था की शरद ऋतु मेरी किशोरावस्था की सर्दियों में बदल गयी।

अगर कोई एक चीज़ मेरी ज़िंदगी के उस वक़्त को परिभाषित करती, तो वह प्राधिकरण के लिए मेरी अधीनता ही होना चाहिए। एगोट के बिना, मैं उन लोगों को जिनके पास सत्ता और अधिकार थे, चुनौती देने में असमर्थ था।

मैंने लाओ त्ज़ू की सलाह 'बेवकूफ़ाना सलूक का उत्तर बुद्धिमानी से दो', का पालन नहीं किया। मेरे साथ जितना भी 'बेवकूफ़ाना सलूक' होता गया, मैं उसे मानता चला गया।

यह समझना इतना मुश्किल नहीं है की ऐसा क्यों हूआ।

सालों की ऑपरेंट कंडीशनिंग ने मुझे एक छोटी आज्ञाकारी इंसानी मशीन में बदल दिया था, जैसे स्किनर के प्रयोगों के किसी चूहे की तरह। मैंने सारे नियमों का पालन किया। मुझे धमकाने या रिश्वत देने की आवश्यकता नहीं थी। मैंने बस आज्ञापालन किया।

और मैं अकेला नहीं था।

प्राधिकरण के लिए अधीनता हमारे समाज में एक आदर्श है। यह सामाजिक मनोवैज्ञानिक, स्टेनली मिलग्राम द्वारा दिखाया गया था...

मिलग्राम ने एक प्रयोग संचालित किया जिसमें दो लोगों को विभिन्न भूमिकाएँ दी गयी थीं। 'मिस्टर वॉलेस', एक अभिनेता जो स्वयंसेवक की भूमिका निभा रहे थे, को एक कमरे में रखा गया था। उनके हाथों से इलेक्ट्रोड जुड़े हूए थे। और पास वाले कमरे में एक वास्तविक स्वयंसेवक को रखा गया था। वह एक नकली बिजली का झटका देने वाली मशीन और तीस बटनों के सामने खड़ा था, जिन पर '15 वोल्ट (थोड़ा सा झटका)' से लेकर '375 वोल्ट (खतरा!)' और 450 वोल्ट (XXX)' के निशान लगे हूए थे। वास्तविक स्वयंसेवक को लगा की उन्हें यादृच्छिक रूप से उस भूमिका के लिए चुना गया है, की वो मिस्टर वॉलेस की जगह पर भी हो सकते थे, और यह की वो बिजली का झटका देने वाली मशीन असली थी।

मिस्टर वॉलेस को शब्दों के जोड़ों की एक सूची याद करने के लिए कहा गया था। फिर, जब वे तैयार थे, स्वयंसेवक को उनकी परीक्षा लेने को कहा गया; मिस्टर वॉलेस को एक शब्द दो, और उत्तर के रूप में उन्हें उस शब्द के जोड़ें के दूसरे शब्द को कहने को बोलो। प्रत्येक बार, जब मिस्टर वॉलेस से गलती हूई, स्वयंसेवक को एक बिजली का झटका देने को कहा गया। जिसकी तीव्रता हर गलत जवाब के साथ एक यूनिट बढ़ती

गयी।

पता नहीं यह मनोवैज्ञानिकों और बिजली के झटके के बीच क्या है। मुझे लगता है की वे थोड़े परपीड़न-कामुक हैं। लेकिन, भाग्यवश, मिलग्राम के प्रयोग में किसी भी चूहे का उपयोग नहीं हूआ था, जहाँ तक मुझे फ़र्क पड़ता है, यह एक निश्चित लाभ था।

खैर, जैसे-जैसे प्रयोग आगे बढ़ता है, स्वयंसेवक को यह स्पष्ट को जायेगा की मिस्टर वॉलेस को पीड़ा हो रही थी। हर बार जब झटका लगा, वह अभिनेता दर्द से कराहे। जब वोल्टेज बढ़ गया, उन्होंने ऐंठना और चिल्लाना शुरू कर दिया। और जब वोल्टेज अपने उच्च स्तर पर पहूँच गया, वह यातना के मारे चिल्लाये; नरकीय विलाप और प्राणघातक चीख़ निकालते हूए।

यदि स्वयंसेवक रोकने के लिए पूछते, तो एक आधिकारिक वैज्ञानिक कहता, 'कृपया जारी रखें'। अगर वे पुनः चिंता व्यक्त करते, तो उन्हें कहा जाता की 'प्रयोग को जारी रखने की आवश्यकता है'। फिर; 'आपका यह जारी रखना बिलकुल ज़रूरी है'। और अंत में; 'जारी रखने के अलावा आपके पास कोई विकल्प नहीं है'।

परिणाम चौंका देने वाले थे।

दो-तिहाई स्वयंसेवकों ने अंतिम चरण तक यह जारी रखा। उन्होंने तब भी इसे जारी रखा जब मिस्टर वॉलेस ने मरने का दिखावा किया! क्या आप इस पर विश्वास कर सकते हैं? दो-तिहाई आम लोग, लोग बिलकुल आपके और मेरी तरह, एक निर्दोष आदमी को मारने के लिए तैयार थे, सिर्फ इसलिए क्योंकि एक वैज्ञानिक प्रयोग की ऐसी मांग थी! वे लोग एक मरते हूए आदमी की प्राणघातक चीख़ों के मुक़ाबले, एक अधिकारी, औपचारिक कपड़े पहने एक वैज्ञानिक से ज़्यादा प्रभावित थे।

यह समझना इतना कठिन नहीं है की ऐसा क्यों हूआ।

हमारा समाज हमे प्राधिकार का पालन करने के लिए प्रोत्साहित करता है। यह ऑपरेशनल कंडीशनिंग का मामला है; हमे पुरस्कृत किया जाता है जब हम प्राधिकरण के नियमों का पालन करते हैं और जब हम उन नियमों को तोड़ते है तब हमे दंड मिलता है। धीरे-धीरे लेकिन निश्चित रूप से, हम पूर्ण आज्ञापालन की स्थिति में जाने के लिए विवश हो जाते हैं।

खैर, मिलग्राम के प्रयोग के स्वयंसेवकों की तरह, मुझे भी ऐसी परिस्थिति में जाने के लिए विवश कर दिया गया था। मैं ऐसा कुछ भी कर सकता था जो एक प्राधिकारी व्यक्ति मुझसे कहता। जब-तक की वो असली लग रहे हों, एक अभिमानी पदवी और अच्छी तरह से प्रस्तुत उपस्थिति के साथ, मैं बिना दो बार सोचे उनकी आज्ञा का पालन कर देता।

वही मेरे किशोरावस्था के सालों की कहानी थी।

वे ऐसे वर्ष नहीं है जिनके बारे में मैं बात करना चाहता हूँ। मैं आपको उबा देना नहीं चाहता, प्रिय पाठक, बहुत से उपाख्यानों से जो सभी एक ही परिस्थिति पर प्रकाश डाल रहे हैं। अपने बचपन, एक ऐसी अवधि जब मेरे बड़ों ने मेरे व्यक्तित्व की गीली मिट्टी लेकर उसे अपने मनचाहे आकार में ढाल लिया, के बारे में बात करते हुए इस पुस्तक का पहला भाग व्यतीत करने के बाद, मैं अपनी वयस्कता के शुरूआती वक़्त के बारे में बात करना चाहता हूँ, जब मुझे उस हेरफेर का प्रभाव पूर्णतः मालूम हुआ। इससे पहले की मैं यह करूँ, मुझे लगता है की मुझे आपको अपनी अधीनता के कुछ संक्षिप्त उदाहरण देने चाहिए, केवल यह बतलाने के लिए की मैं कहाँ था...

मिलग्राम के प्रयोग के स्वयंसेवकों की तरह, जिन्होंने वो सब किया जो वैज्ञानिको ने उन्हें कहा, मैंने उन सभी बातों पर विश्वास किया जो मेरे शिक्षकों ने मुझसे कही, यहाँ तक की तब भी जब वे झूठ बोल रहे थे।

जब उन्होंने मुझसे कहा की क्रिस्टोफ़र कोलंबस ने अमेरिका की खोज की थी, मैंने उनका विश्वास किया। मैंने उन लोगों के बारे में पूछने का सोचा ही नहीं जो वहां हज़ारों सालों से रह रहे थे। मैंने वाइकिंग्स के बारे में पढ़ने का नहीं सोचा, जिन्होंने अपनी यात्रा कोलंबस से 500 साल पहले की थी, या अफ्रीकी, जो उस यात्रा को सदियों से करते आ रहे थे। ('सोने के सिरे वाले भालों का व्यापार' करते हुए, कोलंबस की अपनी खुद की डायरी के मुताबिक़)। मैंने बिलकुल भी कुछ नहीं सोचा। जो भी मुझसे कहा गया मैंने बस उसे स्वीकार कर लिया।

मैंने स्वीकार कर लिया की एक समय हमारे पास एक 'महान साम्राज्य' था जिसने दुनिया को 'सभ्यता' प्रदान की थी। मैंने स्वीकार कर लिया की हमने दुष्ट साम्यवादीयों और फ़ासिस्टों को परास्त किया था। मैं इस तथ्य से बेख़बर था की इस प्रक्रिया में हमने लाखों लोगों को मार डाला था, बंदी शिविरों (कन्सेंट्रेशनकैंप) का आविष्कार किया था, और चीनियों पर अफ़ीम को थौप दिया था। उस तरह की चीज़ों को कालीन के नीचे दबा दिया गया था।

मेरे शिक्षकों ने मुझसे कहा की प्राचीन मिस्र की सभ्यता को श्वेत लोगों ने स्थापित किया था, उन सभी ठोस सबूतों के बावजूद जो यह साबित करते हैं की उसकी स्थापना अश्वेत लोगों ने की थी। उन्होंने मुझसे कहा कागज़ और मुद्रण (प्रिंटिंग) पश्चिमी आविष्कार थे, जब की वास्तव में वे चीन में विकसित हुए थे। और उन्होंने मुझसे कहा की गैलीलियो ने ग्रहों की गतिविधियों की खोज की थी, जबकि टिम्बकटू के विद्वानों को उसके बारे में 2 सदियों पहले ही पता था।

मैंने वो सब मान लिया। मैंने उस प्रचार-प्रसार पर बिना दो बार सोचे भरोसा कर लिया। बिना बिलकुल भी सोचे। मुझे यह मानना अच्छा लगता था की ज़्यादातर मानव जाती की प्रगति श्वेत लोगों द्वारा की गयी है, बिलकुल मेरे जैसे। उस तरह की पित्तंत्रात्मक श्वेत-सर्वोच्चता ने वाकई में मेरे अहं को बढ़ा दिया था।

मेरी पूरी शिक्षा उस तरह के ऐतिहासिक मिथ्या-प्रस्तुतिकरणों से प्रभावित थी। ऐतिहासिक मिथ्या-प्रस्तुतिकरण जिसने वर्तमान स्थिति को उचित ठहराया। ऐतिहासिक मिथ्या-प्रस्तुतिकरण जिसने वर्तमान स्थिति को गौरवान्वित किया। और जिसने, अतः, वर्तमान स्थिति को क़ायम रखने में मदद की।

जैसा की जॉर्ज ऑरवेल ने कहा हैं; 'वो जो अतीत को नियंत्रित करता है, वर्तमान को नियंत्रित करता है। और वो जो वर्तमान को नियंत्रित करता है, भविष्य को नियंत्रित करता है'।

मेरे शिक्षक मेरे भविष्य को नियंत्रित करने की कोशिश कर रहे थे। पर वे इसमें अकेले नहीं थे। अरे नहीं! मेरे माता-पिता भी इसमें शामिल थे!

मेरे शिक्षकों की तरह, मेरे माता-पिता भी प्राधिकारी समान थे। कानून ने उन्हें 'माता-पिता के अधिकार और जिम्मेदारियां' प्रदान किये थे, दंडित करने के अधिकार सहित। और उनके धर्म ने आदेश दिया; 'अपने माता-पिता का आदर करो। तब आप एक लंबी, पूर्ण ज़िंदगी जी पाएंगे'।

मैं एक 'लंबा, पूर्ण जीवन' जीना चाहता था।

इसलिए जब मेरे माता-पिता ने मुझे 'उपनयन संस्कार' (coming of age ceremony) करने के लिए कहा, उनके धर्म के प्रति मेरे समर्पण की पुष्टि करने के लिए, मैंने चुप-चाप यह स्वीकारने के लिए सिर झुका दिया। आख़िरकार, वह प्राधिकारी समान थे, और मैं केवल एक अधीन छोटा लड़का था। मेरे पास विकल्प ही क्या था?

हालाँकि, मेरे अंदर के एक हिस्से को इस पर पूरी तरह से यकीन नहीं था।

यह समझाना थोड़ा मुश्किल है। ऐसा नहीं था की एगोट फिर से लौट आया था। मुझे मना करने या विद्रोह करने के लिए मजबूर नहीं किया जा रहा था। लेकिन मुझे एक टीस ज़रूर महसूस हुई थी। एक मंद, कोमल, संदेह का तत्व, जो मेरे सचेत मन की सतह के नीचे फड़का, और बोला; 'क्या मैं सच में यह करना चाहता हूँ? क्या मैं वाकई अपने माता-पिता के शातिर, अहंकारी ईश्वर को गौरवान्वित करना चाहता हूँ? वो ईश्वर जो अपने लोगों में बीमारी, युद्ध और अकाल पैदा करता है? वो ईश्वर जो हमे एक पागल तानाशाह की तरह आंकता है? ऑपरेटर कंडीशनिंग का ईश्वर, जो हमे स्वर्ग की रिश्वत और नर्क की धमकी देता है?'

इसलिए मैंने एक बार परिवार के सामने रात्रि भोजन के वक़्त अपनी चिंताओं का ज़िक्र किया, ग्रेवी में डूबे हूए भुने आलू और नमकीन हरी फलियों से भरे हूए मुँह के साथ।

मैंने मना नहीं किया, कृपया समझें। वह शैतानी होती। और मैं एक अच्छा छोटा लड़का था। मेरे विद्रोह के दिन मेरे पीछे छूट चुके थे।

लेकिन मैंने अपनी बैचेनी को ज़रूर व्यक्त किया था:

"मुझे नहीं लगता की मैं यह समारोह करना चाहता हूँ," मैंने कहा। "मतलब, अगर आपको ठीक लगे तो।"

मेरा परिवार भौचक्का रह गया।

मेरे पिता की ठुड्डी आगे की तरफ़ निकल गयी।

मेरी माँ ने कहा:

"ओह यू! मेरे फ़रिश्ते! अच्छे बच्चे की तरह पेश आओ। कृपया अच्छे लड़के बनके रहो।"

और मेरा पसंदीदा चचेरा भाई मुझे मेरे चाचा के अध्ययनकक्ष में ले गया, बात करने के लिए:

"उन उपहारों के बारे में सोचो जो तुम्हे मिलेंगे," उसने मुझसे कहा। "लोग जिनके बारे में तुमने कभी सुना भी नहीं है वो तुम्हें पैसे देंगे! आज तक तुम्हें जितने भी तोहफ़े मिले हैं उससे भी ज़्यादा तोहफ़े मिलेंगे। वह तुम्हारी ज़िन्दगी का सबसे बड़ा तनख्वाह का दिन होगा!"

हम डिनर टेबल पर वापस लौटे।

मेरी दादी ने मुझे देख कर नाक-मौं सिकोड़े।

मैं अपनी दादी से बहूत प्यार करता था। मेरी लिए, वह दूसरे किसी वक़्त के प्रवेशद्वार की तरह थीं। लैवेंडर के सुगंध वाली देवी। मातृक। वो मुझे हमेशा चॉकलेट और आइस-क्रीम दिया करती थीं। वो मुस्कुराती थीं जब भी मुझे देखती थीं।

लेकिन उस वक़्त वो मुस्कुरा नहीं रही थीं।

"अगर तुमने समारोह नहीं किया तो तुम मेरे पोते नहीं रहोगे," उन्होंने कहा। "मैं तुम्हें त्याग दूंगी! मेरा कोई भी पोता यह करने के लिए मना नहीं करेगा।"

मैं जम गया था, जैसे मुझे सांप सूँघ गया हो।

मेरे होंठ लकड़ी की तरह सख़्त हो गए।

मेरे पिता की ठुड्डी आगे की तरफ़ निकली।

खैर, प्रिय पाठक, मुझे लगता है की इस मामले को ऑपरेंट कंडीशनिंग का मामला समझना आपके लिए आसान होगा। आख़िरकार, मुझे पुरस्कारों की रिश्वत दी जा रही

थी (उपहार/तोहफ़े), और मुझे दंड से डराया-धमकाया जा रहा था (त्याग देना)।

मेरी ज़िंदगी के उस मुकाम पर, मुझे डराने या दण्डित करने की ज़रुरत नहीं थी। मुझे बस यह दिखाने की ज़रुरत थी वह मुद्दा गंभीर था। बस इतना ही।

मेरे पूरे व्यक्तित्व को पहले ही विवश किया जा चुका था। सज़ा मिलने को लेकर मेरा डर इतना बड़ा था की मुझे धमकाने की ज़रुरत ही नहीं थी। मेरी कल्पना ने रिक्त-स्थान भर दिए थे। मैंने अपनी दादी द्वारा त्याग दिए जाने से भी ज़्यादा बुरी सज़ा के बारे में कल्पना की थी। मैंने अपने पूरे परिवार द्वारा त्याग दिए जाने की कल्पना की थी। मैंने परिवार के साथ रात्रि भोज, यात्राएं और अवकाश से प्रतिबंधित होने की कल्पना की थी। मैंने खुद को नज़रअंदाज़ किये जाने की कल्पना की थी; जैसे की मैं अदृश्य था; जैसे की मेरा कोई अस्तित्व ही नहीं था।

मैं कमज़ोर था। मैं रस्सियों पर एक मुक्केबाज़ की तरह था, जिसे एक श्रेष्ठतर मुक्केबाज़ द्वारा अपने जीवन के एक इंच के भीतर बार-बार पीटा जा रहा था। मैं अपने लिए खड़ा नहीं हो पाया। मैं बस अपना सिर हिला सकता था, चढ़ी हुई भौहों को नरम करने के व्यर्थ प्रयास में।

"मेरे प्यारे यू!" मेरी माँ ने दोहराया। "कृपया एक अच्छे लड़के बन जाओ।"

और मैंने उनकी बात सुनी। मैंने एक अच्छे लड़के की तरह व्यवहार किया। मैंने अपने परिवार की आज्ञा का पालन किया, बिलकुल वैसे ही जैसे मिलग्राम के स्वयंसेवकों ने वैज्ञानिकों की बात मानी थी।

मैंने वो किया क्योंकि वह स्पष्ट रूप से मेरे परिवार के लिए महत्वपूर्ण था। वह एक ऐसी चीज़ थी जो साफ़-तौर से मुझे करना ही थी। और उतना काफ़ी था। मुझे धमकाए जाने की ज़रुरत नहीं थी। मुझे रिश्वत देने की ज़रूरत नहीं थी। मुझे बस बताये जाने की ज़रूरत थी। मेरी वह निःस्वार्थ इच्छा, दूसरों को खुश करने की उस गहन ज़रूरत ने मुझ पर नियंत्रण कर लिया और बाकी का काम कर दिया।

मैं प्रत्येक सप्ताह तीन घंटों के लिए धार्मिक सेवाओं के लिए गया था। मैं एक सांध्य-विद्यालय सप्ताह में दो बार गया था। और मैंने हर तरह के धार्मिक त्यौहार को मनाया जो भी मेरे सामने आया।

दो साल बाद, अंततः मैंने अपना उपनयन संस्कार (कमिंग ऑफ ऐज सेरेमनी) पूरा किया।

हालांकि, मुझे नहीं लगता की मेरे माता-पिता ने कभी इसकी सराहना की। उन्होंने कभी भी 'धन्यवाद' नहीं कहा। मुझे लगता है वो यह मान कर चलने लगे की जो भी वो कहेंगे मैं करूँगा; की मैं चापलूस होऊंगा। आख़िरकार, वे प्राधिकारी के समान थे। वे जो

भी चाहते मुझे वो करना ही था। मुझे एक अच्छा लड़का बनना ही था। उनके लिए यह कोई बड़ी बात नहीं थी।

वैसे भी, वो सब तब हूआ था जब मैं लगभग 12-13 साल का था। और बस एक और घटना है जिसका मैं इस वक़्त उल्लेख करना चाहूँगा; एक घटना जो उस समय घटित हुई जब मे 16 का होने वाला था।

मुझे एक फ़ैसला लेना था जो मेरे पूरे भविष्य को आकार देगा:

'क्या मुझे नौकरी तलाशनी चाहिए?'

'क्या मुझे एक शिक्षुता करनी चाहिए?'

'संभवतः मुझे एक व्यावसायिक पाठ्यक्रम करना चाहिए?'

'संभवतः मुझे एक व्यवसाय स्थापित करना चाहिए?'

'शायद मुझे देश के बाहर एक आत्मनिर्भर जीवन जीना चाहिए?'

'या शायद मुझे स्कूल जाना जारी रखना चाहिए और फिर विश्वविद्यालय जाना चाहिए?'

मुझे आत्मनिर्भर जीवन जीने का विचार पसंद आया था। प्रकृति माँ के करीब जाने का। ऐसे जीना जैसा मेरे पूर्वज रहा करते थे।

लेकिन, मेरे माता-पिता के लिए, केवल एक ही विकल्प था। मुझे स्कूल जाना जारी रखना था, चाहे मुझे पसंद हो या नहीं। मेरा मत-शिक्षण जारी रहने वाला था।

"तुम विश्वविद्यालय जा रहे हो," मेरे पिता ने मुझसे कहा। वो अपनी चमड़े से ढंकी हूई मेज़ के पीछे बैठे हूए थे, एक असली बॉस की तरह लगते हूए; अपने प्रभावी सूट और अपनी श्रेष्ठता की भावना से आत्मसंतुष्ट। वह शातिर दिख रहे थे। उनकी ठुड्डी आगे की तरफ़ निकल गयी और उनकी भौहें आनंद के लिए उछलीं।

"यदि तुम विश्वविद्यालय जाते हो, तो मैं तुम्हारी सहायता करूँगा," उन्होंने आगे कहा। "तुम्हे अपने खर्चे, फीस, खाने या रहने की चिंता नहीं करनी पड़ेगी।

"लेकिन अगर तुम स्कूल छोड़ देते हो तो मैं तुम्हें बाहर फेंक दूंगा। उसके बाद मेरे घर के अंदर तुम्हारा स्वागत नहीं होगा। तुम्हें बाहर उस बड़े से बुरे संसार में खुद का बचाव करना पड़ेगा।"

पुरस्कार और धमकियां!

पुरस्कार और धमकियां!

मुझे नहीं लगा की मेरे पास और कोई विकल्प था। मुझे बेघर होने से डर लग रहा था। मैंने एक व्यस्त ट्रैन स्टेशन के परिश्रमी मेहराब के नीचे लेटे हूए खुद की कल्पना की, कालिख से ढंके हुए, मेरी जेबों में कीड़ों और बालों में चींटियों सहित। मैंने दूसरों

द्वारा नियमित रूप से मुझे देख कर मुँह बनाने, मारने और बलात्कार करने की कल्पना की।

और मैंने अपने पिता के बारे में सोचा। मुझे शिक्षा में बने रहना उनके प्रति अपना कर्तव्य लगा। वह स्पष्ट रूप से उनके लिए बहूत मायने रखता था। और मैं उन्हें खुश करना चाहता था। मुझे वास्तव में विश्वास था की मेरे स्कूल में बने रहने से उन्हें प्रसन्नता होगी। मैंने सोचा की यह उनके चेहरे पर मुस्कुराहट ले आएगा और वो 'धन्यवाद' कहेंगे।

मुझे लगता है मुझे शायद 'स्टॉकहोम सिंड्रोम' हूआ होगा।

तो मैंने स्कूल जारी रखा और मैं विश्वविद्यालय गया। इसलिए नहीं की मैं यह चाहता था, कृपया समझें। इसलिए नहीं की मुझे इसमें कोई फ़ायदा दिखा। मैंने यह किया क्योंकि प्राधिकारी चाहते थे की मैं ऐसा करूँ। मेरे माता-पिता और मेरे शिक्षक चाहते थे की मैं ऐसा करूँ। मेरा समाज चाहता था की मैं यह करूँ। माध्यम-वर्गीय श्वेत लड़कों को यही करना होता था। तो मैंने यह किया। मैंने उनके लिए यह किया। यह निःस्वार्थ था। यह श्रद्धापूर्ण था।

मैंने अगले पांच साल स्कूल प्रणाली में व्यतीत किये, जो मुझे पहले से ही बहूत दबा चुका थी। मैं अपनी पहली पसंद के विश्वविद्यालय द्वारा अस्वीकार कर दिया गया था, तो मैं उसमे गया जो मुझे कुछ ख़ास पसंद नहीं था। और मैं अपने ज़्यादातर लेक्चरों में उपस्थित रहा।

मुझे बताया गया था; 'यह वैज्ञानिक सत्य है- इस पर सवाल उठाने का कोई फ़ायदा नहीं है'। 'यह सिद्धांत सही है अगर हम A, B और C' मान लें। और, 'आप वैकल्पिक दृष्टिकोण के बारे में पढ़ सकते हैं- परन्तु वे परीक्षा में नहीं होंगे'।

मैंने बहस कैसे करते है सीखा। वह उसे 'वाद-विवाद' या 'डिबेट' कहते थे। मैंने पूजा कैसे करते है सीखा। मैंने सीखा की कैसे एक उत्सुक कार्यकर्ता और सहनशील उपभोक्ता बना जाता है।

लेकिन मैंने कुछ भी प्रायौगिक नहीं सीखा, जैसे की पानी को शुद्ध करना, घर का निर्माण करना, आग जलाना, खाना उगाना, या निगमों की सहायता के बिना जीवित रहना।

मैं मुस्कुराया। मैंने खुश होने का ढोंग किया। मैंने खुद को कहा की दूसरे लोग मुझसे भी बुरी स्थिति में हैं। मेरा मतलब, आख़िरकार, मेरे पास खाना और रहने की जगह थी। कुछ लोगों को पास उतना भी नहीं था। मैं शिकायत करने वाला कौन होता हूँ?

मैंने एक बुरी स्थिति को जितना हो सके अच्छा बनाया।

मुझे मेरी पहली वास्तविक प्रेमिका भी मिल गयी, जॉर्जी; एक निडर लड़की जिसकी बुद्धि बहुत तेज़ थी और उससे भी ज़्यादा तेज़ उसकी ज़ुबान। वो इत्र लगाती थी जो यक़ीन से भी अधिक सुहावना था, और जो कपड़े पहनती थी उनमें आरामदायक प्रकार का लावण्य था। उसके बाल शानदार थे और उसकी त्वचा रेशम जैसी लगती थी।

जब मैं जॉर्जी के साथ होता था लगभग खुश होता था। मैं जब भी उसे देखता था मेरे पेट में तितलियाँ उड़ने लगती थीं। कभी-कभी वो कुछ ऐसा कहती थी जो वाकई में पुरानी यादों को जाग्रत कर देता था। चीज़ें जो मेरे रोंगटें खड़े कर देती थीं।

हम सांस लेते थे जब हम सो जाते थे।

हाँ, जॉर्जी बहुत अच्छी थी। वो मुझे एक वास्तविक इंसान की तरह महसूस करवाती थी। उसने सच में उन उभयभावी वर्षों में मेरी मदद की। मुझे लगा 'वही' मेरे लिए बनी है।

मैंने विश्वविद्यालय में दोस्त भी बनाये। हम स्नातक के बाद भी संपर्क में रहे।

और मैंने वास्तव में काफ़ी अच्छा किया। मुझे लगता है यह मेरे सब कुछ या कुछ भी नहीं व्यक्तित्व की वजह से था। भले ही मैं विश्वविद्यालय नहीं जाना चाहता था, फिर भी जब मैं वहां था तो मैं सफ़ल ज़रूर होना चाहता था। मैं 'पूरी तरह से उसमें' था।

लेकिन मुझे नहीं लगता की मेरे माता-पिता ने कभी भी उन बलिदानों की सराहना कीं, जो मैंने उनके लिए दिए। मेरे पिता ने मुझे इनाम के रूप में कुछ पैसे ज़रूर दिए थे, विश्वविद्यालय में अच्छा प्रदर्शन करने के लिए। वह अच्छा था। मैंने उनके विचार की सराहना की। परन्तु वो पुरस्कार अच्छे प्रदर्शन के लिए था। लेकिन सर्वप्रथम वहाँ जाने के लिए 'धन्यवाद' नहीं था। मेरे पिता ने कभी भी विश्वविद्यालय जाने के लिए मुझे 'धन्यवाद' नहीं कहा। कभी नहीं। एक बार भी नहीं।

अच्छे अंक लाने से मेरी माँ भी मुझसे प्रसन्न थीं:

"ओह यू!" उन्होंने ख़ुशी से कहा। "तुम कितने अच्छे लड़के हो। मुझे तुम पर बहुत गर्व है, मेरे फ़रिश्ते। तुम मेरी उम्मीदों से भी आगे निकल गए!"

लेकिन उन्होंने भी विश्वविद्यालय जाने के लिए 'धन्यवाद' नहीं कहा।

वह चुभा। बहुत ही ज़्यादा चुभा। मुझे लगा जैसे मेरे सीने में एक जंग लगी कटार घोंप दी गयी थी। जैसे किसी ने मेरा दिल चीर के निकाल लिया था और उसे एक खुली खिड़की के बाहर लात मार कर फेंक दिया था।

मैंने उन लोगों को अपने जीवन के पांच साल दिए! पांच साल!

खैर, उस विश्वासघात ने अपना असर दिखा दिया। उसने वाकई हमारे संबंधों में दूरियां बढ़ा दीं। हम अब भी समय-समय पर एक दूसरे से मिलते थे। लेकिन अब कोई

उत्साह नहीं था। कोई प्यार नहीं था। किसी भी चीज़ का ज़्यादा कुछ भी नहीं।

हमारे बीच एक विशाल खाई खुद गयी थी।

हम एक तरह से अलग हो गए थे।

पंद्रह

मुझे स्कूल में कहा गया था की, मुझे स्कूल जारी रखना चाहिए। हास्यजनक। मेरे शिक्षकों ने कहा की मेरा जीवन बेहतर हो जायेगा, अगर मुझे शिक्षा प्राप्त हो जाती है। उन्होंने कहा था की यह मुझे एक अच्छी नौकरी पाने में मदद करेगा।

लेकिन उसने नहीं की।

मुझे कभी एक अच्छी नौकरी नहीं मिली, जबकि मैंने सैकड़ों स्नातक पदों के लिए आवेदन दिए। मुझे कभी भी अपने कठोर परिश्रम के लिए पुरस्कृत नहीं किया गया।

बेशक, मैंने अपने सी.वी. के शीर्ष पर अपनी विश्वविद्यालय की डिग्री रखी। मैंने अपने अंकों को एक बहूत बड़ी बात बनाया, जब भी मेरा कोई साक्षात्कार हूआ। लेकिन मेरे साक्षात्कारकर्ताओं ने कभी इसमें उतनी दिलचस्पी नहीं ली। वे हमेशा उन प्रश्नों पर अटके रहे जिन्हे प्रबंधन द्वारा पूर्व-स्वीकृत किया गया था:

'आप अगले पांच सालों में खुदको कहाँ देखते हो?'

'आप किन्हें अपनी सबसे बड़ी ताक़त और कमज़ोरी कहेंगे?'

'यदि आप एक रेगिस्तानी द्वीप पर फंस गए हैं तो कौन-सी तीन चीज़ें चाहोगे?'

'यदि आप कोई भी जानवर हो सकते, तो आप कौन से जानवर होंगे?'

'मैनहोल के ढक्कन गोलाकार क्यों होते हैं?'

मैं उन साक्षात्कारों में कुछ ख़ास अच्छा नहीं था।

कहते हैं की साक्षात्कारकर्ता आपको आपके परिचय देने के शुरूआती कुछ क्षणों में ही आंक लेते हैं। यदि आप एक अच्छी पहली छाप छोड़ते हैं, तो आपके नौकरी पाने के सम्भावनएं बढ़ जाती हैं, चाहे आप साक्षात्कार में कितना ही अच्छा करते हैं। चाहे आपकी योग्यता और काम का अनुभव कुछ भी हो।

दुर्भाग्यवश, मैं कभी भी अच्छी पहली छाप नहीं छोड़ पाया। मैं इतना मोहक नहीं हूँ की लोगों को अपने रूप से प्रभावित कर पाऊँ। मेरे पास इतना आकर्षण नहीं है की मैं उनकी नज़रों में अच्छा बनने का अपना रास्ता बना पाऊं। और मैं अजीब लगता हूँ जब मैं उनके शारीरिक हाव-भाव को प्रतिबिंबित करने की कोशिश करता हूँ।

हाँ, आपको यह करना होता है। मनोवैज्ञानिक कहते हैं कि यह तालमेल बनाने में मदद करता है। लेकिन इस तरह की चीज़ ने मुझे हमेशा असहज महसूस करवाया है। इसने हमेशा मुझे बेईमान अनुभव करवाया है।

इसलिए, पांच साल आगे की शिक्षा में व्यतीत करने बाद, एक ओवरड्राफ्ट के साथ

जो दिन-ब-दिन बढ़ता जा रहा था, मेरे पास और कोई विकल्प नहीं बचा था सिवाय एक कॉल-सेंटर में नौकरी करने के। मैं एक दानधर्म के लिए पैसे जमा करने वाला (चैरिटी फंडरेज़र) बन गया।

इस बीच, जॉर्जी को एक बेहतर नौकरी मिल गयी। उसने मुझे छोड़ दिया और एक अधिक क़ामयाब आदमी के साथ चली गयी। और मैं यह नहीं कह सकता की दोष उसका है; उसकी ज़िंदगी कामयाबी छू रही थी, और मेरी स्पष्ट रूप से नहीं। लेकिन उस तरह से त्याग दिए जाने पर मुझे दुःख अवश्य हूआ। मेरी चमड़ी खिचकर कठोर हो गयी। उससे ऐसा लगा जैसे मेरी खोपड़ी को कुचला जा रहा हो।

मैंने रात-दर-रात अपने तकिये में रोते हूए बितायी। जैसे ही मैंने रोना बंद किया, मुझे गुस्सा आना शुरू हो गया। मैंने अपने तकिए को मुक्के मारे, बार-बार; 'बिष! बैश! बुश!' और फिर मुझे अकेलापन महसूस होना शुरू हुआ। मैंने अपने तकिये को गले लगाया जैसे वो मेरा साथी था।

हाँ, मेरे तकिये ने उन हफ़्तों के दौरान बहूत मार खायी है।

मैं उस रिश्ते को भूलने के लिए दूसरे को तलाशने लगा। मेरा झुकाव काम पर मेरे साथ बैठने वाली लड़की की तरफ़ था, स्टेफ। वह अच्छी थी; उसकी आँखे कीवी के स्लाइस की तरह थीं और उसका मुँह बेर के एक भाग की तरह था। लेकिन हमारे बीच कुछ ज़्यादा मिलता-जुलता नहीं था। हमारा रिश्ता गंभीर रूप से शारीरिक था, लेकिन स्टेफ ने कभी मेरे रोंगटे खड़े नहीं किये जैसे जॉर्जी ने किये थे। मेरे दिल की धड़कने उसे देखकर कभी नहीं रुकी। और, हालांकि मुझे इसका अभिमान नहीं है, लेकिन उसके उसी पद पर होने से जिस पर मैं था, मुझे गुस्सा आता था, जबकि उसने कोई भी औपचारिक योग्यता अर्जित नहीं की थी।

बहरहाल, मैं भटक गया। मैं अपने काम के बारे में बात कर रहा था...

यह कहना गलत होगा की मेरी नौकरी बुरी थी। वह मुझे पर्याप्त भुगतान करती थी जिससे मेरा गुज़ारा हो जाता था, काम करने की परिस्थिति सुरक्षित थी, और मेरी अपने सहयोगियों के साथ अच्छी जमती थी। लेकिन यह कहना भी गलत होगा की मेरी नौकरी अच्छी थी। वह मुझे एक मकान खरीदने जितना पर्याप्त भुगतान नहीं करती थी, काम बेहद थका देने वाला था, और व्यवस्था लाखों बकवास नियमों के बोझ तले चरमरा गयी थी।

आपको पहूंचने पर साइन-इन करना होता था। अगर आप दो अलग मोज़े पहन कर आते थे, तो आपको अपने एक घंटे के वेतन का जुर्माना भरना पड़ता था।

आपको पहुंचने पर साइन-इन करना होता था। अगर आप अजीब मोज़े पहन कर

आते थे, तो आपको अपने एक घंटे के वेतन जितना जुर्माना भरना पड़ता था। यदि आपकी शर्ट पर कोई लोगो हूआ, तो आपको उसे टेप से ढँकना होता था। यदि आपने शेव नहीं किया होता था तो आपको एक-ब्लेड वाले रेज़र से दाढ़ी बनानी पड़ती थी। यदि आप एक केला खाना चाहते थे तो आपको उसे स्लाइस में काटना होता था, ताकि ऐसा न लगे की आप एक यौन कार्य का प्रदर्शन कर रहे हैं। वहां पर एक सख़्त 'सभा कक्ष में कोई यौन-क्रिया नहीं' नियम था, जिसे सबको मानना पड़ता था।

आपको 'समस्या' शब्द कहने की अनुमति नहीं थी, केवल 'चुनौती' कहने की थी। हमारे 'बॉस' नहीं होते थे, हमारे 'टीम लीडर' होते थे। जो भी व्यक्ति दान/डोनेट नहीं करता था उसे 'फ़्यूचर डोनर' या 'भविष्य में दान देने वाला' कहा जाता था। हम 'मंथन' नहीं सके, क्योंकि वह बहूत ख़तरनाक लगता था। उसकी जगह हमारे यहाँ 'विचारों की बौछार' होती थी। हमे हमारे काम की तरफ़ 'समग्र, शुरुआत-से-अंत-तक' दृष्टिकोण रखने को कहा गया था। हमे 'इन्सेन्टिवाइज़ेशन', '360 डिग्री विचारधारा' और 'पूर्व-तैयारी' जैसी अमूर्त अवधारणाओं का उपयोग करना पड़ा।

यदि आप अपनी पारी के अंत में किसी कॉल के बीच में थे, तो आपको इसे ख़त्म करने के लिए देर तक रहना पड़ा था, लेकिन आपको अपने समय के लिए मुआवज़ा नहीं मिलता था। आपको अंतराल लेने पड़ते थे, आप चाहे या न चाहे, लेकिन आपको उनके लिए वेतन नहीं मिलता था। कंपनी आपकी पारी का वक़्त बदल देती थी, जब भी वो चाहे।

और फिर काम खुद भी तो था।

मुझे दानी संस्थाओं के समर्थकों को हर महीने प्रत्यक्ष डेबिट के ज़रिये पैसे दान करने के लिए राज़ी करना होता था। यदि वे पहले ही प्रत्यक्ष डेबिट के ज़रिये दे चुके होते थे, मुझे उन्हें उनके दान के आकर को बढ़ाने के लिए प्रत्साहित करना पड़ता था।

मुझे यह संकल्पना पसंद थी। मुझे अच्छे कामों के लिए बहूत से धन को इकठ्ठा करने का विचार पसंद आया। मुझे लगा मैं दुनिया को एक बेहतर स्थान बनाने में मदद करूँगा; गरीबी मिटाने, पर्यावरण की सुरक्षा करने, दुर्व्यवहार किये गए अल्पसंख्यकों के अधिकारों को बढ़ाने में। हाँ, मुझे सचमुच विश्वास था की मैं समाज में योगदान दे पाऊँगा।

मुझे लगता है मेरी वजह से फ़र्क़ पड़ा है। एक छोटा-सा फ़र्क़, फिर भी एक फ़र्क़। मैंने अपनी निःस्वार्थ इच्छाओं को एक उत्पादक तरीके से प्रवाहित किया।

पर यह कहना गलत होगा की सब कुछ गुलाबी था।

मैं मेज़ के एक सेट पर बैठता था जिसे में अन्य 5 फंडरेज़र्स के साथ साझा किया

करता था। वो मोम-सा फर्श सफ़ेद रोशनी के कारण प्रकाशित होता था। हवा में पेंसिल की कतरन की महक छायी होती थी।

वो पूर्वनिर्मित ऑफ़िस मुझे उस स्कूल की याद दिलाता था जिसमें मैं बचपन में जाया करता था। लेकिन मैंने इसे बुरी चीज़ नहीं माना। मुझे अपने नेचर डेफ़िसिट डिसऑर्डर का प्रभाव उस तरह महसूस नहीं होता था जिस तरह स्कूल में हूआ करता था। वास्तव में, मुझे उस ऑफ़िस में घर जैसा लगता था। वो जगह जानी-पहचानी सी लगती थी। मैं इस तरह की जगहों पर इतने लम्बे समय के लिए रहा हूँ की वे मेरे लिए आदर्श बन गए थे। यह लगभग ऐसा था जैसे स्कूल के मेरे वक़्त ने मुझे इस तरह के वातावरण के लिए तैयार कर दिया था।

खैर, मैं हर रोज़ उस ऑफ़िस में बैठता हूँ, एक के बाद एक कॉल लगाते हूए:

"नमस्ते," मैं कहूंगा। "मैं चैरिटी X से यू बात कर रहा हूँ। क्या आप श्रीमती जोंस हैं?"

"जी हाँ, आप कौन?" श्रीमती जोंस का सामान्य रूप से यह उत्तर होगा। श्रीमती जोंस एक खंडित आवाज़ और एक दयालु मगर कमज़ोर दिल की, एक दुर्बल पेंशनभोगी प्रतीत होती थीं।

"मैं चैरिटी X से यू बोल रहा हूँ," मैं दोहराऊँगा।

"ओ," श्रीमती जोंस एक उत्सुकता भरी घबराहट के साथ कोमलता से कहेंगी। "चैरिटी X! ओह हाँ, मुझे चैरिटी X पसंद है। वे मुद्दे Y को लेकर बहुत सारा अच्छा काम करते हैं।"

"मुझे ख़ुशी है की आप ऐसा सोचती हैं! क्या आप जानती हैं वे लोग मुद्दे Y को लेकर किस तरह का काम करते हैं?"

"मैंने सुना है की वे काम A करते हैं।"

"जी हाँ, वे बिलकुल करते हैं! और वे काम B, काम C और काम D भी करते हैं! वे प्रत्येक दिन बाहर जाकर वो सभी कुछ करते है जो वे मुद्दे Y से निपटने के लिए कर सकते हैं। और आप जानती है क्या?"

"क्या?"

"यह काम कर रहा है, श्रीमती जोंस! मैं झूठ नहीं बोल रहा; इससे सचमुच फ़र्क़ पड़ रहा है। आप जानती हैं, चैरिटी X ने पिछले साल मुद्दे Y के प्रभाव को दस प्रतिशत कम करने में सहायता की थी। यह सच है! पूरे दस प्रतिशत!"

"ओह। यह अच्छा है।"

"और वे यह कर पाए, आप जैसे लोगों का शुक्रिया, श्रीमती जोंस। आपके समर्थन के

बिना वे कुछ भी नहीं हैं।"

"खैर, मैं उस बारे में तो नहीं जानती। लेकिन मैं वो करती हूँ जो मैं कर सकती हूँ।"

श्रीमती जोंस वार्तालाप के इस चरण में थोड़ी अनिश्चित लग रही थीं। उनकी आवाज़ संदेह से टिमटिमाती हुई प्रतीत हो थी। उनके शब्द खोखले लग रहे थे।

"अब, अब," मैं आश्वस्त करूँगा। "खुद को कम ना आंके श्रीमती जोंस। आपसे सचमुच फ़र्क़ पड़ता है। एक वास्तविक फ़र्क़! मगर, अफसोस, यह पर्याप्त नहीं है।"

"पर्याप्त नहीं? क्या मतलब है तुम्हारा?"

"हमारे पूर्वानुमान से पता चलता है कि अगर हमने जल्दी ही कुछ नहीं किया, तो मुद्दा Y अगले वर्ष सौ प्रतिशत तक बढ़ सकता है। वह दोगुना हो सकता है! और इसलिए हम आपको कॉल कर रहे हैं। हमे आपकी मदद चाहिए, श्रीमती जोंस। आप बदलाव ला सकती हैं!"

श्रीमती जोंस उस टिप्पणी का जवाब देते वक़्त सावधान प्रतीत होतीं। कभी-कभी वो हकलाती थीं। कभी-कभी वो बड़बड़ाती थीं:

"यह एक भयानक स्थिति है," वो कहतीं। "लेकिन मुझे वाकई समझ नहीं आ रहा की मैं कैसे मदद कर सकती हूँ। मैं बस एक एक छोटी बूढ़ी औरत हूँ।"

"ओह, लेकिन आप मदद कर सकती हैं, श्रीमती जोंस," मैं आश्वस्त करता। "आप सच में कर सकती हैं! देखिये, चैरिटी X को मुद्दे Y से उत्पन्न होने वाले वास्तविक और वर्तमान खतरों से निपटने के लिए अपने प्रयासों को पुनः दोगुना करना होगा। लेकिन उससे पहले, उन्हें अपनी 'युद्ध राशि' को दोगुना करने की ज़रुरत है। और इसलिए हम आपको कॉल कर रहे हैं; यह पूछने के लिए की क्या आप अपने मासिक दान को दोगुना करने की मेहरबानी करेंगी। इससे चैरिटी X को उनके काम को दोगुना करने में मदद मिलेगी!"

"मुझे उस बारे में नहीं पता," श्रीमती जोंस कहती। उनकी आवाज़ कर्कश होगी। वह कटने लगेगी। वह गहरी हो जाएगी।

"देखिये, मैं एक पेंशनभोगी हूँ। मेरे पास अतिरिक्त पैसे नहीं हैं। और मैं पहले से ही चैरिटी X में दान करती हूँ।"

"आप करती हैं श्रीमती जोंस। और यह वास्तव में सराहनीय है। आपके दान से सचमुच फ़र्क़ पड़ रहा है। इससे हमे वाकई में मुद्दे Y से उत्पन्न होने वाली समस्याओं से निपटने में सहायता मिल रही है। पर दुर्भाग्यवश, इतना काफ़ी नहीं है। यदि हमे हमेशा-हमेशा के लिए मुद्दे Y को हराना है, तो हमे आपकी थोड़ी और ज़्यादा भागीदारी की ज़रूरत पड़ेगी।"

"थोड़ी और अधिक भागीदारी?"

"थोड़ा और दान करें।"

"मैंने पास थोड़ा और नहीं है।"

"ओह! लेकिन श्रीमती जोंस, आपके पास है! आपके पास सच में है! आपको बस थोड़ा यहाँ से जमा करना है और थोड़ा वहां बचाना है। अपने हीटर को बंद करके अपने बिजली के बिल पर पैसे बचाए। बाथ लेने की जगह शावर से नहाएँ ताकि आपका पानी का बिल कम आये। डिग फॉर विक्ट्री! बचाये और जमा करें! तब आप अपना दान दोगुना करने में सक्षम होंगी। बस ऐसे ही! झट पट, फटाफट! आप हमे मुद्दा Y से सच में निपटने में मदद कर पाएंगी।"

"मुझे नहीं लगता मैं ये बचत कर पाऊँगी। मैं बाथ नहीं लेती।"

"आप कर सकती हैं, श्रीमती जोंस। आप कर सकती हैं! मुझे आप पर विश्वास है।"

"अरे, तुम कितने प्यारे लड़के हो।"

"धन्यवाद श्रीमती जोंस।"

"लेकिन मैं अपने दान को दोगुना नहीं कर सकती।"

वार्तालाप के इस क्षण तक, श्रीमती जोंस सामान्य तौर पर अधिक सुरक्षित सुनाई देती हैं। अधिक सुनिश्चित। उन्होंने अभी तक अपनी प्रतिबद्धता का साहस फिर से खोज लिया होगा। उनका आत्मविश्वास।

मैं उस विश्वास का लाभ उठाने में अच्छा था। मैं उसे स्वीकार कर लेता। मैं श्रीमती जोंस को यह महसूस करवाता की उन्होंने मुझ पर विजय प्राप्त कर ली है:

"मुझे पता है, मैं जनता हूँ!" मैं कहूंगा। "यह मुश्किल वक़्त है और पहले से ही बहुत कुछ कर रही हैं। मैं समझता हूँ। तो कैसा रहेगा अगर हम आपकी शर्तों पर काम करें? श्रीमती जोंस, क्या आपको लगता है आप अपने मासिक दान की राशि को मात्र बीस प्रतिशत बढ़ा सकती हैं? क्या आपको लगता है आप ऐसा कर सकती हैं?"

"हाँ, मुझे लगता है मैं इतना तो कर ही सकती हूँ। यह ज़्यादा उचित लग रहा है।"

"ठीक है फिर, मैं अभी आपके लिए इसे तैयार कर दूंगा!"

मैं फ़ोन रख देता, कुछ बक्सों पर टिक का निशान लगता और किसी और को कॉल करता।

भगवान जाने उन श्रीमान और श्रीमती जोंसों का क्या हुआ होगा जिन्हे हम कॉल करते हैं। हमने कभी पता नहीं किया।

सोलह

मैं अपने काम में अच्छा था। मैं सबसे अच्छा फंडरेज़र नहीं था लेकिन मैं सबसे बुरे से काफ़ी अच्छा था। मैं आमतौर पर खुद को लीडर-बोर्ड के शीर्ष पांच में पाता था, जहाँ हमे अपने द्वारा किये गए 'विक्रय' के अनुसार क्रम में रखा जाता था।

उससे मुझे गर्व महसूस हुआ। उसने मुझे उत्साहित और आरामदायक महसूस करवाया।

मुझे अच्छा होना ही था। वे फंडरेज़र जो अपना लक्ष्य पूरा नहीं कर पाते थे उन्हें 'और अधिक काम' नहीं मिलता था। उन्हें ऐसे बर्ख़ास्त नहीं किया जाता था, उन्हें बस नियुक्त करना बंद कर दिया जाता था।

लेकिन मैं निश्चित नहीं हूँ की मेरी क़ामयाबी से मुझे कभी ख़ुशी हूई। ऐसा नहीं है की इससे मुझे दुःख हूआ, कृपया समझे। यह सिर्फ इतना है की मुझे सच में बिलकुल भी कुछ महसूस नहीं हूआ। मुझे लगता है कि आप कह सकते है की मैं उदासीन था।

चढ़ाव जा चुके थे। बीथोवन ने मेरी आत्मा के लिए कभी कोई साउंडट्रैक प्रदान नहीं किया। मेरे दिल में कभी कोई लहर नहीं उठी और मेरा एड्रेनलिन कभी स्पंदित नहीं हुआ।

और उतार भी जा चुके थे; वो सज़ाएं; वो भय, पीड़ा और डर।

मुझे लगता है वह एगोट कि अनुपस्थिति थी जिसने उस उदासीनता को जन्म दिया था।

आपने देखा होगा कि पिछले कुछ पन्नों में मैंने एगोट का जिक्र नहीं किया है। और यह आपको अजीब लग सकता है। मेरी कहानी का पहला भाग सम्पूर्ण रूप से उस चरित्र के इर्द-गिर्द घूम रहा था, और अब वो पूर्णतः गायब हो गया। मैंने मुश्किल से उसका जिक्र किया है। शायद यह अजीब लगता है। असाधारण। विसंगत। शायद इसने आपको कुछ अधूरा सा महसूस करवाया हो।

पर सच तो यह है कि एगोट ने मेरे वयस्क जीवन में कोई भूमिका नहीं निभाई। मैंने शायद ही उसके बारे में सोचा था। मैं काफ़ी हद तक भूल गया था कि उसका कभी कोई वजूद भी था। मैंने कभी उसकी छोटी-सी आवाज़ नहीं सुनी। और इसलिए एगोट इन अध्यायों में अनुपस्थित है।

जब एगोट मरा, तो वो अपने साथ मेरा विरोध ले गया। मेरी मुक्त-भावना। वो अपनी ज़ंजीरों को तोड़ कर मुक्त होने कि मेरी क्षमता ले गया। मेरी यह महसूस करने की क्षमता कि मैं दुनिया के शीर्ष पर था। और वो झंझोर देने वाली पीड़ा जो मुझे अनुभव होती थी, जब भी मुझे डांटा या दण्डित किया जाता था, वह उसे भी ले गया। वो घबराहट और वो

परेशानी। वो उतार और चढ़ाव ले गया।

मेरे पास एक तरह की अत्यंत तटस्थता बाकि रह गयी थी। इस प्रकार की तटस्थता जिसने मेरे अस्तित्व से ज़िन्दगी का हर एक कतरा सोख लिया। लेकिन इस प्रकार की तटस्थता जिसने, साथ ही साथ, मेरे मित्र होने का दिखावा भी किया। मैं उसके लिए आभारी था। मैं आभारी था की मैं बच निकलने में सक्षम रहा, स्थिरता से, किसी भी तरह के आनंद या उत्साह, निराशा या भय को कभी भी महसूस किये बिना।

उस तटस्थता ने मेरे भीतर एक प्रकार की संवेदनशून्यता पैदा कर दी थी।

दिन हफ़्तों में विलय गए और हफ़्ते सालों में। वर्त्तमान ने अतीत को निगल लिया और भविष्य को उत्सर्जित किया। मैंने सचमुच वक़्त बर्बाद कर दिया; अपने फ़ोन पर रंगीन मिठाइयों की कतार बनाते हूए, निरर्थक कहानियाँ पढ़ते हूए, और दैनिक सुडोकू को पूरा करते हूए। इस बक्से में 'नौ' रखते हुए और उस बक्से में 'दो' रखते हुए।

हर दिन एक जैसा था।

मैं एक घंटा काम पर जाने के लिए तैयार होने में लगाता था, एक घंटा ऑफिस तक जाने के लिए सफ़र में, काम पर नौ घंटे, और एक घंटा घर आने में। जब तक मैं वापस आता था, मैं इतना थक जाता था की मैं बस अपना खाना खाता, थोड़ी टीवी देखता और इंटरनेट चलाता। मैं सो जाता। फिर मैं उठता और वही प्रक्रिया दूसरे दिन दोबारा दोहराता।

उस तरह जीने से मेरी सबसे तालमेल बैठाने में मदद हूई। हमारे ऑफिस में सभी की जीवन-शैली लगभग ऐसी ही थी। हम ज़ोम्बी या ज़िंदा लाश की तरह घूमते थे; हमारी आँखों में खालीपन और हमारी गति में उदासीनता के साथ। ऐसा लगता था जैसे हम सभी अनुपालन कर रहे थे।

इस तरह का अनूपालन वास्तव में काफ़ी सामान्य है। सोलोमन ऐश नाम के एक मनोवैज्ञानिक थे जिन्होंने इसका अध्ययन किया था।

ऐश ने एक प्रयोग किया जिसमें एक स्वयंसेवक सात अन्य लोगों के साथ एक टेबल के इर्द-गिर्द बैठ गया। स्वयंसेवक को विश्वास था की बाकि के लोग भी स्वयंसेवक थे, लेकिन वे वास्तव में अभिनेता थे। मनोवैज्ञानिक इसी तरह से गोपनीय होते हैं।

ठीक है, उन आठ प्रतिभागियों को एक वक़्त पर दो कार्ड दिए गए थे। पहले कार्ड में एक सीधी लकीर बनी हूई थी। दूसरे कार्ड में अलग-अलग लम्बाई की तीन लकीरें थीं; 'A', 'B' और 'C' चिह्नित।

फिर प्रतिभागियों से पूछा गया था की, उन तीन लकीरों में से, पहले कार्ड पर बनी हुई लकीर के बराबर लम्बाई किसकी है। जवाब हमेशा प्रत्यक्ष था। तो, परीक्षण में, जहाँ

सभी ने अपनी ईमानदार राय दी, उन्होंने लगभग हर बार सही जवाब दिया।

लेकिन फिर अभिनेताओं ने गलत जवाब देने शुरू कर दिए। कुछ अवसरों पर, उन सभी ने एक ही गलत जवाब दिया।

सवयंसेवक, जो तभी बोलता था जब सभी अभिनेता जवाब दे चुके होते थे, उसके सामने विकल्प था; सही जवाब देना या लोकप्रिय जवाब देना।

तो क्या हूआ?

लगभग तीन-चौथाई स्वयंसेवक अभिनेताओं के साथ गए और गलत जवाब दिया। तीन-चौथाई! यही है जो हूआ!

जब उनसे पूछा गया की उन्होंने वो जवाब क्यों दिए, ज़्यादातर स्वयंसेवकों ने कहा, की वे 'विलक्षण/अनोखे/अलग' होने की वजह से अपनी हँसी नहीं उड़वाना चाहते थे; वे घुल-मिल जाना चाहते थे। इसे 'नोर्मेटिव इन्फ्लुएंस' या 'मानक प्रभाव' कहते हैं। लेकिन क़ुछ स्वयंसेवकों ने कहा की उन्हें सच में यकीन था की बाकि के प्रतिभागी सही थे! उन्हें लगा की बाकि के लोगों को उनसे बेहतर जानकारी प्रदान की गयी थी। इस तरह के अनुपालन को 'इन्फॉर्मेशनल इन्फ्लुएंस' या 'सूचनात्मक प्रभाव' कहते हैं।

उन स्वयंसेवकों की तरह, मैं भी विलक्षण नहीं लगना चाहता था। मैं अपना मज़ाक नहीं उड़वाना चाहता था। और मैं घुल-मिल जाना चाहता था। तो मैंने नोर्मेटिव इन्फ्लुएंस को अपने व्यवहार को मार्गदर्शित करने की अनुमति दे दी।

और साथ ही, इन्फॉर्मेशनल इन्फ्लुएंस ने भी मुझे प्रभावित किया। मैंने मौन रूप से यह मान लिया, की जिस तरह से मेरे साथी व्यवहार करते थे वही व्यवहार करने का सही तरीका था। मैंने मान लिया की वे ऐसा क़ुछ जानते थे जो मैं नहीं जनता। तो मैंने ऐसी चीज़े कीं जो तर्कसंगत नहीं थीं, ऐसी चीज़े जो मैं वास्तव में नहीं करना चाहता था, सिर्फ इसलिए क्योंकि दूसरे लोग उन चीज़ों को कर रहे थे। मैंने मान लिया की उसमें किसी तरह की कोई भलाई होगी, भले ही मैं इसे खुद नहीं देखा पा रहा था।

मैं अपने सेक्शन के आस-पास रोज़ घूमता था, अपनी टीम के सभी साथियों को उनके लिए एक कप चाय या कॉफ़ी बनाने का प्रस्ताव देते हूए। मैंने यह इसलिए नहीं किया क्योंकि मैं यह करना चाहता था। ज़्यादातर समय मुझे खुद के लिए भी पीने को क़ुछ नहीं चाहिए होता था। मैंने वह किया क्योंकि मेरे साथी भी ऐसा ही करते थे, तो मुझे लगा मुझे भी यह करना चाहिए।

मैंने जिम (व्यायामशाला) जाना शुरू कर दिया, क़ुछ मांसपेशियां बढ़ाने के लिए, ताकि मैं दूबला-पतला होने की वजह से अलग न दिखूं। मैंने उसी तरह के कपड़े पहनना शुरू कर दिए जैसे बाकि सभी पहना करते थे। और मैंने उसी ब्रांड का जंक फूड खाना शुरू

कर दिया जो बाकि सभी खाया करते थे।

मैंने लोकप्रिय संगीत सुनना शुरू कर दिया; जेनेरिक, प्लास्टिक ट्राईप जो मुख्य-धारा रेडियो स्टेशन बार-बार चलाते थे। मैंने टीवी पर उबाऊ कार्यक्रम देखे, ताकि मैं उनके बारे में अगले दिन ऑफिस में बात कर पाऊँ। और मैंने मशहूर हस्तियों, खेल और मौसम के बारे में अनर्थक गपशप की।

उन वार्तालापों को अब याद करते हूए, मैं लाओ त्ज़ू की कहावत के बारे में सोचे बिना नहीं रह पाता; 'वो जो जनता है, बोलता नहीं है। वो जो बोलता है, जानता नहीं है'।

खैर, मैं तब नहीं 'जनता' था की मैं किस बारे में बात कर रहा हूँ। और इसलिए मैं बहूत 'बोलता' था। बहूत ही ज़्यादा! मैंने अपने प्रत्येक सहकर्मी से, हर एक दिन बात करने के लिए वास्तविक प्रयास किये।

मुझे लगता है यह ऐसा था जैसे मैं खुद पर ही ऑपरेंट कंडीशनिंग लागू कर रहा था। मैंने एक पुरस्कार का निर्माण किया, 'फिटिंग इन' या 'घुल-मिल जाना', जो मुझे मिला जब भी मैंने बाकि सभी की तरह बर्ताव किया। और मैंने एक दंड का निर्माण किया, 'समाज द्वारा निर्वासित होना', जो मुझे अनुभव करना पड़ता यदि मैं स्वाभाविक रूप से बर्ताव करता।

मैंने खुद पुलिस की तरह अपने पर नियम लागू कर दिए।

मैं खुद ही मुजरिम था! खुद ही अपना जेलर था! खुद ही अपना सबसे बुरा दुश्मन था!

उन कल्पना किये हूए पुरुस्कारों और सज़ाओं ने मुझे इतना प्रभावित कर दिया था की मैं घुल-मिल जाने के लिए कुछ भी करता। कुछ भी! पूर्णतः कुछ भी।

और धीरे-धीरे, मुझे लगता है इसका प्रभाव पड़ा...

कुछ अन्य फंडरेज़रों ने मुझे काम के बाद हर शुक्रवार पब में आमंत्रित किया। मुझे पब या बियर पसंद नहीं थे, लेकिन मुझे उस समूह का हिस्सा बनना पसंद था। यह मुझे महसूस करवाता था की मेरी आवश्यकता है। और, उसका मतलब था की मेरे पास दोस्तों के तीन समूह हैं। तीन! सिर्फ एक नहीं। तीन! मेरे स्कूल के दोस्त (मैं अभी भी गेविन गिलिस और एमी मैक्लिश से नियमित रूप से मिलता था), मेरे विश्वविद्यालय के मित्र और मेरे ऑफिस के मित्र। मैं अपने सच्चे स्वयं को नकार रहा था, लेकिन मैं काफ़ी लोकप्रिय हो रहा था। उसने मुझे ज़रूर खुश किया।

मैंने अपने ऑफिस के मित्रों से हमारे अवकाश के दिनों में मिलना शुरू कर दिया। समय-समय पर मैं उनके घर गया। कभी-कभी, हम साथ में संगीत कार्यक्रम या फुटबॉल मैच देखने जाया करते थे। उससे मुझे सम्मिलित महसूस होता था। उसने मुझे बच

निकलने में मदद की।

मेरी नौकरी की एकरसता भंग होना शुरू हो गयी। और अपने काम को लेकर मेरे संदेह बढ़ना शुरू हो गए। लेकिन मैं उसी कंपनी में बना रहा क्योंकि मुझे लगा वहीं मेरी सही जगह है। मुझे लगा मैं उन्ही लड़कों में से एक हूँ।

और जैसे-जैसे वक़्त बीतता गया, मैं भूल गया की मुझे वो अप्राकृतिक भोजन या वो साधारण कपड़े पहनना पसंद नहीं था। वो बकवास टीवी वास्तव में मुझे आराम पंहुचा रही थी। और वो गपशप अनर्थक लगना बंद हो गयी।

मैंने उन चीज़ों के बारे में नहीं सोचा। वो केवल कुछ चीज़े थीं जो मैंने कीं। रोबोट के जैसे। नियमानुसार। एक निर्विवाद नियमित कार्यक्रम के भाग के रूप में।

मैं एक नया व्यक्ति बन गया; पाताल की तटस्थता के भीतर सोख लिया गया, सामाजिक मानदंडों द्वारा आराम दिलाया गया, और अपने व्यक्तितत्व के बोझ से मुक्त हो चुका।

सत्रह

मैं खुद को मिलने वाले लक्ष्यों को फोड़ता जा रहा था, बहुत सारी बूढ़ी दादी-नानी से वो पैसे दान करवा कर जो उनके पास असल में थे ही नहीं।

मेरे मालिकों को यह पसंद था।

वो ऐसा दर्शाते थे जैसे वे मुझे पदोन्नति देने का सोच रहे हैं। उन्होंने मुझसे मेरी आकांक्षाओं के बारे में पूछा और एक 'टीम लीडर' के रूप में ज़िन्दगी कैसी होती है इस बारे में बात की। फिर उन्होंने मुझे रात में बाहर घूमने जाने के लिए आमंत्रित किया।

मुझे नहीं लगा की मैं 'ना' कह सकता था। मैंने प्राधिकारी समान लोगों को 'ना' नहीं कहा। मैं एक अच्छा लड़का था। इसके अलावा, मैं वाकई में घुल-मिल जाना चाहता था। मैं उनके अनुरूप हो जाना चाहता था।

इसलिए मैं उनके साथ रात को बाहर घूमने चला गया। मैंने उन मैनेजरों जैसे बर्ताव करने की कोशिश की; उनके जैसे बात करना उनके जैसे कार्य करना।

हमने एक पब में जाने से शुरुआत की। वह उन थके हुए पुराने पबों में से एक था, जहाँ लोग पीने की ख़ातिर पीने के लिए जाते थे; बासी बियर की सुगंध और शराब पिए हुए बूढ़े आदमियों की लिजलिजी दुर्गन्ध से भरा हुआ।

मुझे केवल पीने की खातिर पीना पसंद नहीं था। लेकिन बाकि सभी एक के बाद एक बियर पीते जा रहे थे, तो मुझे लगा मुझे भी यह करना चाहिए। मुझे लगा यह घुल-मिल जाने में मेरी मदद करेगा।

फिर हम एक कैसिनो में गए। मैं पहले कभी भी एक कैसिनो में नहीं गया था। मुझे हमेशा लगा की वे मूर्खतापूर्ण है। मेरा मतलब, कैसिनो वाले ही हमेशा जीत जाते हैं! आप सिर्फ उन्हें अपने पैसे दे देते हैं। यह करना बहुत ही हास्यास्पद है।

लेकिन मैं आत्मसात् करना चाहता था। मैं उनमें घुल-मिल जाना चाहता था। और इसलिए मैं ब्लैक-जैक टेबल पर बैठ गया, प्रत्येक हाथ पर न्यूनतम शर्त लगाई, और ऐसा दिखावा किया की मुझे बहुत मज़ा आ रहा है:

"मुझे इसकी आदत पड़ सकती है," मैंने मिस्टर मॉर्गन, हमारे मुख्य कार्यकारी अधिकारी से झूठ बोला।

मिस्टर मॉर्गन मुझे मिस्टर ग्रन्ट की याद दिलाते थे। शायद ऐसा उनकी पतली भौहों की वजह से था।

या शायद उनकी कृत्रिम जिंदादिली की वजह से। लेकिन मिस्टर मॉर्गन के बारे में कुछ तो था। कुछ सूक्ष्म। कुछ हिंसात्मक। उनकी उपस्थिति एक स्टॉकब्रोकर की थी और

उनकी आभा एक जल्लाद की।

खैर, सब कुछ ठीक जा रहा था जब-तक मैं एक चौदह पर नहीं अटक गया।

"तुमने ऐसा क्यों किया?" मिस्टर मॉर्गन ने आलोचना करते हुए कहा। "यू शॉडकिन। यूई शॉडकिन! तुम स्पष्ट रूप से एक टीम के खिलाड़ी नहीं हो।"

वह दुखा। इससे मेरा पेट किसी भारी चट्टान की तरह गिर गया; मेरी आँतों से टकराते हूए और फेफड़ों को नीचे खींचते हूए। इससे तकलीफ़ हूई क्योंकि मैं वो सब कुछ कर रहा था जिससे मुझे एक टीम के खिलाड़ी के रूप में देखा जा सके। और इससे तकलीफ़ हूई क्योंकि मुझे अंदाजा भी नहीं था की मिस्टर मॉर्गन किस बारे में बात कर रहे थे। मुझे एहसास ही नहीं था की ब्लैक-जैक एक टीम का खेल था।

बहरहाल, उस घटना के बावजूद भी, मैं उसके बाद के मैनजरों के रात में घूमने के कार्यक्रम में आमंत्रित था। और मैं इसके बाद वाले के लिए भी आमंत्रित था।

वो बाहर जाने का कार्यक्रम कुछ महीनो में एक बार होता था। उन्होंने कभी भी मुझे पदोन्नति दिलाने में मदद नहीं की, लेकिन वे मुझे यह विश्वास दिलाते रहे की मुझे पदोन्नति बस मिलने ही वाली थी। उन्होंने मुझे यह महसूस करवाया की मैं कुछ अच्छा काम कर रहा था।

इस तरह की शायद चौथी या पांचवी सैर पर हमने अपने सामान्य पब से शुरुआत की। फिर हम कैसिनो की तरफ़ चलकर गए।

रास्ते में, एक प्रबंधक, एक आदमी जिसे केवल 'डीएनो' के नाम से जाना जाता है, के पास एक योजना थी। वह एक गड़बड़ आदमी था, वो डीएनो। उसके पास एक गन्दा मुँह था जो हमेशा ब्लैकबेरीज़ और परमेश्वर की निन्दा से भरा रहता था। और उसके पास हमेशा सनकी योजनाएं होती थीं:

"ए लड़कों!" उसने एक नशे में धुत जोकर की तरह जोश से चिल्लाया। "चलो इस जगह चलते हैं! अरे हाँ, मेरे भाइयों!"

हम एक टॉपलेस बार के बाहर खड़े थे।

एक बाउंसर दरवाज़े की रखवाली कर रहा था। वह बुलडॉग और पेंगुइन की संतान की तरह दिख रहा था। उसके एक तरफ़, एक पोस्टर में 'नग्न बोनों' का विज्ञापन था। और उसके सिर के ऊपर, कुछ भड़कीली लाल लाइटें चिल्ला रही थीं, 'लड़कियां! लड़कियां! लड़कियां!"

"टिटटीस!!!" मिस्टर क्लॉ चिल्लाये, एकाउंट्स के प्रमुख; एक बढ़िया आदमी जिसका ढोलाकार धड़ था और पतले-लम्बे पैर। "बूबीस! बूबीस! बूबीस!"

मुझे आश्चर्य हुआ। मेरे अनुभव में, एकाउंटेंट्स आमतौर पर अपनी आवाज़ के शीर्ष

से यह शब्द 'बूबीस' नहीं चिल्लाते। सार्वजनिक तौर पर तो नहीं।

"चलो हम खुद के लिए कुछ स्नैच लेते हैं!" मिस्टर स्मिथ ने ख़ुशी से कहा, वो लाल मुँह वाले मानव संबंधों के प्रमुख।

"ऑगी! ऑगी! ऑगी!" अन्य प्रबंधक बोला।

"ओई! ओई! ओई!" उसके साथी ने जवाब दिया।

उन्होंने हवा में एक-दूसरे के हाथ को ताली दी।

मुझे लगा मुझे भी शामिल हो जाना चाहिए।

"नग्न लड़कियां!" मैं चिल्लाया। "तुम्हे नग्न लड़कियों से प्यार करना पड़ता है!"

"ये हुई न बात," मिस्टर मॉर्गन ने जवाब दिया। वे प्रसन्नता के साथ मुस्कुराये। एक मिश्रित, शातिर तरह की प्रसन्नता। और उन्होंने अपना हाथ मेरे कंधे पर रख दिया। वो मुझे अंदर ले गए।

"चलो यूई," उन्होंने कहा। "हम एक बहुत अच्छा वक़्त बिताएंगे, प्यारे लड़के!"

वो जगह नर्क के सामान थी। मेरे चारों ओर घोर अँधेरा था। मैंने उसकी शून्यता की कंबल में खुद को गायब होता अनुभव किया। और फिर भी, लाल बत्तिया हर सतह से चीख़ रही थीं। उन्होंने हर चीज़ को नरक की चमक से रंग दिया था। इससे मेरी आँखों में पानी आ गया।

मुझे ठोकर लगी और जल्द ही मैंने खुद को एक यू (U) के आकार के बूथ के अंदर पाया।

मैंने एक टकीला गले के नीचे उतार ली और ऊपर स्टेज पर स्ट्रिपर की तरफ़ देखा।

उसका शरीर, किसी भी सामान्य मापदंड से, सौंदर्यपूर्ण था। उसका नाच, अपने तरीके से, उत्कृष्ट था। और फिर भी मुझे वो लड़की आकर्षक नहीं लगी। मैंने तो यह भी नहीं कहा होगा की वो कामुक थी। उसकी आँखें रिक्त थीं। उसका नाच रोबोट जैसा था।

हम सभी ने एक और टकीला पी।

मिस्टर मॉर्गन में मेरी तरफ़ देखा। उनकी पतली भौहों का विलय हो गया। वो एक तार जैसी झाड़ की तरह लग रही थीं। और उनकी हाथी जैसी चमड़ी में सिलवटे आ गयी।

"यू," उन्होंने चिल्लाया। "यूई शॉडकिन! तुम कुंवारे हो। तुम थोड़ा डांस क्यों नहीं करते?"

मैं झेंप गया। मेरी मांसपेशियां जकड़ गयीं। मेरा पेट कसा हुआ महसूस हुआ; जैसे की सारी हवा उसके अंदर से बाहर निकाल ली गयी थी। जैसे की वो एक सूखी बोरी से ज़्यादा कुछ नहीं था।

"यह मेरे बस की बात नहीं है," मैंने कहा।

मैंने उनसे नज़रे बचाने के लिए नीचे ज़मीन की तरफ़ देखा।

"मूर्ख मत बनो," मिस्टर मॉर्गन ने कहा। "चलो! चलो! इसे मेरी तरफ़ से दावत समझो। तुम इसके लायक हो! तुम बहूत अच्छा काम करते आ रहे हो।"

मिस्टर मॉर्गन ने एक लड़की को इशारे से हमारी तरफ़ बुलाया। उन्होंने उसे मुठ्ठी भर मुड़े हूए नोट दिए। और फिर उन्होंने मेरी तरफ़ देख कर सिर हिलाया।

उस लड़की ने मेरा हाथ पकड़ा और मुझे एक निजी कमरे में ले गयी, जहाँ उसने मुझे एक सख़्त, कपड़े से ढकी हूए बेंच पर बैठा दिया।

वो एक तरफ़ से दूसरी तरफ़ नाचते हूए हिली। उसने अपने स्तनों की मालिश की। उसने एक ललचानेवाला/मोहक तरीके से अपनी उंगली को चाटा।

उस पूरे अनुभव का मुझ पर एक गहरा प्रभाव पड़ा।

कृपया मुझे समझाने की अनुमति दें...

आपको याद होगा, वो भावना जो मैंने कहा था मुझे अनुभव हूई थी, जब मुझे एक धार्मिक समारोह करने के लिए कहा गया था। कुछ पन्ने पलटाइये और आपको वो दिखेगा, ठीक वहां अध्याय चौदह में:

"मेरे अंदर के एक छोटे हिस्से को इस पर इतना यकीन नहीं था," मैंने लिखा। "ऐसा नहीं था की एगोट फिर से लौट आया था। मुझे मना करने या विद्रोह करने के लिए मजबूर नहीं किया जा रहा था। लेकिन मुझे एक टीस ज़रूर महसूस हूई थी। एक मंद, कोमल, संदेह का तत्व, जो मेरे सचेत मन की सतह के नीचे फड़का, और बोला; 'क्या मैं सच में यह करना चाहता हूँ?"

खैर, प्रिय पाठक, मुझे वही 'टीस' महसूस हूई थी जब मैं वहां उस स्ट्रिप क्लब में बैठा था। मुझे वही 'संदेह का तत्व' अनुभव हूआ था। मैंने खुद से पूछा; 'क्या मैं सच में यह करना चाहता हूँ? क्या मैं सच में इस बेचारी युवा महिला को अपमानित करना चाहता हूँ?'

वो वाकई में हिलती-नाचती जा रही थी; नीचे बैठते और ऊपर उठते हूए, अपनी श्रोणि से मेरी ऊसन्धि को बार-बार धक्का देते हूए। लेकिन जो मुझे दिख रहा था वह थी एक शोषित लड़की। किसी की बेटी! किसी की प्रेमिका! किसी की दोस्त!

मैं उसके जीवन के बारे में सोच रहा था।

शायद वो एक छात्रा थी, मैंने सोचा, जो अपने विश्वविद्यालय की फीस जुटाने की कोशिश कर रही थी। शायद वह एक अकेली माँ थी, अपने बच्चे की परवरिश के लिए जो भी कर सकती थी कर रही थी। या शायद वो एक गुलाम थी, एक शिकार थी लोगों की तस्करी करने वाले गिरोह की, जिसे बिलकुल भी कुछ वेतन नहीं मिल रहा था।

मेरी कल्पना प्रचंड हो गयी।

लेकिन, एक के बाद एक परिदृश्यों के बारे में सोचने में बावजूद, मैं एक भी ऐसी परिस्थिति के बारे में कल्पना नहीं कर पाया जिसने वो लड़की खुश थी। वह अपने स्तनों को मेरे मुँह पर झूला रही थी, पर उसे देख कर ऐसा नहीं लग रहा था की वो इसका आनंद ले रही हो। वह एक रिक्त चेहरे के साथ, मेरे पीछे की दिवार को एकटक देख रही थी। उसे देख कर लग रहा था वह ऊब चुकी थी। वह चिढ़ी हुई लग रही थी।

मुझे भयावह महसूस हूआ।

मुझे एक गंदे कुत्ते की तरह महसूस हुआ। एक विक्षिप्त, पिस्सू से भरे, संकर जाति की कुतिया। एक धृणापूर्ण कुत्ता।

मेरे मन की सतह के नीचे फड़कने वाले वह निष्प्राण प्रहार, कंपकपाने लगे। इससे मेरे पेट में कमज़ोरी महसूस होने लगी।

लेकिन मैं विद्रोह नहीं करना चाहता था। मैं अनुपालन करना चाहता था। मैं घुल-मिल जाना चाहता था। इसलिए मैं उन प्रबंधकों के साथ गया था। इसी वजह से मैंने उस स्ट्रिपर को मुझे उस कमरे तक ले जाने की अनुमति दी थी। मेरे अनुपालन ने मुझे सुरक्षित महसूस करवाया था। उसने मुझे आरामदायक अनुभव करवाया था। उसने मुझे संरक्षित महसूस करवाया था।

लेकिन मेरे प्रबंधक उस कमरे में नहीं थे। मैंने वहां जो भी किया वो उन्हें खुश या नाराज़ नहीं कर सकता था। मैंने वहां जो भी किया वो मुझे अनुपालन करने में मदद नहीं करेगा।

मैं उस नाच को जारी नहीं रहने देना चाहता था। मुझे लगा मैं उस बेचारी निर्दोष लड़की का दुष्प्रयोग कर रहा हूँ।

तो मैंने अपने पास की सीट पर हाथ से हल्का सा मारा।

"बैठ जाओ," मैंने स्ट्रिपर से कहा।

और मैंने उसे अपना जैकेट दिया, ताकि वो अपनी नग्न छाती को ढक सके।

हम वहाँ मौन में बैठे। फिर हम मुख्य कक्ष में लौट आये।

"यह बहुत शीघ्र था," मिस्टर मॉर्गन ने कहा। "सब कुछ ठीक है यूई, प्यारे बच्चे?"

मैंने कंधे उचका दिए।

मैं चाहता था की मिस्टर मॉर्गन उस बलिदान की सराहना करें जो मैंने उनके लिए दिया। मैं सच में, वाकई उन्हें प्रसन्न करना चाहता था। लेकिन वो बिलकुल भी आभारी नहीं लग रहे थे। उन्हें देख कर लग रहा था जैसे वो चाहते थे की मैं, उनका आभार व्यक्त करूँ!

उन्होंने मेरी तरफ़ भौहें चढ़ाई। उन्होंने वास्तव में मेरी तरफ़ देख कर भौहें चढ़ाई! उनकी पतली भौहें अंत में जाकर खड़ी थीं!

मेरा दिल बैठ गया। मेरा पेट घूम गया। और मैं टॉयलेट में भागा, जहां मैं पूरे फ़र्श पर बीमार पड़ा था।

अठारह

मेरी नौकरी चली गयी।

मेरी कंपनी एक नाज़ुक दौर से गुज़री, जिसके दौरान वहां करने के लिए ज़्यादा कुछ काम नहीं था। ऐसा कोई भी जिसे सेक्टर C की चैरिटी के लिए काम करने का अनुभव नहीं था उसे 'जाने दिया गया'।

"यह बेवकूफ़ी है," मिस्टर कॉलिंस ने मुझसे कहा। "तुम यहाँ के सबसे अच्छे फंडरेज़रों में से एक हो। ऐसा हो ही नहीं सकता की हम तुम्हें जाने दें।"

लेकिन उन्होंने मुझे 'जाने दिया'। यह आपके लिए नौकरशाही है।

हालांकि मैंने इससे खुद को निराश नहीं होने दिया। मेरे सफलता के ट्रैक रिकॉर्ड ने मेरा मनोबल बढ़ाया। मुझे विश्वास था की मुझे जो भी काम मिलेगा मैं उसमे सफल रहूँगा। और वो विश्वास साक्षात्कार में प्रकाशित हुआ। उससे मुझे एक महीने के भीतर नयी नौकरी पाने में मदद मिली, एक चैन पब के किचन में जूनियर रसोइये/बावर्ची का काम; पहले से बने खाने को माइक्रोवेव में गरम करने और सस्ती चीनी मिट्टी की प्लेटों को धोने का काम। वह ज़्यादा नहीं था; मैं एक न्यूनतम वेतन वाले शून्य-घंटे अनुबंध पर था। लेकिन उससे मुझे बिलों का भुगतान करने में मदद मिली।

मुझे अपने लिए एक नयी प्रेमिका भी मिल गयी, लोरैन; एक बड़ी महिला जिसका मासूम-सा चेहरा और शरारती आँखें थी। हम एक दूसरे के लिए अच्छे थे। हम दोनों दुनिया को एक ही तरह से देखते थे। हम दोनों के अपने मुद्दे थे।

अपने रिश्ते के कुछ महीनों बाद मैं और लोरैन साथ में रहने लगे। वह मेरे लिए एक बड़ा कदम था। इसने मुझे एक वयस्क की तरह महसूस करवाया। सामान्य। ज़िम्मेदार।

और हमारी अच्छी बनने लगी। हम देर रात तक जागते थे; वाइन पीते हुए और दुनिया को बेहतर कैसे बनाया जाये पर चर्चा करते हुए। हम एक-दूसरे के दोस्तों से मिले। हम साथ में पिक्चर देखने गए।

हाँ, जब मैं लोरैन के साथ था तब मुझे शांतिपूर्ण संतोष महसूस होता था। ऐसा नहीं है की मुझे ख़ुशी थी। मैं पहले ही समझा चुका हूँ की मैं एक सम्पूर्ण और अत्यधिक उदासीनता की अवस्था में रह रहा था। लेकिन मैं आशावान था। मुझे विश्वास था की चीज़ें बेहतर हो जाएँगी।

मेरी मनःस्थिति समझने के लिए, पहले वह समझना ज़रूरी है जिसे मनोवैज्ञानिक टैली शैरोट 'ऑप्टिमिस्म बायस' या 'आशावादी पक्षपात' कहती हैं। यह एक प्रवृत्ति है, जो हममे से ज़्यादातर लोगों में होती हैं, जिसमे अच्छी घटनाओं के होने की संभवनाओं का

अधिमूल्यांकन करना और बुरी घटनाओं के होने की संभावनाओं का कम-आंकलन करना शामिल है।

पश्चिमी दुनिया में, उदाहरण के लिए, लगभग पांच में से दो शादीशुदा जोड़े तलाक ले लेते हैं। फिर भी जब नए शादीशुदा जोड़ों को यह बताया जाता है, और फिर उनसे उनके तलाक की सम्भावना पूछी जाती है, तो वो यह नहीं कहते की इसकी सम्भावना पांच में से दो है। वे एक तर्कसंगत उत्तर नहीं देते। वो कहते है इसकी सम्भावना शून्य प्रतिशत है। शून्य! कुछ भी नहीं! सिफर! वे लोग तथ्यों को नज़रअंदाज़ कर देते हैं और अपने मूल्यांकन को आशावाद के बादल से ढँक देते हैं।

इसी तरह, नील वाइनस्टीन द्वारा किये गए एक अध्ययन में पाया गया की छात्रों को लगता था की उनके सहपाठियों के मुकाबले, उन्हें पुरस्कार मिलने की सम्भावना 13% ज़्यादा है, उन्हें फेफड़ों के कैंसर होने की सम्भावना 32% कम है, और उनका तलाक होने की सम्भावना 49% कम है। वास्तव में, बेशक, उनकी औसत संभावना उनके साथियों की औसत संभावना के बराबर रही होगी। कुछ की संभावनाएं बेहतर होंगी, कुछ संभावनाएं ख़राब होंगी, लेकिन कुल मिलाकर यह 'शून्य-राशि' या 'ज़ीरो-सम' रहा होगा।

मुझे गलत न समझें। मैं ये नहीं कह रहा की आशावादी होना हमेशा एक बुरी चीज़ है। यह आपके आत्म-विशवास को बढ़ा सकता है, जो हमे सफलता के लिए प्रेरित कर सकता है। जबकि निराशावाद, दूसरी तरफ़, अवसाद की ओर ले जा सकता है।

लेकिन, दुर्भाग्य से, आशावाद हमे तर्कहीन या बुद्धिहीन तरीके से कार्य करने के लिए प्रोत्साहित कर सकता है; अवास्तविक लक्ष्यों का पीछा करना और ऐसी नौकरी और रिश्तों को जारी रखना जो हमे दुखी करते हैं। हम खुद को इस भ्रम में रखते हैं की अच्छे दिन बस आने ही वाले हैं।

समाज इसे प्रोत्साहित करता है। हमे कहा जाता है; 'तुम उसे प्राप्त कर सकते हो यदि तुम्हें वो सच में चाहिए। तुम्हें बस कोशिश, कोशिश, कोशिश करते रहना है!' और हम इस पर विश्वास कर लेते हैं। हम अपनी पूरी जान लगाकर काम करते हैं। हम कष्ट झेलते हैं, एक बेतहाशा आशावादी उम्मीद के कारण, की हमे एक बेहतर नौकरी, बेहतर वेतन और एक बेहतर ज़िन्दगी से पुरस्कृत किया जायेगा, भविष्य में एक कल्पित समय पर।

इस अर्थ में, आशावाद एक रोग हो सकता है। और मुझे लगता है ये ऐसा रोग है जिससे हम सभी पीड़ित हैं। यह आशावादी-महामारी, यह अंधविश्वासी विश्वमारी, हमारी तर्कसंगत क्षमताओं को निष्क्रिय कर देती है और हमे हमारे अप्रसन्न जीवन को

स्वीकारने के लिए प्रोत्साहित करती है।

कम से कम मैंने यही किया।

भले ही मैं ऐसा करना नहीं चाहता था, मैं अपनी डिग्री को लेकर निरंतर परिश्रम करता रहा क्योंकि मैं आशावादी था की यह मुझे एक अच्छी नौकरी तक ले जाएगी। भले ही इससे कदाचित ही कोई फ़र्क पड़ा हो, मैंने अपने मालिकों, शिक्षकों और माता-पिता की आज्ञा का पालन किया, इस आशावादी उम्मीद के साथ की इससे उन्हें ख़ुशी होगी। भले ही मेरे पिछले रिश्ते क़ामयाब नहीं थे, मैं तब भी आशावादी था की लोरैन के साथ सब कुछ अच्छी तरह चलेगा। और भले ही एक फंडरेज़र के रूप में काम करते हुए मुझे कभी पदोन्नति नहीं मिली, मैं तब भी आशावादी था की एक जूनियर बावर्ची के रूप में काम करने के दौरान मुझे पदोन्नति मिलेगी। मैं आशावादी था की मैं मुख्य बावर्ची बन जाऊंगा, एक स्थायी अनुबंध और जीने लायक वेतन के साथ।

अल्बर्ट आइंस्टीन ने एक बार कहा था की 'पागलपन', 'एक ही चीज़ को बार-बार करना, और अलग-अलग परिणामों को प्राप्त करने की उम्मीद करना' है। वह एक चतुर व्यक्ति थे, वो आइंस्टीन। और उनके अनुसार, मैं पागल रहा होऊंगा। क्योंकि मैं कड़ी मेहनत करता रहा, और पुरस्कृत किये जाने की उम्मीद करता रहा, भले ही मेरे कठोर परिश्रम को इससे पहले कभी पुरस्कृत नहीं किया गया था। मेरे पास ऐसा कोई सबूत नहीं था जो यह संकेत दे की मुझे पुरस्कार मिलेगा। यह एक तर्कसंगत विश्वास नहीं था। यह सब आशावाद की वजह से था। अंधा, कमज़ोर कर देने वाला आशावाद।

मैं जल्दी उठता था और देर से सोता था। मैंने कर्मचारी-वर्ग के नए सदस्यों को प्रशिक्षण देने में मदद की। जब भी थोड़ी शांति होती थी, मैंने करने के लिए कुछ उत्पादक ढूंढ लिया; सफ़ाई, तैयारी या सामन की जाँच करना। मैंने अपने अंतराल के दौरान भी काम किया। और मैंने सारे नियमों का पालन किया।

मैंने कभी शिकायत नहीं की।

जब भी मुझे विभाजन-पारी (स्प्लिट-शिफ़्ट) में काम करना पड़ा मैंने कभी शिकायत नहीं की। मैंने कभी शिकायत नहीं की जब मुझे सुबह दो बजे तक काम करना पड़ा। मैंने कभी शिकायत नहीं की जब मुझे अगली सुबह आठ बजे दोबारा काम पर लौटना पड़ा, केवल तीन घंटे सोने के बाद।

फिर भी मेरे वेतन में जो वृद्धि हुई वह बहुत थोड़ी थी। और वो मेरे कठोर परिश्रम का परिणाम नहीं था; वो वह वेतन-वृद्धि थी जो सभी को नौकरी मिलने के छह महीने बाद मिलती थी। मेरी कभी पदोन्नति नहीं हुई। मैं कभी मुख्य बावर्ची नहीं बना।

एक साल बीत जाने के बाद, लोरैन ने मुझे छोड़ दिया। उसने कहा की वह 'मुझे

वास्तव में पसंद' करती थी। लेकिन हम 'एक दूसरे के साथ रहने के लिए बहूत बेमेल' थे।

मुझे तो इतना बुरा भी नहीं लगा। उस तरह नहीं जब जॉर्जी ने मुझे छोड़ दिया था। मेरी चमड़ी खिंच के सख़्त नहीं हूई थी। मैं अपने तकिये में नहीं रोया था। मैंने बस उसे स्वीकार कर लिया था। मुझे बस उदासीन महसूस हूआ।

और फिर, और चार महीने गुज़र जाने के बाद, मेरा उस घर से पत्ता साफ़ हो गया था जिसमें मैं और लोरैन साथ रहा करते थे। मेरे मकान मालिक उसे अपने बेटे को देना चाहते थे। तो मुझे अपना सामान बांधना पड़ा और छोटे से घुटन-भरे एक कमरे के मकान में जाना पड़ा।

प्रिय पाठक, जैसा की मैं इन खेदपूर्ण घटनाओं की श्रृंखला से आपका मनोरंजन कर रहा हूँ, मैं लाओ त्ज़ू की कहावत के बारे में सोचने से खुद को रोक नहीं पा रहा; 'यदि आप दिशा नहीं बदलते हैं, तो आप वहाँ पहूंच जायेंगे जिस ओर आप जा रहे हैं'।

खैर, 'मैं जिस ओर जा रहा था' मुझे वो पसंद नहीं था; एक ज़िन्दगी जो ज़्यादा काम और कम वेतन, असुविधाजनक काम करने की स्थिति और सिर्फ थोड़े-से खाली समय से भरी हूई थी। मुझे एहसास हूआ की मुझे 'दिशा बदलने' की ज़रूरत है। की मुझे एक नयी नौकरी ढूंढने की ज़रूरत है।

मैं अभी भी आशावादी था। मुझे अभी भी उम्मीद थी की मुझे एक बेहतर नौकरी मिल सकती है, बेहतर काम करने की परिस्थिति के साथ। मुझे अभी भी उम्मीद थी की वो नौकरी मुझे समाज में और अधिक योगदान देने और खुद के लिए ज़्यादा पैसे कमाने में सक्षम बनाएगी। मैं अभी भी अपना खुद का घर लेने का सपना देखता था।

तो मैंने दूसरी नौकरियों के लिए आवेदन दे दिया। मैंने उस तरह की नौकरियों के लिए आवेदन दिया जो मुझे लगता था की मेरे जैसी डिग्री वाले व्यक्ति को करना चाहिए। और मैं इन नौकरियों को पाने के बारे में आशावादी था, क्योंकि मेरे पास काम का अनुभव और साथ ही योग्यता थी।

मुझे दूसरी नौकरी मिल गयी, लेकिन वो वैसी नौकरी नहीं थी जिसकी मैं उम्मीद कर रहा था।

प्रिय पाठक, मैं एक ऊर्जा विक्रेता बन गया।

मैं एक शॉपिंग सेन्टर में खड़ा होता था, एक पॉप-अप स्टैंड के बगल में, मैं वहां से गुज़रने वाले लोगों को उनका बिजली प्रदायक बदलने के लिए मनाता था। मुझे नहीं लगता मैंने खुद को वो काम ज़्यादा वक़्त के लिए करते देखा था, लेकिन वो मेरे पुराने काम से ज़्यादा वेतन प्रदान करता था, इसलिए मैंने अभी भी उसे सही दिशा में एक कदम की तरह माना था।

मैं उस शॉपिंग सेन्टर की टाइल्स को हर रोज़ कुचलता था। मैंने आस-पास खड़े होने वाले हज़ारों लोगों को अपना बिजली प्रदायक बदलने के लिए निवेदन किया था। और मैंने जल्दबाज़ी में जाते हूए लोगों के पहले से भरे हूए हाथों में विज्ञापन के पर्चे थमाए थे।

वो सर्वव्यापी सफेद रोशनी, जो हर सतह को प्रतिबिंबित करती थी, ने एक अनन्त दोपहर का सृजन कर दिया था। फिर भी मैं एक स्थायी सांझ में रहता था। जब तब मैं बाहर निकलता था तब तक हमेशा अँधेरा हो चुका होता था। मैं सूरज के लिए अजनबी बन गया। और मैंने एक पूरा साल बिना एक भी इंद्रधनुष देखे बिता दिया। भले ही अगर मैंने एक इंद्रधनुष देखा हो, मैंने शायद उसे नज़रअंदाज़ कर दिया होगा।

मैं काम करता चला गया।

मैंने लोगों को 'फिक्स्ड प्लान', 'इंडेक्स्ड प्लान' और 'प्रीपेड प्लान' के लिए अनुबंधित किया। मैंने 'प्रत्यक्ष डेबिट', 'स्थायी आदेश' और 'ग्राहक खाते' की स्थापना की। मैंने कागज़ी काम ख़त्म किये, अपने स्टॉल को तरीके से रखा, और एक चेशर/चेशायर बिल्ली की तरह मुस्कुराया।

ऐसा चलता ही चला गया; दिन के बाद दिन के बाद दिन।

उन्नीस

मेरा काम थोड़ा उबाऊ था। लगभग हर दिन एक जैसा ही था। लेकिन, समय-समय पर, कुछ ऐसा होता था जो मुझे मेरी एकरसता-प्रेरित समाधी से हिलाकर बाहर ले आता था।

एक दिन, उदाहरण के लिए, मैंने एक जवान महिला को अपने पास से ग़ुज़रते देखा। उसके चेहरे पर गर्भावस्था का तेज़ था जो सीधे उसके दो-पीस सूट के माध्यम से प्रकाशित हो रहा था। उसके कानों के महीन हीरे जगमगा रहे थे। और उसके होठों पर जो लाल रंग था वह चमक रहा था।

उसने मेरी तरफ़ देखा।

और फिर मेरा दिल रुक गया। मेरा पेट बैठ गया। मेरा चेहरा बर्फ़-सा ठंडा पड़ गया।

मुझे एहसास हुआ की वह कौन थी।

वो सुस्त सैंपसन थी! वो याद है? ये वही लड़की है जो शांत काल के दौरान गुनगुना रही थी। वही लड़की जिसे मैंने डांटा था और जिसने मुझे फ़र्श पर पटक दिया था, और कहा था: 'तुम वो लड़के नहीं हो जिससे हम सब प्यार करते थे। तुम वो लड़के नहीं हो जिससे मैं प्यार करती थी!'

खैर, प्रिय पाठक, वो वहां थी; फिटिंग की ड्रेस और शिरीन उभार। उसके गुलाबी गालों से मख़मली सौहार्द प्रसारित हो रहा था। एक चुलबुली हँसी उसकी एहतियाती जीभ पर नाच रही थी।

"हे!" मैंने बुलाया।

सुस्त सैंपसन ने मुझे नज़रअंदाज़ किया।

वह आम था; नज़रअंदाज़ किये जाना मेरे काम का हिस्सा था। कोई भी एक परेशान करने वाले विक्रेता द्वारा नहीं बुलाये जाना चाहेगा। बहुत से लोग ऐसा दिखावा करते थे जैसे मेरा कोई अस्तित्व ही नहीं था।

"सुस्त!" मैंने फिर से बुलाया। "हे! सुस्त! सुस्त सैंपसन!"

और फिर वो चौंक गयी। जैसे की कोई भूत उसके आर-पार निकल गया हो, वो लगभग काँप गयी और वो लगभग हिल गयी। बिना अपना सिर हिलाये, उसने अपनी एक आँख मेरी तरफ़ घुमाई।

मेरा चेहरा उसके कॉर्निया/नेत्रपटल में प्रतिबिंबित हुआ।

उसने मुझे देखा, उसका सिर उसके शरीर को साथ लेता हुआ घुमा। उसका चेहरा चमक उठा; अभिज्ञान के प्रबोधन और आश्चर्य के भोलेपन द्वारा प्रबुद्ध। उसकी आँखों

में सफ़ेद रोशनी झिलमिला उठी और एक गुलाबी लालिमा उसकी मुखाकृति पर छा गयी।

"यू!" उसने गाया।

मैं शरमाया।

"यू! कैसे हो तुम?" उसने पूछा।

"मैं ठीक हूँ। तुमसे मिलकर अच्छा लगा। काफ़ी लम्बा वक़्त हो गया।"

"सोलह साल!"

"सोलह साल?"

"सोलह साल! मैंने तुम्हे प्राइमरी स्कूल के आख़िरी दिन के बाद से नहीं देखा है। तुम्हे वो याद है? हमने घास पर तस्वीरें ली थीं और कसम खायी थी की हम हमेशा दोस्त रहेंगे।"

"हाँ, मुझे वो याद है! हम सबको बाइबिल दी गयी थी। हमने कोरे कागज़ों पर सन्देश लिखे थे। और फिर हमने एक दूसरे की यूनिफार्म पर हस्ताक्षर किये थे।

"अगर तुम मुझे उस वक़्त कहती की हम अगले सोलह सालों तक नहीं मिलेंगे, तो मैं तुम्हारा विश्वास नहीं करता।"

"मैं भी! वक़्त कहाँ बीत गया?"

"वक़्त गुज़र जाता है।"

"ऐसा होता है। ज़रा अपने आप को देखो! तुम अब बिलकुल भी उतने सूखे-पतले नहीं हो!"

"और तुम्हे देखो! तुम अब उतनी सुस्त नहीं हो!"

"ओई तुम, नटखट! किसी ने भी मुझे वर्षों से उस नाम से नहीं बुलाया है।"

"तो आजकल लोग तुम्हे क्या बुलाते हैं?"

"श्रीमती स्मिथ।"

'श्रीमती स्मिथ' ने उस अंगूठी को दिखाने के लिए अपनी कलाई को नीचे किया जो उनकी उंगली पर शान से बैठी थी।

"तुम शादीशुदा हो?"

"बिलकुल हूँ!"

"कौन है वो ख़ुशक़िस्मत आदमी?"

"ब्रायन।"

"ब्रायन? ब्रायन स्मिथ? गलफुल्ला स्मिथ? वो लड़का जिसमें जानलेवा व्हेल से भी ज़्यादा चर्बी है? पूर्व का जानवर? पानी के झरने का आदम पहाड़?"

"ओई! बस करो शैतान। ब्रायन अब बिलकुल भी मोटा नहीं है। वह एक क़ामयाब

बैंकर है।"

"एक बैंकर? उसके लिए अच्छा है! और तुम अपने साथ क्या कर रही हो?"

"ओह, तुम्हे तो पता है, ये और वो। मैं एक बड़ी कंपनी के मुख्य कार्यकारी अधिकारी की पीए हूँ। लेकिन मैंने अपना ज़्यादातर वक़्त हमारा छुट्टियों का घर व्यवस्थित करने में बिताया है। वह वास्तव में मुझसे बहूत मेहनत करवाता है। कभी-कभी मुझे लगता है घर का स्वामित्व उसके मूल्य से ज़्यादा तनावपूर्ण है। लेकिन तुम तो जानते हो, आपको काम करते रहना होता है।"

मैं असहज रूप से हँसा।

"देखो, मुझे जाना होगा," 'श्रीमती स्मिथ' ने आगे कहा। "मेरे बॉस थोड़े कड़क मिजाज़ के हैं, यदि तुम्हे पता है मेरा मतलब क्या है। लेकिन फिर से मिलना बहुत अच्छा रहेगा। क्या तुम कॉफ़ी पीना पसंद करोगे?"

मैंने हाँ में सिर हिलाया।

"बढ़िया! मैं संपर्क में रहूंगी।"

सुस्त सैंपसन ने मुड़ते हूए अपने बालों को मोहक तरीके से पीछे किया। उसके पैर धीरे-धीरे दूर सरकते गए। और उसकी आकृति लुप्त हो गयी।

मैं जम गया।

मैं दंग रह गया। मैं बस समझ ही नहीं पा रहा था की अभी क्या हूआ था।

'सुस्त सैंपसन इतनी क़ामयाब कैसे हो सकती है?' मैंने खुद से पूछा।

ये वो लड़की थी जो हर कक्षा में सोयी रहती थी। उसने शायद ही स्कूल में कभी ध्यान दिया था। उसके परीक्षा के अंक भयानक थे।

ये वो लड़की थी जिसने कोई प्रतिक्रिया नहीं दी थी जब मैंने उसकी आस्तीन से अपनी नाम पोंछी थी। उसे फ़र्क़ नहीं पड़ा था। उसे दुनिया से कोई मतलब ही नहीं था।

ये वो लड़की थी जिसने शांत काल के समय गुनगुनाया था। उसने नियमों का पालन नहीं किया था। उसके अपने वरिष्ठ अधिकारियों को प्रसन्न करने का प्रयत्न्न नहीं किया था। उसने किसी को भी बिलकुल भी प्रसन्न करने का प्रयास नहीं किया था। वह मेरे जैसे निःस्वार्थ नहीं थी। वह बहूत ही स्वार्थी थी।

फिर भी वो सुन्दर थी। अपनी शादीशुदा ज़िंदगी में खुश थी, एक अच्छी नौकरी और अवकाश गृह (छुट्टियाँ बिताने वाला घर) सहित। एक अवकाश गृह! मैं तो एक कमरे का स्टूडियो फ़्लैट भी खरीदने की हैसियत नहीं रखता, और वह एक अवकाश गृह की मालकिन थी।

यह उचित नहीं लग रहा था। यह सही नहीं लग रहा था।

इतने सालों में पहली बार मेरी उदासीनता ने हार मान ली।

मुझमें से धुआँ निकल रहा था। मेरा चेहरा जैसे आग में तप रहा था!

एक आग उगलने वाले ड्रैगन की तरह, वाष्पमय हवा मेरे फूले हूए नथूनों से बाहर निकली। मेरी चमड़ी सर्प के समान हो गयी। मेरी आँखें बाहर को निकल आयी।

लोगों ने मुझसे उचित फ़ासला बनाकर रखा।

मैं अपने क्रोध के शोरबे में भुना जा रहा था। मेरे आक्रोश के टुकड़े, और मेरी चिड़चिड़ाहट के निवाले, मेरे निराशा के शोरबे में इधर-उधर तैरने लगे।

'वो कैसे इतनी कम कोशिश में इतना सब कुछ प्राप्त कर सकती है, जबकि मैं कितनी ज़्यादा कोशिश करता हूँ और इतना कम पाता हूँ?' मैंने खुद से पूछा। 'मैं क्यों खुद को समाज की मांगों के अधीन रखूं, जबकी सुस्त सैंपसन जैसा कोई व्यक्ति खुद से ईमानदार रहते हूए आसानी से जीवन जी रहा है? क्यों परवाह करूँ? क्यों?'

वही मंद, कोमल, संदेह का तत्व, जो मेरे सचेत मन की सतह के नीचे फड़का था जब मुझे धार्मिक समारोह करने के लिए कहा गया था और जब मुझे स्ट्रिप क्लब में ले जाया गया था, पुनः कंपकपाने लगा। और वह सिर्फ एक मंद कम्पन नहीं था। वह एक आक्रामक, दिल दहला देने वाला कम्पन था। यह ऐसा था जैसे एक नयी वास्तविकता का जन्म हो रहा था; मेरे मन के पानी की थैली को तोड़ते हूए, उन हथकड़ियों को खींचते हूए जो मैंने अपने विचारों पर लगायी थीं, और मेरे अंदर में बच्चे को पुनः इस संसार में वापस लाते हूए।

मुझे सीधे खड़े रहने के लिए अपने स्टॉल का सहारा लेना पड़ा। मेरे पैर कमज़ोर हो गए थे। मेरा सिर घूमने लगा और मेरा पेट बीमार-सा हो गया।

उस शाम मैंने अपने स्टॉल को व्यवस्थित नहीं किया। मैंने दैनिक बिक्री रिपोर्ट को पूरा नहीं किया। मैं बस शाम के गहरे रंग में लड़खड़ाते हुए बाहर निकला और अपनी मिथ्या वास्तविकता के धुंधले कोहरे में पिघल गया।

हवा में सल्फर का स्वाद था।

बीस

लाओ त्ज़ू ने एक बार कहा था; 'एक लीडर/नेता सबसे अच्छा होता है जब लोगों को उसके अस्तित्व का भान न हो। जब उसका काम हो जाता है, और लक्ष्यों को प्राप्त कर लिया जाता है, वे कहते हैं 'हमने यह खुद किया है'।

मेरे बॉस, डेव, बिलकुल भी ऐसे नहीं थे। मैं निश्चित रूप से जनता था की वो 'अस्तित्व में है'। उन्होंने कभी मुझे नहीं कहने दिया की 'ये मैंने खुद किया है'।

एक लक्ष्य का सुझाव देकर मुझे उसे प्राप्त करने के लिए छोड़ देने की बजाय, वह यह मांग करते थे की मैं उनके हिसाब से चीज़ें करूँ। वह पतला-सुकड़ा, लम्बा आदमी मेरे ऊपर खम्बे की तरह खड़ा हो जाता, फिर मुझे कोई संदेह की नहीं रहता की वो मुझसे वैसे ही काम करने की उम्मीद रख रहे हैं जैसे उन्होंने कहा है।

मेरी बड़ी उपलब्धियों की प्रशंसा करने की बजाय वो मेरी छोटी-छोटी गलतियों पर मेरी आलोचना करते थे। वह शेर की तरह बात करते थे। कभी-कभी वो दहाड़ते थे। लेकिन, प्रायः, वो महज़ आत्म-आश्वासन से घुरघुराते थे।

और बजाय यह कहने के, की 'आपको क्या लगता है हमें यह कैसे करना चाहिए?', वह कहेंगे, 'इसे ऐसे करो!'

मनोवैज्ञानिक, जैसे कि जॉन सेन्सेनिग और जैक ब्रेहम, आपको बताएँगे की ऐसा बर्ताव आपदा का नुस्ख़ा है।

उन लोगों ने एक प्रयोग का संचालन किया, जिसमे स्वयंसेवकों को एक बयानों की सूची पर प्रतिक्रियाएं देनी थी, एक पैमाने का उपयोग कर, जिसके एक छोर पर 'दृढ़तापूर्वक सहमत' और दूसरे पर 'दृढ़तापूर्वक असहमत', और बीच में उन्तीस बिंदु थे।

स्वयंसेवको को फिर कहा गया था की वे उन पांच बयानों के समर्थन या विरोध में निबंध लिखने वाले हैं। प्रथम, 'चर्च द्वारा संचालित स्कूलों को प्राप्त संघीय सहायता बंद हो जानी चाहिए', को कोई उत्साही प्रतिक्रियाएं नहीं मिली। अन्य चार बयाओं को मिली थी।

स्वयंसेवकों को जोड़ियों में बाँटा गया था।

'न्यून ख़तरा समूह' के स्वयंसेवकों को कहा गया था की उनकी जोड़ी का एक सदस्य यह चुनाव करेगा की उन्हें प्रथम बयान के हक़ में बोलना है या विरोध में, और दोनों सदस्यों को वही पक्ष लेना होगा। निर्णय लेने वाले सदस्य को अपने जोड़ीदार से उसकी राय पूछने की अनुमति थी। लेकिन जब अन्य चार निबंधों की बात आयी, दोनों व्यक्तियों को कहा गया था की वे जो चाहे वह पक्ष चुन सकते हैं।

हालाँकि, 'उच्च ख़तरा समूह' के स्वयंसेवकों को कहा गया था की, उनमें से एक सदस्य सभी पांच निबंधों के लिए पक्ष का चुनाव करेगा।

वह प्रयोग छलावा था। किसी भी स्वयंसेवक को पक्ष का चुनाव करने नहीं मिला। उन सभी को एक अलग कक्ष में रखा गया था। फिर उन्हें एक सन्देश दिया गया, जो उनसे कहा गया था की उनके जोड़ीदार की तरफ़ से आया है, लेकिन वास्तव में वह एक शोधकर्ता द्वारा लिखा गया था। वह सन्देश हमेशा उनसे वही पक्ष लेने को कहता था जो उन्होंने मूलतः सर्वेक्षण में लिया था, इसलिए वहां कोई मतभेद नहीं था।

'न्यून ख़तरा समूह' के भीतर एक 'नियंत्रण समूह' को सन्देश दिए गए थे जिनमे लिखा था, 'मैं इससे सहमत/असहमत होना चाहूंगा, अगर आपको ठीक लगता है तो'। उन संदेशों की प्रक्रिया में स्वयंसेवकों को शामिल किया था।

बाकी के स्वयंसेवकों को सन्देश दिए गए थे जिनमें लिखा था, 'मैंने फ़ैसला किया है की हम इससे सहमत/असहमत होंगे'। उन संदेशों ने प्राप्त-कर्ता को विवश किया था।

फिर, अपने निबंधों को लिखते समय, स्वयंसेवकों को मूल तीस बिंदु वाले पैमाने का इस्तेमाल कर, उसी बयान पर पुनः प्रतिक्रिया देने को कहा गया था।

फिर जो हूआ वह निम्नलिखित है:

नियंत्रण समूह में शामिल स्वयंसेवकों ने मूल सर्वेक्षण के मुकाबले, बयान के हक़ या विरोध में, अधिक दृण विश्वास व्यक्त किया। उन्होंने सकारात्मक तरह से प्रतिक्रिया दी क्योंकि उन्हें प्रक्रिया में शामिल किया गया था।

लेकिन बाकि के न्यून ख़तरा समूह ने अदृढ़/कमज़ोर विश्वास व्यक्त किया। उन्हें धमकाया/डराया हूआ महसूस हूआ। उन्हें किसी के द्वारा यह बताया जाना पसंद नहीं आया की उन्हें क्या लिखना चाहिए, भले ही वास्तव में, उन्होंने उसी राय पर सहमति जताई थी जिसे उन पर थोंपा जा रहा था।

और उच्च ख़तरा समूह के लोगों ने और भी अधिक कमज़ोर विश्वास व्यक्त किया। औसतन, उन्होंने अपनी प्रतिक्रियाओं को, पैमाने पर उस राय से 4.17 स्थान दूर खिसका दिया, जो उन पर थोपी जा रही थी, भले ही वास्तव में, उन्होंने उसी दृष्टिकोण पर सहमति जताई थी। अन्य चार (और अधिक भावनात्मक) मुद्दों पर क्या लिखा जाना है, यह बताये जाने के विचार से उन्हें धमकाया हूआ-सा महसूस हूआ।

यह दर्शाता है की जब एक व्यक्ति की आज़ादी को ख़तरा होता है, वे उन आज़ादियों को पुनः प्राप्त करने के लिए कदम उठाएंगे जो ख़तरे में हैं। वे एक मुद्दे पर स्वयं के विचारों को, उन विचाओं से दूर ले जायेंगे जो उन पर थोपे जा रहे हैं, भले ही वास्तव में, उन्होंने उन्हीं विचारों का समर्थन किया हो।

प्रिय पाठक, मेरे साथ बिलकुल यही हुआ!

आप देखिये, सुस्त सैंपसन से मेरी बातचीत ने, मुझे अपनी परिस्थिति का आकलन करने के लिए प्रोत्साहित किया था। उसने मुझे, मेरे बॉस मेरे साथ जिस तरह का बर्ताव कर रहे थे, उसका आकलन करने के लिए प्रोत्साहित किया।

मेरे बॉस ने मुझे बताया की मुझे किस तरह पेश आना है, किस तरह मुझे मुस्कुराना है और किस तरह लोगों से बात करनी है। उन्होंने मेरे बातचीत करने का तरीक़ा लिखा था। और उन्होंने इस पर ज़ोर दिया की मैं असम्मति से निपटने के लिए, लिखे हुए जवाबों का उपयोग करूँ।

ज़्यादातर वक़्त मैंने अपने बॉस के दृष्टिकोण के साथ सहमति जताई। मैंने उस जोशीले और बेकाबू युवा से बहुत कुछ सीखा। लेकिन यह तथ्य, की वो मुझे बता रहे थे की मुझे क्या करना है, झुंझुला देने वाला था। मुझे लगा की वो मेरी आज़ादी के लिए ख़तरा हैं।

और इसलिए, उस ख़तरे के जवाब में, मैंने अपने विचारों को उन विचारों से दूर करना शुरू कर दिया जो मुझ पर थोपे जा रहे थे।

यह ऐसा है जैसा लाऊ त्ज़ू कहते है; 'कानून और व्यवस्था को जितना ज़्यादा महत्त्वपूर्ण बनाया जायेगा, उतने ही ज़्यादा चोर और लुटेरे होंगे'।

मेरे बॉस 'व्यवस्था' को बहुत महत्व देते थे। इसने मुझे 'चोर' या 'लुटेरा' नहीं बनाया, लेकिन इसने मुझे विद्रोह करने के लिए प्रेरित ज़रूर किया।

एगोट के मरने के बाद पहली बार, मैंने वास्तव में प्राधिकरण पर सवाल उठाना शुरू कर दिया था! मैंने उन सभी चीज़ों पर सवाल उठाया जो डेव ने मुझसे करने के लिए कहा:

'मैं वैसे क्यों खड़ा रहूं जैसे खड़े होने के लिए वो मुझसे कहते हैं?'

'मैं तब क्यों मुस्कुराऊँ जब वो मुझसे मुस्कुराने के लिए कहते हैं?'

'मैं उनकी हस्तलिपि/स्क्रिप्ट का इस्तेमाल क्यों करूँ?'

संदेह का वह सूक्ष्म तत्त्व, वह मंद कम्पन जो उस वक़्त पुनः प्रकट हुआ था जब मैंने सुस्त सैंपसन से बात की थी, एक नयी चेतना में परवर्तित हो गया। वह मेरे विचारों पर हावी हो गया। उसने मुझे हर चीज़ पर सवाल उठाने के लिए विवश कर दिया था:

'मुझे अपने शिक्षकों, माता-पिता और बॉस की आज्ञा का पालन क्यों करना चाहिए?'

'मुझे समाज के कायदों का अनुपालन क्यों करना चाहिए?'

'मुझे अपने सहकर्मीयों के दबाव के आगे क्यों झुकना चाहिए?'

'मुझे कानून का पालन क्यों करना चाहिए?'

'मुझे अपनी वास्तविकता को क्यों नकार देना चाहिए?'

मेरा मन पृथक लेकिन आपस में जुडी हुई चिंताओं का गिरह बन गया था। रोष का एक असली आग का गोला। चिंताओं का एक वास्तविक पंचिंग बैग।

मैंने वो सभी कुछ किया था, जो सब लोग मुझसे चाहते थे। मैंने उनके सभी नियमों का पालन किया था। मैंने प्राधिकार का सम्मान किया था। मैं विश्वविद्यालय गया था। मैंने कठिन परिश्रम किया था, अच्छे से और ज़्यादा घंटों तक काम किया था। फिर भी मुझे पुरस्कृत नहीं किया गया था। मुझे पदोन्नति नहीं मिली थी। मुझे उचित वेतन नहीं मिल रहा था। और मैं खुद के लिए एक घर तक नहीं खरीद सकता था।

किसी चीज़ को तो प्रदान करना था। मेरा मतलब, दूसरे लोगों को अच्छा वेतन मिल रहा था। दूसरे लोग अपना घर खरीदने में सक्षम थे। यहाँ तक की सुस्त सैंपसन भी अपनी ज़िन्दगी में आगे बढ़ रही थी। वो दो घरों की मालकिन थी! और उसने कभी भी उतना कठोर परिश्रम नहीं किया जितना मैंने किया था। वह सिर्फ एक चीज़ में अच्छी थी और वो था सोना!

मेरा मन इस तरह के विचारों से भरा हूआ था।

जैसे मेरे अवचेतन से कोई ढ़क्कन निकाल दिया गया हो, बीस साल से बोतल-बंद झुंझलाहट बाहर निकल मेरे सचेतन मन में फूट पड़ी।

मुझे लगता है आप मेरी मानसिक स्थिति की तुलना एक रबर बैंड से कर सकते हैं।

एक रबर बैंड को उसकी मूल लम्बाई से कई गुना ज़्यादा खींचा जा सकता है। उसे उसका वास्तविक रूप बदलने तक मोड़ा जा सकता है। लेकिन उस रबर बैंड को आप एक हद तक ही खींच सकते है, इससे पहले की वो तड़कते हुए अपनी जगह पर वापस आ जाये।

खैर, प्रिय पाठक, मैं उस हद तक पहूंच गया था। वापस अपनी जगह पर तड़क कर आने की हद पर! मैं अपने स्वाभाविक रूप में पुनः लौट रहा था।

एगोट मर चुका था। लेकिन मुझे उसकी ज़रूरत नहीं थी। मैं खुद के लिए सोच रहा था, बिना उसकी मदद के। उसकी छोटी-सी आवाज़ गरजता हूआ सिंहनाद बन गयी थी। और वह मेरी जंग का सिंहनाद था। वह मेरी छोटी-सी आवाज़ थी। वह मेरी थी, पूर्णतः मेरी!

सब कुछ स्पष्ट हो गया था। यह स्पष्ट हो गया था की मैं एक पिंजरे में रह रहा था। यह स्पष्ट हो गया था की स्वतंत्रता पर मेरा अधिकार था। यह स्पष्ट हो गया था की मुझे क्या करना था। मैं अपने खुद की स्पष्टता था। सब कुछ साफ़ हो गया था।

डेव अकड़ते हूए मेरी तरफ़ आये। वह मेरे सिर पर खम्बे जैसे खड़े हो गए। उनकी मूछें इठलायीं और उनके लम्बे घने बाल सरसराये।

रुक कर 'हैलो' बोलने की जगह, उन्होंने यकायक नियमों को आज्ञापूर्वक कहना शुरू कर दिया:

"तुम्हे 'हम सब' शब्द का प्रयोग बंद करना होगा", उन्होंने कहा। "तुम्हे इसकी जगह 'हम' या 'हमारा' शब्द का प्रयोग करना होगा।"

लेकिन मैं उस आदमी से बेख़बर था। मैं दुनिया से बेख़बर था।

मुझे एक पारलौकिकता की भावना का स्मरण है, जैसे की मैंने भौतिक क्षेत्र के बाहर कदम रख दिया था। मेरे पैरों में मेरे धड़ को उठया, मेरा ढांचा सीधा खड़ा था, और मेरी आत्मा स्थिर थी। मेरा शरीर मेरे नियंत्रण से दूर चला गया।

मैं अपने शरीर को आज़ाद होते देख रहा था। जिस तरह वो स्टॉल के ऊपर उछला। जिस तरह उसने अपनी छाती को एक बहदुत बन्दर की तरह पीटा। और जिस तरह उसने अपने सीने को एक साहसी सुपरहीरो की तरह फुलाया।

बीथोवन की नौवीं स्वर-समता की हलकी-हलकी आवाज़ मेरे कानों को भरने लगी। वायलिन के कोमल तारों ने उस नृत्य-नाटक की मधुर पृष्टभूमि तैयार की जिसका मंच पर खुलासा हो रहा था।

मेरे बॉस ने अपना जबड़ा खोला, मानो दहाड़ने के लिए।

मेरे शरीर ने मेरे एक पैर को घुमाया।

विज्ञापन के पर्चे मेरे पैरों की नीचे की सतह पर उठ आये और किसी अशांत समुद्र के झाग की तरह मेरी पिंडलियों के चारों ओर फैल गए।

मुझे एक सर्व-सम्मिलित आनंद की लहर की तरह अनुभव हूआ।

मेरा एक पैर मेरे शरीर के आगे उठा, एक तीक्ष्ण तीर बनाते हूए, जो बाहर उस हॉल के निर्जीव विस्तार की तरफ इशारा कर रहा था। मैंने उस अवस्था को सम्पूर्णतः स्थिर रखा, जबकि अपनी ठुड्डी को गर्वान्वित लावण्य के साथ ऊपर उठाया। फिर मैंने एक फुदकते हूए हिरन की तरह छलांग लगायी, धीमी गति से, एक पैर आगे की ओर व दूसरा पीछे की तरफ़ फेंकते हूए।

बीथोवन की नौवीं स्वर-समता, जिस तरह उपकरणों के माध्यम से हलके कोमल स्वर में बाहर निकल रही थी, बहूत शानदार लग रही थी। वाइला, वाइलिन के साथ शामिल हूआ और चेलो ने उन वाइलों का साथ देना शुरू किया। डबल-बेस की गुंजन शुरू हुई और बांसुरियों ने सीटी बजाना शुरू कर दी।

मैं अपने दोनों पैरों के साथ ज़मीन पर आया; आकाश के किसी फ़रिश्ते की तरह; समुद्र के किसी राक्षस की तरह।

मेरा मन एक अनंत महासागर के ऊपर तैर रहा था।

मेरी बांहे असीम हवा के माध्यम से उड़ने लगीं। उन्होंने मेरी स्टॉल के पीछे रखे बोर्ड पर प्रहार किया। उन्होंने मेरी टेबल को उलट दिया। उन्होंने कागज़ी काम को ऊपर चमकदार सफ़ेद रोशनी में फेंक दिया।

मैं अपने अंदर मौजूद वानर की आत्मा को देख सकता था। मैं अपने खुले हुए मुँह से निकलती हुई बंदर की आवाज़ों को सुन सकता था। मैं बीथोवन की नौवीं स्वर-समता को उसके पहले चढ़ाव पर पहूँचता सुन सकता था, जैसे ही पीतल के भाग ने युद्ध का सिंहनाद शुरू कर दिया। बांसुरियां और क्लैरिनेट एक हो गए। बसून कोलाहल मचाने लगे। ट्रम्पेट और हॉर्न अनियंत्रित हर्ष के साथ शोर मचाने लगे।

मैं यौन चरमोत्कर्ष के क्षण में किसी गधे की तरह चीख़ा।

मेरे फेफड़े शुद्ध भावना से भर गए।

मैंने अपने बॉस की तरफ़ देखते हुए अपनी शर्ट फाड़ दी। मेरी बालदार छाती गोरिल्ला के सीने की तरह फूल गयी। मेरे कंधे, मेरी पीठ के ऊपरी तरफ़ से बाहर निकल आये थे। और मेरी कनपटी सींगों की तरह खड़ी थी।

मैंने उस आदमी को घेर लिया, उसके साथ वैसे खेलते हुए जैसे एक बिल्ली चूहे के साथ खेलती। और मैंने उसके आस-पास एक बेलगाम जंगली जानवरों के झुण्ड की तरह भगदड़ मचा दी; अपनी स्टॉल का मलबा, कुछ चकराए हुए दुकानदारों और कई तरह के अवशेष अपने रास्ते में छोड़ते हुए।

बीथोवन की नौवीं स्वर-समता ने बन्धक-मुक्ति, प्रतिष्ठा और आज़ादी की मांग की। वह एक ज़ोरदार पुकार थी। वह एक रोष से भरी हुई चीख़ थी।

"यू! यू! यू!" मेरा बॉस चिल्ला रहा था।

लेकिन मुझे फ़र्क़ नहीं पड़ा।

"भाड़ में जाओ!" मैंने चिल्लाया। "भाड़ में जाओ डेव!

"भाड़ में जाओ! भाड़ में जाओ! और भाड़ में जाये तुम्हारी बकवास नौकरी!"

मैं समय की हवाओं पर तैर रहा था। मैंने तारों से जड़ी हुई पृथ्वी के ऊपर नृत्य किया था। और मैं शाश्वत आकाश के माध्यम से उड़ा था।

मेरे शरीर ने उस शॉपिंग सेंटर को अपने पीछे छोड़ दिया।

मेरी आत्मा ने कहा उस बकवास नौकरी से 'अच्छा छुटकारा' मिला।

इक्कीस

मैं बेरोज़गार था और कंगाल होने से कुछ ही महीने दूर था। लेकिन मैंने परवाह नहीं की।

मैंने खुद को पुनः पा लिया था। मैंने खुद को मुक्त करा लिया था। मैंने विद्रोह के उल्लासमय आनंद का अनुभव किया था। और मैंने अपने भीतर एक दहकती हुई भूख प्रज्वलित कर ली थी।

मुझे और अधिक चाहिए था!

मुझे शारीरिक अनुभवों से और अधिक चाहिए था। अधिक श्रेष्ठता। अधिक आनंद।

मैं चाहता था की बीथोवन की नौवीं स्वर-समता मेरे कानों में आकर मधुर शब्द कहे।

मैं अपनी पाशविक इच्छाओं को संतुष्ट करना चाहता था।

और इसलिए मैंने केवल प्रतिक्रियात्मक रूप से विद्रोह नहीं किया था। नहीं।

प्रिय पाठक, मेरी ज़िन्दगी में पहली बार, मैंने पूर्ण सक्रियता से विद्रोह करने के लिए अवसरों को तलाश किया था। व्यवस्था के विरुद्ध आक्रमण करने के लिए। खुद को दृण रखने के लिए।

मैं पूंजीवाद-विरोधी एक रैली में गया।

वह एक कार्निवल था, मिश्रित संप्रदायवादियों और अपरंपरागत व्यक्तियों से भरा हुआ था, जिनके मिलने की अपेक्षा आप 1960 के हिप्पी धर्म-संप्रदाय में कर सकते हैं। नग्न-छाती वाले आदमियों ने मंत्र-मुग्ध कर देने वाले वेस्टकोट पहने थे। जटाओं वाली औरतों ने भारतीय स्कर्ट पहनी थी। सफ़ेद बालों वाले संत बाहों में लड़कियाँ लिए शामिल हो गए। और अधेड़ सनकी/विलक्षण लोग चिरयुवा क्रांतिकारियों के साथ मिश्रित हो गए।

उन सक्रियतावादियों ने संसद स्क्वायर में भांग/ गाँजे के पौधे लगाए। वह अक़्लमंदी थी! उन्होंने एक पुराने तानाशाह की मूर्ती के ऊपर घास के मोहिकन (बाल जो मुंडे हुए सिर के बीच में माथे से होते हुए गर्दन तक जाते हैं) लगाए। और उन्होंने एक स्मारक जिसने युद्ध की प्रशस्ति की थी पर भिति चित्र बनाये।

मेरा दिल ज़ोरों से धड़कने लगा। मेरी नसें फड़कने लगीं।

वह मेरे लोग थे! समान सोच वाली आत्माएं! आत्मीय भाई-बहन!

मुझे अंततः घर जैसा महसूस हुआ।

मैं उन लोगों की ऊर्जा की एक लहर के बहाव में बहते हुए, सड़क के नीचे ले जाया गया, और उस भीड़ तक पहुंचाया गया जो एक बहुराष्ट्रीय जंक-फूड रेस्तोरां के आस-पास इकठ्ठा हुई थी।

प्रदर्शनकारी उस जगह को तहस-नहस कर रहे थे। खिड़कियां चकनाचूर हो गयी थी और टेबलों को उलट दिया गया था। रसोई के उपकरण उनके बाजू में पड़े हुए रो रहे थे। उस पूंजीवादी चौकी के टूटे हुए अवशेषों का ज़मीन पर रक्तप्रवाह हो रहा था।

मेरी छोटी-सी आवाज़, मेरे सिर के भीतर की वो आवाज़ जो सालों से निष्क्रिय थी, जो उस वक़्त पुनः प्रकट हुई थी जब मैंने अपने बॉस के विरुद्ध विद्रोह किया था, और जो तभी से मुझे बात कर रही थी, उसने मुझे शामिल हो जाने के लिए कहा। वह एक धीमी आवाज़ थी, एगोट की धीमी आवाज़ की तरह। वह शांत थी। कोमल। विचित्र। और उसने मुझे शामिल होने के लिए कहा। उसने मुझे योगदान देने के लिए कहा। उसने मुझे उस विरोही सेना को एक बेहतर संसार बनाने में मदद करने के लिए कहा।

और मैंने सुना। प्रिय पाठक, मैंने अपनी छोटी-सी आवाज़ को सुना! एगोट को नहीं। दूसरों की पुकार को नहीं। लेकिन मेरी छोटी-सी आवाज़ को। मेरी वास्तविकता का प्रकटीकरण।

मैं भीड़ को धकेलता हुआ आगे बढ़ा। मैं चटकीले रंग के बालों वाले अनुभवी सक्रियतावादियों के बीच दबते हुए गया। और मैं चकराए हुए उन पर्यटकों, जो भगदड़ में फंस गए थे, के बीच से छुपते हुए निकला। अंदर और बाहर। अंदर और बाहर। जब तब मैं अंततः आगे की ओर नहीं पहुंच गया।

जब तक मैं वहां पंहुचा, तब तक सभी सक्रियतावादी पास वाले मुद्रा विनिमय केंद्र पर चले गए थे। उसका दरवाज़ा निकाल दिया गया था। प्रदर्शनकारी उस जगह के टुकड़े-टुकड़े कर रहे थे।

मैंने एक कुर्सी ली, उसे अपने सिर के ऊपर ऊंचा उठाया, और उसे खिड़की पर दे मारा। वह दुखा। उस सशक्त-कांच का कम्पन मेरे हाथों में दौड़ गया। मेरा कन्धा पीछे की तरफ़ झटका खा गया।

वह टुटा हुआ कांच डगमगाया और फिर अपनी मूल अवस्था में लौट आया। हज़ारों कांच के टुकड़े किसी सिंथेटिक चादर की वजह से अभी भी अपनी जगह पर बने हुए थे। मेरे आधे-अधूरे प्रहार से अभी भी कोई फ़र्क़ नहीं पड़ा था।

लेकिन मुझे अच्छा लगा। आनंदित नहीं। उत्साहपूर्ण नहीं। लेकिन अच्छा। बहुत, बहुत अच्छा।

मुझे लगा की मैं इससे उस आदमी पर वार कर रहा हूँ। उस आदमी पर जिसने मुझे स्कूल में तैयार किया। उस आदमी पर जिसने मुझे विश्वविद्यालय जाने पर मजबूर किया और फिर त्याग दिया। उस आदमी पर जो मुझे स्ट्रिप क्लब में ले गया, एक कुत्ते की तरह आगे-आगे, और जिसने मुझसे आभारी होने की अपेक्षा की। और उस आदमी

को जिसने मुझे एक मूर्खतापूर्ण हस्तलिपि से पढ़कर बोलने पर विवश किया, बार-बार लगातार।

मुझे लगा मैं इससे उन आदमियों पर प्रहार कर रहा हूँ। मुझे लगा मैं इससे सभी आदमियों पर प्रहार कर रहा हूँ। मुझे लगा की मैं खड़ा हो रहा हूँ, न केवल अपने लिए, लेकिन हर उस कर्मचारी के लिए जो एक कॉल सेंटर में फंसा हुआ था, नीरस फोन कॉल करता हुआ, किसी अमीर आदमी को और आमिर बनाने में मदद करता हुआ। हर उस कर्मचारी के लिए जिसे कभी पता नहीं होता था की उनकी अगली शिफ़्ट (पारी) कब होगी, उसका अगला वेतन कब मिलेगा, और कब वो खाने के लिए खाना जुटाने में सक्षम हो पायेगा। और हर उस कर्मचारी के लिए जिसने उम्मीद खो दी थी। जिसे असहाय और अकेला महसूस हुआ था।

वह भीतर वह निःस्वार्थ इच्छा उमड़ने लगी।

मैंने एक गहरी सांस ली और मुद्रा विनिमय केंद्र की तरफ देखा। मेरे लिए, उस क्षण में, वह इस दुनिया में जितनी भी गलत चीज़ें हैं उसका प्रतिनिधित्व कर रहा था। सभी गतिरोधक नौकरियां, कठोर विक्रय और दुष्ट बॉस। मुझे लगा मुझे इसे बाहर निकालना होगा।

तो मैंने एक बार फिर कुर्सी को उठाया, फिर से उसे झुलाया, और एक बार फिर उसे स्टोर के सामने के हिस्से पर दे मारा। कुछ नहीं बदला। कांच ज्यों का त्यों बना रहा। मेरे कंधे ने उस झटके का पूरा भार खुद पर ले लिया।

मैंने इस प्रक्रिया को तीसरी और आखिरी बार फिर से दोहराया। लेकिन इससे कुछ नहीं बदला। और मुझे लगा की यदि मैं यह करता रहूँगा तो भी कुछ बदलने वाला नहीं है।

लोग मुझे घूर रहे थे। वह मुझे शर्मिंदा, भयभीत और असुरक्षित महसूस करवा रहे थे। मेरे भीतर एक भर्फीली कंपकपी दौड़ गयी। मेरा दिल बैठ गया।

मेरी छोटी-सी आवाज़ ने मुझसे कहा की मैंने पर्याप्त कर लिया था।

और इसलिए मैं पुनः भीड़ में गायब हो गया।

उस दिन के बारे में सोचते हुए, मैं खुद को यह महसूस करने से नहीं रोक पाता की वह एक सकारात्मक अनुभव था। मैं अपनी ज़िन्दगी में पहली बार हज़ारों समान सोच वाली आत्माओं से जुड़ा था। मैं एक बड़ी चीज़ का हिस्सा बन गया था। मैंने योगदान देने की कोशिश की थी - अपने हिस्से का कार्य करके। समय-समय पर, उसने मुझे बहुत अच्छा महसूस करवाया है। उसने मुझे वास्तविक महसूस करवाया है।

लेकिन उसने मुझे परम सुख से परिपूर्ण अनुभव नहीं करवाया। मैंने भौतिक क्षेत्र को

पार नहीं किया था। बीथोवन की नौवीं स्वर-समता मेरे कानों में नहीं बजी थी।

और, उसकी वजह से, मेरा एक भाग अभी भी अधूरा महसूस कर रहा था...

बाईस

मैं उसके बाद के हफ़्तों में भी कई विरोध प्रदर्शनों में गया था। मैंने शांति, पर्यावरण और सामाजिक न्याय के लिए विरोध प्रदर्शन किया। मैंने परमाणु हथियारों, ट्यूशन फीस और शस्त्र व्यापार के विरुद्ध भी प्रदर्शन किया। और मैंने उन विरोध प्रदर्शनों का आनंद लिया। मैंने वाकई में ऐसा किया। लेकिन मुझे कभी भी उससे नशा नहीं हूआ। मुझे वैसा कभी भी महसूस नहीं हुआ जैसा श्रीमती ब्राउन की कक्षा में उपद्रव मचाने पर हुआ था।

मैंने फिर भी उन विरोध प्रदर्शनों में भाग लिया क्योंकि मुझे लगा की मेरी वजह से फ़र्क़ पड़ रहा था। मुझे लगा की मैं समाज में अपना योगदान दे रहा हूँ। खैर, मुझे लगा की मैं पहले से भी कई ज़्यादा योगदान दे रहा हूँ जितना मैंने कभी नौकरी करते हुए भी नहीं दिया।

और मैं फिर भी उन विरोध प्रदर्शनों में गया क्योंकि मेरी एक सक्रियतावादियों के समूह से दोस्ती को गयी थी। मुझे उनके साथ समय बिताना अच्छा लगता था। और मुझे उनकी ज़रूरत थी। मेरे पुराने सारे मित्रों के पास काम और दीर्घकालीन साझेदार थे। उनमें से कुछ के बच्चे थे। लेकिन मैंने खुद को उस दुनिया से बहिष्कृत कर लिया था जिसमे वे रहते थे। मैं अलग था। मैं एक अजाति या जाती से बाहर था। एक अनुपयुक्त व्यक्ति। और उसने हमारे संबंधों में तनाव पैदा कर दिया था। मैं फिर भी गेविन गिलिस और विश्वविद्यालय के कुछ साथियों के साथ मित्रता बरक़रार रख पाया था, लेकिन यह बस इतना ही था। मैंने अपने ऑफिस वाले साथियों को फिर कभी नहीं देखा था।

अपने परिवार के साथ भी मेरे संबंधों में तनाव आ गया था। उन्हें समझ नहीं आया की मैं अपनी ज़िन्दगी में कर क्या रहा था। वो मुझे स्वीकार नहीं कर सके।

लेकिन मुझे अभी भी किसी के साथ की ज़रूरत थी। मुझे अभी भी दोस्ती की ज़रूरत थी। और मुझे लगता है शायद इसलिए मैं अपने नए सक्रियतावादी दोस्तों के क़रीब जाता गया।

उनमें से एक था स्वमपी, जैसा की आपको उसके नाम से अंदाजा लग ही गया होगा, वह एक रूढ़िवादी हिप्पी था; गांठ बांधकर रंगी जाने वाली शर्ट, गुथे हूए गंदे बाल और पुरानी फटेहाल चप्पलों वाला व्यक्ति था। एक था ब्रायन, जो बिलकुल भी उस तरह का व्यक्ति नहीं था जिसे आप सक्रियतावाद से जोड़ कर देख सके, उसकी एक चिप की दुकान थी और एक अनूठे ऐतिहासिक गाँव में एक युवा परिवार था। और फिर थी बेकी। मज़बूत, तेजस्वी बेकी। वह एक नारीवादी थी। और चंचल या अवास्तविक नहीं थी।

मुझे बेकी पसंद थी। मेरा मतलब, मैं सच में उससे प्यार करता था।

लाओ त्ज़ू कहते हैं की प्यार 'सभी जुनूनों में सबसे ज़्यादा शक्तिशाली है, क्योंकि यह एक ही समय पर दिमाग, दिल और होश तीनों पर आक्रमण करता है'।

मुझे बिलकुल ऐसा ही महसूस हुआ जब मैं बेकी के साथ था। मुझे महसूस हुआ की मुझ पर प्रेम द्वारा 'आक्रमण' किया जा रहा है। उसके द्वारा पीटा जा रहा है। उसके द्वारा लताड़ा जा रहा है।

बेकी मुझे बहुत अच्छा महसूस करवाती थी। वास्तव में बहुत ज़्यादा अच्छा।

मेरी उदासीनता दूर हो गयी थी। अपनी नौकरी छोड़ आने से मैं अपने पूर्ण भावनात्मक स्पेक्ट्रम से पुनः संलग्न होने में सक्षम हो गया था। इसने मुझे फिर से अच्छा महसूस करने में सक्षम बनाया था। और इसने मुझे फिर से असभ्य अनुभव करने में भी सक्षम बनाया था।

इसलिए मैं प्यार में पड़ने में सक्षम था। मैं खुद को उस सुन्दर युवा महिला को सौंप देने में सक्षम था।

जॉर्जी की ही तरह, मैंने जब भी बेकी को देखा मेरे पेट में तितलियाँ उड़ने लगती थीं। कभी-कभी वो कुछ ऐसा कहती थी जो वाकई में पुरानी यादों को जाग्रत कर देता था। चीज़ें जो मेरे रोंगटें खड़े कर देती थीं। उसने मुझे भीतर से भावुक अनुभव करवाया था। उसने मेरे कलपुर्ज़ों को पिघले हुए मार्शमैलो की तरह अनुभव करवाया।

हाँ, मुझे बेकी वाकई में पसंद थी। मुझे वो सारे सक्रियतावादी सच में पसंद थे। उन सब के पास सोने के दिल थे।

इसलिए मैं अभी भी उन विरोध प्रदर्शनों में जाया करता था। मैं उन विरोध प्रदर्शनों में गया ताकि मैं उन शानदार लोगों के साथ समय बिता सकूँ।

मैं उन विरोध प्रदर्शनों में शरद ऋतु के एक जटिल दिन तक गया, जब पेड़ पीले पत्तों से भरे हुए थे और आसमान एक धुंधले इंद्रधनुष से। गहरे नीले, बैंगनी और जमुनी रंग के अमंगलसूचक स्वरुप ने, हमारे गुस्से से भरे नारों के लिए एक भयानक पृष्ठभूमि प्रदान की थी। और नारंगी, पीले व हरे रंग की लकीरे उम्मीद की छोटी-सी झिलमिलाहट लेकर आयीं, उम्मीद की हम वाकई में कोई बदलाव ला पाएंगे, और अपने खंडित समाज को सुधार पाएंगे।

मैंने उस इंद्रधनुष को नज़रअंदाज़ कर दिया। मैं उससे बेपरवाह था। मेरे लिए, वह बस पृष्ठभूमि का एक सामान्य हिस्सा था।

मेरा ध्यान पूर्ण रूप से विरोध प्रदर्शन पर केंद्रित था।

कारकर्ताओं का हमारा समूह प्रधान मार्ग से आगे बढ़ता गया और फिर हमने एक

नौकरी केंद्र में जाने की कोशिश की, बैठक करने के लिए। लेकिन हठ्ठे-कठ्ठे पुलिस वालों, जिनके तराशे हूए जबड़े व मूर्तिकार सीने थे, की एक पंक्ति ने सामने का दरवाज़ा घेर कर अवरुद्ध कर लिया। उन्होंने हमे शांतिपूर्ण विरोध प्रदर्शन करने के अपने कानूनी अधिकार का इस्तेमाल करने से रोका।

एक गेटो ब्लास्टर (विशाल संगीत बजाने वाला यंत्र) में राजनीतिक रैप (संगीत) बजने लगा:

'भूल जाओ उन्होंने आपको स्कूल में क्या सिखाया। शिक्षित हो जाओ!'

"यह अकाला है," स्वमपी ने मुझसे कहा। "यह अच्छा है, है ना?"

"हाँ," मैंने उत्तर दिया। "जागरूक गीत है भाई!"

स्वमपी ने अपने चप्पल से ढ़के हूए पैर को संगीत के साथ थिरकाना शुरू कर दिया:

"वह क्रांतिकारी चूहों के लिए एक विचित्र बंसुरीवाला है।"

मैं मुस्कुराया।

"उनके गाने बेदखल किये हुए युवाओं के लिए विद्रोह का एंथम/गीत हैं।"

मैंने उसे आँख मारी।

चकित स्थानीय लोग ना देखने का दिखावा कर रहे थे।

और एक प्रदर्शनकारी ने मुठ्ठी-भर रंग-बिरंगे कागज़ की कतरन एक पुलिस वाले के ऊपर फेंक दी। वह अत्यधिक हास्यजनक था। उस प्रदर्शनकारी ने उन विशाल आदमियों को स्रैण कर दिया था; उनके ऊपर कोमल कागज़ की पत्तियों को बरसाकर जैसे की वे किसी शादी में शर्माती हूई दुल्हन हो।

पुलिस वाले पथरीले-चेहरों के साथ खड़े रहे। वे स्पष्ट रूप से असुविधाजनक थे। उनकी शर्मिंदगी आक्रोश की ओर मुड़ती हुई प्रतीत हो रही थी।

लेकिन वे एक इंच भी नहीं हिले।

तो इसलिए कुछ दूसरे सक्रियतावादी भी इसमें शामिल हो गए। उन सभी ने पुलिस वालों पर रंग-बिरंगे कागज़ की कतरन बरसाई।

मैं भी उनमे शामिल हो गया। मैंने मुठ्ठी-भर रंग-बिरंगे कागज़ की कतरन ऊपर हवा में फेंक दी। मैंने एक बार फिर ऐसा किया।

पुलिस वालों की चिड़चिड़ाहट बढ़ने लगी। आप उनकी आँखों में वो देख सकते थे, जो गुस्से से लाल हो गयी थीं। और आप यह उनकी आभा में भी देख सकते थे, जो द्वेष से लाल हो गयी थी। इंद्रधनुष की चमक ने उनके इर्द-गिर्द खुनी धुंध की रचना कर दी थी। लाल पत्तियां उनके चमकदार जूतों के बीच नाच रही थीं।

लेकिन वे एक इंच भी नहीं हिले।

तो मैंने तीसरी बार मुठ्ठी-भर रंग-बिरंगे कागज़ की कतरन फेंकी। फिर चौथी बार।

एक पुलिस वाले ने अपना आपा खो दिया। अचानक ही! यह पलक झपकते ही हो गया।

वो पुलिस वाला खुद को रोक नहीं पाया। उसकी पशु प्रवृत्ति उसके आत्मसंयम के माध्यम से फ़ूट पड़ी। उसका शरीर मेरी ओर दौड़ा।

मैं प्रदर्शनकारियों की तरफ पीछे भागा, जिन्होंने पुलिस वाले और मेरे बीच एक सुरक्षात्मक दीवार का गठन कर लिया था। मैं रुका। मैं अपनी जगह पर खड़ा होकर अपनी बेगुनाही के लिए विरोध करने को तैयार था।

"भागो!!!" स्वमपी चिल्लाया।

"भागो!!!" मेरी छोटी-सी आवाज़ ने फ़ुसफ़ुसाया।

"भागो! भागो! भागो!"

मैं भागा।

मैं सड़क से नीचे भागा। मैं एक न्याय-के-मसीहा के लहराते हुए पैर के ऊपर से कूदते हुए भागा। और मैं झूलता हुआ ठीक एक निष्प्राण शॉपिंग सेंटर के अंदर पंहूचा।

सफ़ेद रोशनी ने मेरे रेटिना को जला दिया और एक टांका मेरी पसलियों को चीरता हुआ निकल गया।

लेकिन मैं भागता रहा।

मैं दर्द के बावजूद भी भागता रहा। मैं इस सब की निरर्थकता के बावजूद भी भागता रहा। मैं तब-तक भागता रहा जब-तक एक सुरक्षा गार्ड एक निजी दुकान से बाहर नहीं आ गया। उसने मेरा रास्ता रोक लिया। वह मेरे ऊपर ऐसे खड़ा हो गया जैसे किसी चींटी के ऊपर एक जिराफ़। और वह एक उत्पीड़ित सांड की तरह अपने दांत पीसने लगा।

उसके पार निकलने का कोई रास्ता नहीं था।

तो मैंने अपने हाथों को अपने घुटनों पर रखा और सांस अंदर ली। हवा का स्वाद नमकीन था।

एक पुलिस वाले ने मुझे पकड़ लिया, मुझे हथकड़ी पहनाई और दूर ले गया। वो मुझे दूसरों के मामलों में दखल देने वाले दुकानदारों और आत्मसंतुष्ट बच्चो वाले दर्शकगण के सामने से परेड कराता हुआ ले गया। वे सब मेरा मज़ाक उड़ाते प्रतीत हो रहे थे। वे सब मुझे घूर रहे थे।

मुझे बीमार महसूस हूआ। शारीरिक तौर पर बीमार! मेरा पेट अधिवृक्क रस से भरा हूआ था। वह एक कड़वे एसिड का पात्र था। एसिड वमन का एक गुब्बारा।गन्दगी का एक टोंटीदार पात्र।

मुझे पुलिस चौकी ले जाकर एक कोठरी में बंद कर दिया गया था।

फिर, दस घंटे बीत जाने के बाद, मुझे रिहा कर दिया गया था। ड्यूटी अधिकारी ने मुझसे कहा की मैं 'क़ानून के एक अधिकारी पर हमला करने' के आरोपों का सामना करने वाला था। और यह वही था!

पंद्रह सक्रियतावादी मुझे एक किराए की मिनी-बस में लेने आये। वह बुद्धिमान बूढ़े राजाओं की तरह थे; बियर, जो बर्फ़-सी ठंडी थी, कुछ इत्र और कुछ मदिरा का उपहार देते हुए। उन्होंने मुझसे कहा चिंता मत करो। की सब कुछ ठीक हो जायेगा। और जिन पुलिस वालों ने मुझे गिरफ़्तार किया था उनको देख कर वे अशिष्ट इशारे करने लगे।

उसने मुझे अंतहीन रूप से खुश कर दिया। यह जानकर बहुत अच्छा लगा की मैं अकेला नहीं था। की बाहर दुनिया में और भी लोग थे जो बिलकुल मेरे जैसे थे।

मुझे उन लोगों की टीम भावना बहुत अच्छी लगी। मेरे लिए, वे एक तूफ़ानी दिन में व्हिस्की के घूंट की तरह थे। एक ठंडी रात में गर्म कम्बल की तरह थे। भयानक अकेलेपन के क्षण में एक झप्पी की तरह थे।

उन्होंने मुझे अच्छा महसूस करवाया था। उन्होंने मुझे महाम महसूस करवाया था। लेकिन वह भावना केवल एक क्षणभंगुर अनुभव था। वह आज़ादी या प्रबोधन नहीं था। वह उत्साह नहीं था। और वह ऐसी भावना नहीं थी जो ज़्यादा समय तक रहती...

तेईस

उसके बाद मुझे तीन बार अदालत जाना पड़ा।

मेरी पहली हाजिरी दलील-सुनवाई के लिए थी। मैंने दलील दी की मैं 'दोषी नहीं हूँ'।

मेरी दूसरी हाजिरी मुक़दमे के लिए ही होनी थी। लेकिन उसे स्थगित कर दिया गया था क्योंकि पुलिस ने मेरे वकीलों को सीसीटीवी (CCTV) की फुटेज प्रदान नहीं की थी।

मेरी तीसरी हाजिरी मुकदमे के लिए थी। लेकिन पुलिस के गवाह आये ही नहीं थे! उन्हें समझ आ गया की उनका कोई केस ही नहीं बनता था। इसलिए सभी आरोपों हो हटा दिया गया था।

वो पूरी प्रक्रिया वाकई में सिर दर्द थी। एक वास्तविक तोड़ा-मरोड़ा हुआ मनोवैज्ञानिक संग्राम। मुझे कुछ चिर तनाव जैसा हुआ।

हालाँकि, इससे एक अच्छी चीज़ भी हुई।

एक बचाव वकील पाने के लिए, मुझे 'कानूनी सहायता' की मांग करनी पड़ी। कानूनी सहायता का दावा करने के लिए, मुझे यह साबित करना पड़ा की मैं निम्न आय वर्ग में था। और यह साबित करने के लिए की मैं निम्न आय वर्ग में था, मुझे 'रोज़गार साधक भत्ते' में अपना नाम दर्ज करवाना पड़ा। मैंने 'आवास के लाभ' पर दावा किया जबकि मैं उसमें था।

मैंने इससे पहले कभी भी लाभों पर दावा नहीं किया था। मैं हमेशा सोचता था की लोक-कल्याण केवल गरीब और भिखारियों के लिए है। मुझे लगता था की लोगों को राज्य के भरोसे बैठने के बजाय अपना पैसा ख़ुद कमाना चाहिए।

फिर भी उन परिस्थितियों में, मेरे पास कोई विकल्प नहीं था। और, अंत में, मैंने इससे काफ़ी अच्छा किया। उस पैसे को प्राप्त करने का मतलब था की मुझे काम करने की ज़रुरत नहीं थी। उसका मतलब था की मैं अपनी वास्तविक ज़रूरतों पर ध्यान केंद्रित कर सकता था।

लेकिन मैंने अपना सक्रियतावाद ज़रूर बंद कर दिया था। राजनितिक विरोध प्रदर्शनों ने मुझे उस परम सुख से परिपूर्ण स्तर पर पहुंचने में मदद नहीं की थी जिसकी मुझे लालसा थी। तो मैंने ख़ुद से पूछा की क्या यह इन सभी प्रयासों के लायक था। और, अंत में, मैंने निष्कर्ष निकाला की वो नहीं था। मेरी छोटी-सी आवाज़ ने मुझसे कहा था की वे विरोध प्रदर्शन दुनिया को एक बेहतर स्थान नहीं बना रहे थे। और मुझे पता था की वे मुझे खुश नहीं कर रहे थे।

मुझे मेरे सक्रियतावादी दोस्तों से प्यार था, और मैं उनके साथ संपर्क में रहना चाहता

था। यह करने से ज़्यादा कहना आसान था। मैं स्वमपी के संपर्क में रहा, लेकिन बेकी ने मुझे छोड़ दिया। हमने वो एक चीज़ खो दी थी जो हमे साथ जोड़े हूए थी।

उससे मैं उदास हो गया। लेकिन उसने मुझे प्रभावित नहीं किया। मुझे यकीन था की सक्रियतावाद मेरी समस्याओं का हल नहीं था। मैं समझ गया था की मुझे अपने विरोध प्रदर्शन वाले दिनों को पीछे छोड़ना होगा।

मुझे एक बेहतर चीज़ का अनुभव था, कुछ अधिक शुद्ध, और मैं उसका पुनः अनुभव करने के लिए दृढ़ था। मेरा ध्यान शत प्रतिशत उस लक्ष्य पर केंद्रित था।

लेकिन, मैं चाहे जितनी भी कोशिश करूँ, मैं उस उच्च स्तर पर पहूंच ही नहीं पा रहा था जो मैंने एक बार अनुभव किया था। और वह अंदर-ही-अंदर मुझे खाये जा रहा था। उससे मुझे हारा हुआ महसूस हुआ था। उसने मुझे असहाय और कमज़ोर महसूस करवाया।

मैं दुखी था। मैं उदास था।

लेकिन मैं आप से पूछता हूँ; 'किस तरह का इंसान इन दिनों उदास नहीं है?'

मुझे लगता है जिद्दू कृष्णमूर्ति ने सही ही कहा है; 'एक गंभीर रूप से बीमार समाज में अच्छी तरह से समायोजित होना आरोग्य का कोई परिमाण नहीं है'।

खैर, मैं अपने समाज में 'अच्छी तरह से समायोजित' नहीं था। मैं बिलकुल भी 'अच्छी तरह से समायोजित' नहीं था। लेकिन मेरा समाज 'गंभीर रूप से बीमार' था। उसका प्रकृति, मानवता और ख़ुद से संपर्क खो गया था। वह मुझे बीमार बना रहा था।

मैं बीमार था। मैं अप्रसन्न था। मैं उदास था।

मुझे लगा चाहे मैं जो कर लूँ, चाहे मैं जितना ज़्यादा प्रयत्न करूँ, मैं खुशियाँ नहीं ढूंढ पाऊंगा। मैंने तालमेल बैठाने, घुल-मिल जाने की कोशिश की, लेकिन इससे कुछ नहीं हूआ। इसने मेरे माता-पिता, मेरे शिक्षकों या मेरे बॉस को खुश नहीं किया था। और इसने निश्चित रूप से मुझे खुश नहीं किया था। मुझे वो पदोन्नति नहीं मिली जिसकी मुझे अभिलाषा थी। मैं ख़ुद के लिए एक मकान नहीं ख़रीद पाया था। और मुझे परिपूर्ण महसूस नहीं हूआ था। मेरा मतलब, मैं अपनी वास्तविकता को नकारता रहा। मैं कैसे परिपूर्ण अनुभव कर सकता था? मैं कैसे खुश हो सकता था?

इसलिए मैंने अपने समाज को अस्वीकार कर दिया, लेकिन मैं फिर भी ख़ुद को नहीं ढूंढ पाया था। मुझे थोड़ी खुशियाँ मिली थीं, लेकिन सच्ची ख़ुशी नहीं। सम्पूर्ण ख़ुशी नहीं। और, इस बीच, मैं एक निर्वासित व्यक्ति बन चुका था। एक जातिच्युत मनुष्य। अपने समाज द्वारा अस्वीकृत। अपने परिवार द्वारा बहिष्कृत। और अपने मित्रों द्वारा विमुख किया हुआ।

मुझे एक बहूत भारी कीमत चुकानी पड़ी थी। मुझे बहुत अकेला महसूस हुआ। पूर्णतः खोया हूआ। सम्पूर्ण रूप से भ्रमित।

मेरी छोटी-सी आवाज़, मेरे सिर के भीतर उस धीमी-सी आवाज़ ने मुझसे कहीं और उस उच्च स्तर को तलाशने के लिए कहा जिसे मैं खोज रहा था। और इसलिए, बहुत सोच-विचार के बाद, मैंने दवाओं की ओर मुड़ने का फ़ैसला कर लिया था।

मैंने अवसादरोधी दवाओं से शुरुआत की। गुलाबी वाली, नीली वाली, पीली वाली। आप नाम लीजिये, और मैंने वो ली थी। मैंने वे सभी ली थीं!

मैं शुरुआत में केवल हफ़्ते में दो लेता था। फिर मैंने उन गोलियों को रोज़ लेना शुरू कर दिया। मैंने एक दिन में दो खायी। फिर चार। फिर छह।

उन मुक्ति के छोटे टुकड़ों ने वाकई में मेरे तंत्रिकासंचारक में अपना काम किया। उन्होंने सच में वहाँ अपना घर बना लिया; मेरे सेरोटोनिन को स्वच्छ करते हुए और मेरे नोरएपिनेफ्रिन की सफ़ाई करते हूए।

मैंने जितनी बार भी उन अवसादरोधी दवाओं को लिया, मुझे आनंद का एक छोटा-सा अनुभव मिला। मेरा मन शांत और मेरा शरीर हल्का हो गया।

लेकिन, अफ़सोस, वह आनंद कभी भी ज़्यादा देर नहीं बना रहा। और उसके दुष्प्रभाव भी थे। मुझे दस्त और कब्ज़; अनिद्रा और उनींदापन; सिर-दर्द और चक्कर आने का सामना करना पड़ा।

मैं अभी भी अधूरा, त्यागा हूआ और अकेला महसूस कर रहा था। मुझे अभी भी और चाहिए था। मैं अभी भी आज़ादी से उड़ने का इच्छित था। मुझे अभी भी बीथोवन की नौवीं स्वर-समता का अपने कानों में गूंजने का इंतज़ार था।

इसलिए मैं कोकेन की ओर चला गया। और बाप-रे-बाप वह गज़ब था। वह इस दुनिया से परे था।

यी-हा! व्होप्पी! ओह हाँ!

जब मैंने कोकेन लिया, ज़िन्दगी का हर्षोन्माद मेरी नसों में दौड़ने लगा। एक विशाल मुस्कान ने मेरे चेहरे को ढक लिया। मैंने अपनी सारी चिंताओं को पीछे छोड़ दिया और पूरी रात नाचता रहा।

लेकिन वो भावना भी हमेशा के लिए नहीं टिकी। मुझे हर घंटे वह लेना पड़ता था ताकि मैं उच्च स्तर पर बना रहूं। और, दुर्भाग्य से, मेरी यह कर पाने की हैसियत नहीं थी।

तो मैंने ख़ुद को देखा। ख़ुद से सवाल किया। मैंने अपने अस्तित्व पर सवाल उठाया। मैंने हर चीज़ पर सवाल उठाया:

'कौन हूँ मैं? क्या हूँ मैं? मुझे क्या चाहिए?'

'मैं अपनी ज़िन्दगी के साथ कर क्या रहा हूँ?'

'क्या मुझे सच में लगता है की मैं इस द्वेषपूर्ण और विकृत संसार में खुशियां ढूंढ सकता हूँ?'

'कोशिश करने का मतलब ही क्या है?'

'मैं यह सब ख़त्म क्यों नहीं कर देता?'

रुको। सांस अंदर। सांस बाहर।

शांत।

सांस लो।

मेरे लिए यह लिखना आसान नहीं है, प्रिय पाठक। लेकिन वो मेरे विचार थे। और इसलिए मुझे लगा की उन्हें शामिल करना मेरा कर्त्तव्य है।

हाँ, मैं अपनी जान लेने के बारे में सोच रहा था। वहां, हाँ मैंने कह दिया! लेकिन कृपया उसे नाटकीय या म्लान न समझे। मैंने उसे ऐसे नहीं देखा था।

मैंने ख़ुद से कहा की आत्महत्या करना एक अच्छी चीज़ होगी। एक बड़ी चीज़। दुःख और कष्ट के इस संसार से मुक्ति। एक अधिक पवित्र क्षेत्र में सर्वाधिकार, इस बुनियादी अस्तित्व की ज़ंजीरों से मुक्ति।

मैं अपने जीवन का नियंत्रण प्राप्त कर लूंगा। मैं अपने भाग्य का स्वामी बन जाऊंगा। मैं अपनी किस्मत का कप्तान होऊंगा।

मैं अपनी शर्तों कर चीज़ें करूँगा। मेरी शर्तें! वैसे ही जैसे मैंने प्राथमिक स्कूल में उपद्रव मचाया था। और वैसे ही जैसे मैंने अपनी नौकरी छोड़ दी थी।

मैंने आत्महत्या को कमज़ोरों की तरह पलायन करना नहीं माना था; अपनी समस्याओं से दूर भाग जाना। मैंने उसे बहादुरों की तरह आगे बढ़ना माना था; बाहर अज्ञात में कदन रखना। वह हार में प्रवेश करना नहीं था। नहीं। वह एक जीत थी। निराशा पर आशा की जीत, संदेह पर विश्वास की जीत, दबाव पर चुनाव की जीत।

और इसलिए मैंने इस पर अन्वेषण किया। मैं आत्महत्या के बारे में जो भी पढ़ सकता था मैंने पढ़ा। कैसे ख़ुद को फांसी पर लटकाया जाता है, कैसे ख़ुद को बिजली से मारा जाता है, और कैसे ख़ुद की कलाई काटी जाती है। मैं आपके लिए रक्तमय विवरण बचा के रखता हूँ। कहने की जरूरत तो नहीं है, लेकिन, मैंने उन तरीकों पर थोड़ा गंभीर सोच-विचार किया था।

इसलिये, मेरे विचार, दो विपरीत स्पर्शरेखाओं के साथ भिन्न हो गए। एक तरफ़, मैं चरम सीमा के एक उच्च स्तर की तलाश कर रहा था; जीने का परम कारण। और दूसरी

तरफ़, मैं चरम सीमा के एक निचले स्तर की खोज कर रहा था; मौत।

मैं चरण सीमाओं का एक जीव था। हालाँकि मुझे लगता है की आपको यह पहले से ही पता था। मैंने, आख़िरकार, आपको अपने सब कुछ या कुछ नहीं व्यक्तित्व के बारे में बताया है। मैं एक श्वेत और श्याम तरह का आदमी हूँ।

और फिर भी, विडंबना यह है कि, यह दो चरम सीमायें मिल गयीं। मैंने अपने 'सब कुछ' और 'कुछ भी नहीं' की खोज, मेरा परम उच्च स्तर और मेरा परम निचला स्तर, एक ही स्रोत में कर ली थी; ड्रग्स।

उसके बाद के हफ़्तों और महीनों में, मेरे ड्रग्स लेने की आदत ने रफ़्तार पकड़ ली। मैंने सिर्फ कोकेन ही नहीं लिया था, मैंने मन-फ़ेरबदल कर देने वाले पदार्थों का एक वाकई बड़ा झुंड लिया था। नशीले पदार्थों और स्टेरॉयड; गोलियाँ और पाउडर; अप्पर्स, डाउनर्स और आलराउंडरर्स का एक मिश्रण।

प्रत्येक नया ड्रग मुझे थोड़े और उच्च स्तर पर ले गया। वे मुझे द्‌वि-आभा क्षेत्र में ले गए। अत्यधिक प्रसन्नता की अवस्था में। सातवे आसमान पर। प्रत्येक बार नयी तरह से उन्हें लेना मुझे मेरे लक्ष्यों के और करीब ले गया।

वो ड्रग या तो मुझे निर्वाण देने वाले थे या फिर मुझे मार डालने वाले थे। मुझे इस बात का पूरा यकीन था। और मैं इसके साथ सहज था।

मैं मरना चाहता था। मुझे मौत का इंतज़ार था। मेरी छोटी-सी आवाज़ हर दिन उसे बुलाती थी। हर एक घंटे।

मुझे वो ड्रग स्वयं को ऊपर उठाने के लिए चाहिए थे। मुझे ऊपर उन सुनहरे बादलों पर उठा कर ले जाने के लिए। और फिर, उस पल में, मैं चाहता था की वे मुझे ख़त्म कर दें। मेरे कष्ट को ख़त्म कर दें। मुझे इस पीड़ा देने वाले संसार से दूर फेंक दे। मुझे सनातन शांति देदें।

मुझे लगा यह शानदार होगा। मुझे लगा यह मेरे सांसारिक अस्तित्व की चरम सीमा होगी। मेरा प्रबोधन। मेरी रिहाई। मेरा मोक्ष।

चौबीस

मैं घर पंहुचा अपने निर्जन स्टूडियो फ़्लैट में और अपने भारी कोट को हुक पर टांग दिया।

वह ढहते हूए फ़र्श पर टपका:

'प्लिप्। प्लॉप। प्लिप्। प्लॉप।'

मैं अपनी कुर्सी पर बैठा और अपनी अव्यवस्थित टेबल को देखा।

मेरे सामने उन दिनों के फल थे जो शहर की कई पक्षपात की मांदों/गुफाओं में छानबीन करते हूए गुज़रे थे। वह बदनाम प्रतिष्ठान जहाँ डिकेंसियन के किरदार हमारे देश के बेहतरीन व्यापारियों के साथ उद्यमशीलता से सौदेबाज़ी करते थे। जहाँ आप जो भी चाहे उस पर काबू कर सकते हैं, किसी भी चीज़ पर, सिर्फ तभी तक, जब-तक आप उन सनकी आत्माओं के हाथों में पर्याप्त सोना और चांदी रखने के लिए तैयार थे। और जहाँ पसीने, उद्योग और प्रयासों की मीठी गंध, खून, अधिवृक्क रस और क्रोध की कड़वी बदबू के साथ में मिल जाती थी।

मेरे छोटे से, टूटे हूए टेबल पर, वह सारे ड्रग्स रखे थे जो मैंने उन भूमिगत रईसों से प्राप्त किये थे। सभी कोक, ग्लू और अम्फेटामिन्स; मशरुम, दर्द निवारक और हैश; मेस्केलिन, एल एस डी और केटामिन।

मेरा लक्ष्य परम उच्च स्तर को प्राप्त करना था। और मैं उसके लिए मरने को तैयार था। वह करो या मारो की स्थिति थी। सब कुछ या कुछ भी नहीं। मैं आज़ाद होना चाहता था और मुझे इसकी परवाह नहीं थी की यह कैसे हो रहा था। वह मेरा वक़्त था। मेरा पल।

काले बादलों ने नीले आकाश के बचे हूए हिस्से को भी ढक लिया था।

मैंने अपने स्टीरियो सिस्टम पर 'प्ले' का बटन दबाया और बीथोवन की नौवीं स्वर-समता के हलके-हलके स्वर का अपने कानों में भरने का इंतज़ार किया। वायलिन के कोमल तारों ने मेरी मोहावस्था के लिए लोरी गायी। मेरी खिड़की के गंदे शीशों पर जयजयकार थपथपाने लगी।

मैंने कोक के साथ शुरुआत की। मुझे पता था की मैं कोक के साथ कहाँ था - वह एक पुराना मित्र था।

एक तीव्र रासायनिक प्रवाह यकायक मेरी नाक में बहा। बेकिंग-पाउडर के स्वाद वाले चूर्ण के छोटे-छोटे कण मेरे गले के पीछे वाले हिस्से से नीचे प्रपात के रूप में गिरने लगे।

मेरी आँखें बाहर निकल आयीं। मेरा शरीर लहराया। मेरे हाथ वायु में शाखाओं की तरह थे; प्रकृति के साथ एक, समय के साथ एक।

कोकेन हमेशा मुझे नाचने की वह बेकाबू इच्छा प्रदान करता था।

मैं अपने पैरों पर था। मैं आगे पीछे हिल रहा था। मैं एक अकेले आदमी वाला टैंगो डांस कर रहा था।

बीथोवन की नौवीं स्वर-समता शानदार लग रही थी जैसे ही उसने रफ़्तार पकड़ी। वाइला, वाइलिन के साथ शामिल हुआ और चेलो ने उन वाइलों का साथ देना शुरू किया। डबल-बेस की गुंजन शुरू हुई और बांसुरियों ने सीटी बजाना शुरू कर दी।

मैंने अपने स्टीरियो सिस्टम की आवाज़ बढ़ा दी। फिर मैंने थोड़ा मेस्केलिन लिया, जो मैं बासी बियर के एक बड़े घूंट के साथ गटक गया।

मैं तब से मेस्केलिन का सेवन करना चाहता था जब से मैंने ऑलडस हक्सली का निबंध पढ़ा था, 'द डोर्स ऑफ परसेप्शन'। हक्सली के लिए, मेस्केलिन 'स्व-उत्कृष्टता का विषैला शॉर्टकट/आसान-मार्ग' था। 'पवित्र दृग्विषय' और 'धर्माथर्क कृपा' का एक दरवाज़ा। एक आध्यात्मिक ड्रग।

हक्सली का मानना था की हम अपने दिमाग पर स्ट्रेटजैकेट्स डाल लेते हैं; की हम भौतिक संसार पर ध्यान केंद्रित करने के लिए आध्यात्मिक क्षेत्र को अवरुद्ध कर देते हैं। यह एक रक्षात्मक क्रियाविधि है जो हमे पृथ्वी पर जीवित रहने में मदद करती है।

लेकिन हक्सली उस आत्म-अधिरोपित स्ट्रेटजैकेट से बाहर निकलना चाहते थे। वह भौतिक क्षेत्र/राज्य से ऊपर उठना चाहते थे। वह मात्र 'जीवित' रहने से ज़्यादा कुछ करना चाहते तह।

और हक्सली अकेले नहीं थे। मेक्सिको में रहने वाले अमरीकी मूल के लोगों का भी यह मानना है की मेस्केलिन एक आध्यात्मिक ड्रग है। वे इसका प्रयोग उपचार करने के लिए, आंतरिक शक्ति को बढ़ाने और नयी भविष्यवाणियों की खोज करने के लिए करते हैं। अमरीकी मूल के लोग सदियों से मेस्केलिन का सेवन करते आ रहे हैं। सेना के लोगों ने इसका इस्तेमाल एक सत्य रस के रूप में किया है।

तो मेरे लिए, यह एक उत्तम ड्रग की तरह प्रतीत हुआ। स्वर्ग तक जाने की सीढ़ी। आध्यात्मिक। ज्ञानवर्धक। उत्तमोत्तम।

मुझे लगा की मैं सफलता के करीब हूँ।

जब तक मैं मेस्केलिन के अपना असर दिखने का इंतज़ार कर रहा था तब-तक मैंने कोक की कुछ और खुराकों का सेवन कर लिया। मैंने कुछ दर्द निवारक गोलियाँ लीं। और मैंने बीथोवन की नौवीं स्वर-समता को रिपीट-मोड (लगातार बजते रहना) पर लगा दिया।

मेरी पल्स की गति या स्पंद-दर कम हो गयी।

मेरी दिल की धड़कनों की दर बढ़ गयी थी।

मेरी छोटी-सी आवाज़ ने फुसफुसाया:

"मुझे यहाँ से ले चलो। मैं तुम्हारे शरीर को नियंत्रित करता हूँ। हम सब फ़ेड गाते हैं, फ्रेश वाला फ़ेड ला-डी-डा-डी।"

और मैं एक जंगल के गेट पर खड़ा था।

मैंने कुछ जलपरियों, रसोइयों और खेत-मज़दूरों को एक रात्रि-गीत गाते सुना। मैं उनकी तरफ़ गया। मैं रहस्य को अपनी प्रेमिका की तरह ले गाया और रोशनी को उसकी संतान की तरह बड़ा किया।

मैं अटलांटिस के गेट पर खड़ा था।

मैंने समुद्र के पुनर्जीवित बेटे, दिन की संक्रांति से बात की, जो कैस्पियन के नील से समाचार लाया था।

और मैं रोशनी की तरफ़ दौड़ा, हवाओं में प्यार का प्रसार करते हुए। और मैं अनन्तता की रोशनी की ओर भागा; इसकी दृष्टि की एक पुतली, पहियें घूम रहे थे।

मेरे उद्‌देश्य की सतह के नीचे, मैंने प्राचीन मानव की अफ़वाहें देखीं। वह आकाश में एक गवैये के चेहरे की आकृति वाले बादलों के कपड़े पहना हुआ था। चन्द्रमा मेरी माता थी। तूफ़ान ने मेरी आँखों को पकड़ लिया था।

मैंने फूलों के साथ अपने स्त्री पक्ष को प्रस्तुत किया।

उसने अपनी डालों को काँटा और कोमलता से मेरे गले के नीचे उतार दिया।

मेरा गला!

वह जला! वह छिल गया! उसमे घाव हो गया! उससे खून आने लगा!

बीथोवन की नौवीं स्वर-समता अपने पहले चढ़ाव पर पहूंच गयी थी। पीतल के भाग ने युद्‌ध का सिंहनाद शुरू कर दिया। बांसुरियां और क्लैरिनेट एक हो गए। बसून कोलाहल मचाने लगे। ट्रम्पेट और हॉर्न अनियंत्रित हर्ष के साथ शोर मचाने लगे।

वह जलन गायब हो गयी।

और उस पल में मुझे ख़ुशी महसूस हूई। वास्तविक ख़ुशी। स्वप्नमय। शांति।

सूर्य की रोशनी का एक टुकड़ा पर्दों के बीचे से दबे पांव आ गया। उसने मेरा चेहरा प्रकाशित कर दिया। उसने मैंने पूरे संसार को ज्योति मय कर दिया।

मैं मुस्कुराया।

मैं सकारात्मक रूप से मुस्कुराया!

मैंने सांस के साथ शुद्‌ध आनंद के एक बड़े टुकड़े को अंदर लिया।

मुझे लगा की मैं परम उच्च स्तर प्राप्त करने के अपने रास्ते पर था।

और फिर मेरा दिल तेज़ी से धड़कने लगा; एक ख़तरनाक वेग से शुरू होता और वास्तव में एक पराध्वनिक गति पर समाप्त होता। वह अनियमित था, जैसे किसी जैज़ संगीत कार्यक्रम में झाँझ बजते हैं। उसकी एक अगोचर लय थी, जो हज़ार धड़कन प्रति मिनट की रफ़्तार से दौड़ रही थी। वह इलेक्ट्रॉनिक था। कसा हूआ। उन्मत्त।

मुझे लगा जैसे एक बेल्ट मेरे दिल के चारों ओर असंभव रूप से कसी-हूई स्थिति में लपेटा गया है। बुलबुलेदार लावा मेरी धमनियों के माध्यम से प्रवाहित होने लगा, तरल जोश मेरी नसों द्वारा फ़ूट पड़ा, और जलते हुए अंगारों ने मेरी कोशिकाओं के छोरों को झुलसा दिया।

मेरी नसों में शार्ट-सर्किट होने लगा।

मेरे कपड़ों से सफ़ेद रक्त बह रहा था।

मेरी चमड़ी का रंग उड़ गया था।

बीथोवन की नौवीं स्वर-समता ने बन्धक-मुक्ति, प्रतिष्ठा और आज़ादी की मांग की। वह एक ज़ोरदार पुकार थी। वह एक रोष से भरी हूई चीख़ थी।

मरे अस्तित्व का प्रत्येक कतरा रिहाई के लिए चीख़ रहा था। दर्द से रिहाई। नरकपात से रिहाई। ज़िन्दगी से रिहाई।

रंग! हर जगह रंग थे!

मैंने नाचते हूए लाल-धूल में लिप्त बच्चों की परछाई देखी थी। मैंने सफ़ेद पंखों को नीचे आते देखा, मेरे अंत की ख़बर के साथ सुसज्जित। और मैंने पानी के चेहरे वाले अन्धकार की पहली संतान को देखा था। उसने अपने गहरे लाल खून से सने हाथों के साथ कमल आसान ग्रहण कर लिया था।

पसाइडन (समुद्रों के देवता) ने मुझे गुलाबी रोशनी वाली एक गेंद दी।

उस हरी नदी को मेरा नाम मालूम था।

सूर्य मेरे भीतर था। पानी मेरे नीचे था। मेरा पेट घूम गया, जैसा कोई दिशा सूचक यंत्र। मैंने पूर्व की ओर प्रार्थना की और वहां प्राणहीन लेट गया।

दहशत ने मुझे पूरे दो घंटों के लिए शक्तिहीन/स्तंभित कर दिया था। या शायद वे तीन घंटे थे। शायद वे ज़्यादा थे। वक़्त अस्तित्व में ही नहीं था। एक घड़ी चल रही थी, लेकिन केवल अपनी हँसी उड़ाने के लिए। उसके हाथ/कांटे हिल नहीं रहे थे। उसका चेहरा भावहीन था।

और फिर मैंने ज़ोर लगाया।

मैं बेहद करीब था! उस परम उच्च स्तर के बहूत करीब! अंत के बहूत करीब।

मैंने कुछ अज्ञात गोलियाँ उठायी और उन्हें अपने गले के नीचे उतार लिया।

मैंने थोड़ा ग्लू/गोन्ध सुंघा।

मैं शून्यता के एक अनंत सागर में उतर गया। मैं दोबारा यात्रा करने वाला चंद्रमा-चक्र था। मैं सूर्य के गर्भ का फल था।

मैंने खुद को पानी में फेंक दिया, जहाँ मैंने अधः प्रवाह का रहस्य सुना। और मैं समझ गया की, वहां नीचे, बिलकुल भी कोई ज़ंजीरें नहीं होंगी।

मैंने श्वास और नाम का आत्मसमर्पण कर दिया, और बारिश के रूप में जीवित रहा।

मैं मौसम पूर्वानुमान कर्ता था।

बादलों ने कहा की तूफ़ान आ रहा था।

एक सफ़ेद भैंस पैदा हुई थी, जो पहले से ही दौड़ रही थी।

मैंने करीब जाकर सुना।

मुझे गुनगुनाहट सुनाई दी थी।

पच्चीस

'बीप! बीप! बीप!'

मैं गिर रहा था।

मैं तैर रहा था।

मैं एक पक्षी था। मेरे पंख फैले हूए थे। वो धुंए के बादलों के कणों के माध्यम से उड़ रहे थे। हवा मेरे परों को दुलार रही थी। सूर्य मेरी उड़ान में ईंधन भर रहा था।

'बीप! बीप! बीप!'

मैं एक कार चला रहा था। बस वो कार, कार नहीं थी, वह एक हाथी था। मैं उस हाथी के अंदर बैठा था, स्टीयरिंग-व्हील को घुमाता हुआ, और उस हाथी के मुँह से बाहर देखता हुआ।

'बीप! बीप! बीप!'

एक अनिमे (कार्टून) खरगोश अपने पंजो में खून से सनी हुई कटार लेकर मेरे ऊपर कूद पड़ा।

'बीप! बीप! बीप!'

अंततः मुझे एहसास हूआ की मैं अस्पताल के बिस्तर पर था। मैं कोमा (प्रगाढ़ बेहोशी) में था। बेहोश। क्या वास्तविक है और क्या कल्पना इस बात से अनिश्चित।

वह मेरी रूह के लिए अत्यंत अप्रिय झटका था।

मैं न उच्च स्तर पर था न निचले। मुझे न तो निर्वाण मिला था, ना ही मैं मरा था।

'बीप! बीप! बीप!'

मुझे दो नर्स बात करती हूई सुनाई दीं:

"एक तरफ़, स्टीवन एक बहुत अच्छा प्रेमी है। लेकिन दूसरी तरफ़, पैट्रिक मुझसे सच में प्यार करता है।"

'बीप! बीप! बीप!'

मुझे संगीत सुनाई दिया।

मुझे वेक्यूम-क्लनिर की आवाज़ सुनाई दी।

मुझे फिर से नर्स बातें करती हूई सुनाई दीं:

"यह तय हो चुका है। हम इसके पैरों को काट कर अलग करने वाले हैं।"

'बीप! बीप! बीप!'

मैं एक पार्टी में था। सारे मेहमान गोबर की खाद में सने हूए थे। वह सुस्पष्ट था। मैं वास्तव में उस गंदे उत्सर्ग को सूंघ सकता था। मुझे यकीन था की मैं वहीं था।

'बीप! बीप! बीप!'

मैं मानव तस्करों के एक गिरोह द्वारा एक शोषण करने वाले की दुकान पर बेच दिया गया था। उन्होंने मुझे एक दिन में 24 घंटों के लिए सामान्य कपड़ों पर ब्रांडेड लेबल (चिप्पी) लगाने के लिए मजबूर किया था।

'बीप! बीप! बीप!'

स्टीरियो-टाइप ईसा मसीह मेरी तरफ़ आये। उनके लम्बे भूरे बाल थे और उन्होंने एक लम्बा सफ़ेद लबादा पहना था। वह एक सुनहरी चमक से घिरे हुए थे।

"मैं तुम्हे स्वर्ग ले जा सकता हूँ," उन्होंने कहा। "लेकिन केवल तब ही, अगर तुम तैयार हो।"

मैं चिल्लाने वाला था; 'हाँ! हाँ! मुझे ले चलो! मुझे अभी ले चलो!'

लेकिन फिर मैंने अपने माता-पिता की आँखों में उदासी देखी। हवा में उदासी छायी हुई थी। छोटे कीड़े रो रहे थे। छोटी आसुओं से भरी आँखें।

मैं सोचने के लिए रुका। मैंने अपने परिवार के बारे में सोचा। अपने दोस्तों के बारे में। अपने समाज के बारे में।

मैंने घंटों तक सोचा। दिनों तक। हफ़्तों तक।

लेकिन मेरा संकल्प स्थिर रहा:

"मुझे ले चलो, यीशु," मैंने कहा। "मुझे दूर ले चलो।"

स्टीरियो-टाइप ईसा मसीह ने मेरी ओर देखा। उनकी मुखाकृति किसी भेड़ के ऊन जितनी कोमल थी। मुझे महसूस हूआ की वो मेरी तरफ़ मुस्कुरा रहे हैं, जबकि उनके चेहरे पर कोई मुस्कुराहट नहीं थी। मुझे उनका प्रेम अनुभव हुआ। मुझे उनका सौहार्द अनुभव हूआ।

"मुझे दूर ले चलो," मैंने दोहराया।

स्टीरियोटाइप ईसा मसीह ने ना में सिर हिलाया।

"मुझे माफ़ करना," उन्होंने उत्तर दिया। "अभी तुम्हारा समय नहीं आया है।"

वो ऊपर उठे। वो ऊपर उठते चले गए। वो छत के पार चले गए। और फिर वो ग़ायब हो गए।

छब्बीस

'बीप! बीप! बीप!'

वो कहते हैं की सवेरा होने से पहले सबसे ज़यादा अँधेरा होता है। वो कहते हैं की अच्छी चीज़े आसानी से नहीं मिलती हैं। वो बहूत कूछ कहते हैं, वो जो कोई भी हैं।

लेकिन वो जो भी कह रहे थे मुझे समझ आ गया था। मैं जनता था की मेरी ज़िंदगी को दूसरी ओर मोड़ना आसान नहीं होगा। लेकिन, जैसा की लाओ त्ज़ू कहते हैं; 'हज़ार मील लम्बे सफ़र की शुरुआत एक कदम से होती है'।

मैं वो 'एक कदम' आगे बढ़ाने को तैयार था।

मैंने अपनी आँखें खोली और अपने कोमा से बाहर आया।

सब कूछ सफ़ेद था। चमकदार सफ़ेद। शॉपिंग सेंटर जितना ही निष्प्राण। पृथ्वी की पहली भौर जितना शुद्ध।

नर्स की वर्दी में एक परी उस धवलता के बीच वहां खड़ी थी। वो सुन्दर नहीं थी; वह ज़्यादा वज़न वाली थी, मज़दूरों जैसे खुरदरे हाथ और एक पथरीला चेहरा। लेकिन वह रूपवान थी; उसकी त्वचा ब्रह्मांड जितनी काली थी और उसकी आँखे तारों की तरह सफ़ेद थीं। वह मनोहर थी। उसमें एक तरह का आकर्षण था। एक तरह का गुरुत्वाकर्षण, जो मुझे उसकी ओर खींच रहा था।

"हैलो 'स्लीपिंग ब्यूटी'," उसने कहा।

मैंने पलके झपका कर अपनी आँखों से नींद को भगाया।

"उम्म। अम्म," मैंने संघर्ष किया। "उम्म। हाय।"

नर्स मुस्कुराई। वह एक गलफुल्ली मुस्कुराहट थी। एक सौहार्दपूर्ण मुस्कुराहट; वर्षों द्वारा खंडित की हूई और शुद्ध भावना द्वारा पुनर्निर्मित।

"हैलो मेरे प्यारे," उसने कहा। "मेरा नाम बेट्टी है।"

"बेट्टी?" मैंने एक मदहोश आवाज़ में पूछा।

"नर्स बेट्टी।"

"ओह।"

"तुम कैसा महसूस कर रहे हो?"

"हाय नर्स बेट्टी।"

"हाय यू।"

"आपकी मुस्कान बहुत प्यारी है।"

"धन्यवाद।"

"मुझे आपकी मुस्कान वाकई बहूत पसंद आयी।"

"धन्यवाद। तुम कैसा महसूस कर रहे हो?"

"मुझे आपकी मुस्कुराहट का सौहार्द महसूस हो रहा है।"

नर्स बेट्टी हल्का सा हँसी।

"और तुम्हारे शरीर को कैसा महसूस हो रहा है?" उन्होंने पूछा।

"शांत। हल्का। रिक्त। अस्तित्वहीन। मुझे नहीं पता। मैं उसे महसूस नहीं कर पा रहा।"

"क्या तुम्हे कोई दर्द महसूस हो रहा है?"

"बहूत ज़्यादा दर्द!"

"कहाँ?"

"मेरे मन में।"

नर्स बेट्टी ने अपना सिर झुकाया। वह सहानुभूति का अवतार लग रही थी; उठी हूई भौहें और धँसे हूए गाल। उसने मुझे सहज महसूस करवाया। मुझे लगता है शायद इसलिए मैंने आगे जारी रखा:

"मैं निर्वाण चाहता था," मैंने समझाया। "मई मौत चाहता था। मैं मुक्ति चाहता था, किसी भी तरह की मुक्ति। और फिर भी मैं यहाँ हूँ, भौतिक क्षेत्र में फंसा हूआ; न तो प्रबुद्ध, न मृत, और ना ही मुक्त। और यह दर्दनाक है। यह बहूत ज़्यादा पीड़ादायक है।"

वह पहली बार था जब मैंने किसी को अपनी भावनाओं के बारे में बताया था। और मैंने वो किया बिना कुछ सोचे। मेरी छोटी-सी आवाज़ पूर्णतः शांत रही। वे शब्द मेरे मुँह से बस निकल गए, अनायास ही, जैसे एक झुके हूए पत्ते से पानी टपक जाता है।

वह सही लगा। वह अच्छा लगा। वह ऐसा लगा जैसे मेरे कन्धों से एक बहुत भारी बोझ उतर गया था।

नर्स बेट्टी की आँखों में प्यार था।

वो आँखे निर्मल सहानुभूति का भंवर थीं। वो ह्रदय पिघला देने वाली दया और जीवन की पुष्टि करने वाली मानवता का चक्रवात थीं।

"बेचारा," उन्होंने कहा।

उन्होंने अपना हाथ मेरी बांह पर रख दिया।

"बेचारा, हमे तुम्हे कुछ मदद दिलाने की ज़रूरत है।"

"आप मदद कर सकती हैं," मैंने उत्तर दिया। "मुझे किसी और की ज़रूरत नहीं है।"

नर्स बेट्टी ने अपने एक गाल को अंदर खींचा।

"मैं इस बारे में इतनी निश्चित नहीं हूँ," उन्होंने कहा। "मैं केवल एक नर्स हूँ।"

"आप सिर्फ कुछ भी 'केवल' नहीं हैं।"

"खैर, मैं तुम्हे उस तरह से मदद करने के लिए प्रशिक्षित नहीं हूँ।"

"मुझे प्रशिक्षण की परवाह नहीं है - वो सब बकवास है। बस वो करे जो स्वभावतः आपको सही लगता है। जो पहली चीज़ आपके मन में आती है वो करें।

नर्स बेट्टी के चेहरे से अभिज्ञान की उस मंद रोशनी का रिसाव होने लगा।

"ठीक है," उन्होंने कहा। "ठीक है, मेरे प्यारे।"

उन्होंने अपने पर्स में से एक किताब निकाली और फिर उसे मेरी ओर बढ़ा दी।

मैंने वो किताब ली, जिसका शीर्षक था 'द विज़डम ऑफ़ लाओ त्ज़ू', और मैंने पढ़ना शुरू कर दिया।

सत्ताईस

क्या आपने कभी किसी वयस्क को एक बच्चे के साथ खेलते देखा है? वो परिपक्व, समझदार लोग, अक्सर ऐसे बर्ताव करते है जैसे की वे खुद बच्चे हो। वे मूर्खतापूर्ण आवाज़ें निकालते हैं, बचकानी चीज़ें करते हैं, और अपनी कल्पनाओं को आज़ादी से उड़ान भरने की अनुमति देते हैं। यह ऐसा है जैसे वह बच्चा उन्हें पुनः खेलना सिखा रहा हो; उन्हें अपने खोये हूए पुराने कौशल के बारे में याद दिलाते हुए, और उन्हें अपने अंदर के बच्चे से पुनः जुड़ने में मदद करते हूए।

नर्स बेट्टी की वजह से, मुझे खुद भी ऐसी ही एक प्रक्रिया का अनुभव हुआ। उन्होंने मुझे अपने भीतर के बच्चे से पुनः जुड़ने में सहायता की।

इन सबकी शुरुआत एक नाज़ुक़ प्रश्न से हूई:

"तुम मरना क्यों चाहते थे?" उन्होंने मुझसे पूछा।

मैं रुका।

एक गौरैया ने अपने प्रेमी के लिए गाना गाया।

मैंने नर्स बेट्टी की गहरी, सहानुभूतिपूर्ण आँखों में देखा। वो आँखें जो सितारों जितनी सफ़ेद थीं। और फिर मैंने उत्तर दिया:

"क्योकि मैं, मैं नहीं बन सकता," मैंने कहा। "समाज इसकी इजाज़त नहीं देगा।"

नर्स बेट्टी ने अपने होंठ को काटा।

"मैं केवल आज़ाद होना चाहता हूँ। सामाजिक दबावों से आज़ाद। जो मैं हूँ वो बनने के लिए आज़ाद। मेरा वास्तविक रूप। मेरा एगोट।"

"तुम्हारा एगोट?"

"अपना वास्तविक रूप बनने के लिए मुक्त। अपने अंदर की आवाज़ को सुनने के लिए मुक्त। खुश रहने के लिए मुक्त।"

नर्स बेट्टी ने सिर हिलाया।

"तुम खेलना चाहते हो, है ना, मेरे प्यारे?" उन्होंने पूछा।

मैंने कंधे उचका दिए।

मेरा शरीर उत्सुक था मगर मेरा दिमाग उलझन में था। मुझे समझ नहीं आ रहा था की 'खेलना' शब्द से नर्स बेट्टी का क्या मतलब था। मेरे लिए, खेलना, मतलब संरचित गतिविधि में भाग लेना था।

जैसे जिम में व्यायाम करना या रेस्तरां में भोजन करना। वैसी चीज़ें जो वयस्क करते हैं जब वे अपने गंभीर व्यावसायिक काम को ख़त्म कर लेते हैं। मैं बच्चों की तरह

खेलने के बारे में नहीं सोच रहा था। उस तरह की किसी चीज़ में हिस्सा लेने की इच्छा को स्कूल में ही मेरे अंदर से निकाला जा चुका था।

"चलो," नर्स बेट्टी ने आगे कहा। "चलो, चलो, मेरे प्यारे।"

उन्होंने बिस्तर से उठने में मेरी मदद करी और मुझे गलियारे में ले आयीं। लेकिन वे गलियारे में केवल चल कर नहीं पहूंची थीं। अरे नहीं। वो कूदी थीं। वो उस गलियारे तक किसी पांच साल के बच्चे के उल्लास के साथ उछलते-कूदते हूए आयी थीं।

और मैं भी शामिल हो गया! प्रिय पाठक, मैं वास्तव में उस हॉल में तक कूदता हूआ गया था! मेरी छोटी-सी आवाज़ ने कहा, 'क्या बकवास है!' और मैं जब बच्चा था, उसके बाद से अब पहली बार उछला-कूदा था। मैंने अपने पैरों को आगे की ओर झुलाया और युवाकाल के पूरे उल्लास के साथ हवा में उछला।

हम हाथ पकड़ कर, साथ कूदे, जैसे की हम स्कूल के खेल के मैदान में हों।

हम व्यस्त डॉक्टरों, बीमार मरीज़ों और चकराए हूए आगंतुकों के पास से कूदे।

हम आनंद के साथ दांत निकालते हूए हँसे जब स्लाइडिंग दरवाज़ें (फिसलते दरवाज़े) खुले, मानो जैसे जादू से। और हम बाहर घास की तरफ़ दौड़ गए, जहाँ हमने अपने जूते-मोज़े उतार दिए।

पैरों के नीचे घास की वो अनुभूति! वह मिलावट रहित जादू! वह पवित्र अमृत!

उन रोएँदार हरे गुच्छों द्वारा मेरे पैरों की मालिश की गयी थी। मेरे तलवों ने उस मुलायम हरे कालीन को चूमा। मेरी एड़ियां उस आनंदपूर्ण गलीचे में डूब गयीं।

प्रकृति माँ ने मेरे नंगे पैरों पर गुदगुदी की। जीवित पृथ्वी ने मेरी थकी हुए देह को सहलाया। सदियों के टुकड़ों ने मेरी परतदार त्वचा को सोख़ लिया था।

बारिश शुरू हो गयी।

हमने नाचना शुरू कर दिया।

हमने हाथ पकड़े और गोल-गोल घूमने लगे, जबकि स्वर्ग के देवताओं के आँसू हमारी नश्वर त्वचा को सहला रहे थे।

वह क्रिस्टलीय अमृत मुझे दूर किसी और ही दुनिया में ले गया। वह ताज़गीभरा था। प्राणपोषक। वास्तविक।

मेरा दिल ज़ोरों से धड़का।

मेरे गलों पर रंग लौट आये।

मेरी छोटी-सी आवाज़ आनंद से चिल्लाई।

और बारिश ने एक मंत्रमुग्ध कर देने वाले इंद्रधनुष को रास्ता दिया।

मैं उसे घूरता रहा। मैं मुँह-खुला रह जाने और आँखें-फटी रह जाने वाले आश्चर्य के

साथ उस चीज़ को एक-टक देखता रहा। बच्चों के समान आश्चर्य। आनंदमय विस्मय।

बैंगनी बहूत ही उज्ज्वल था! नीला बहूत ही नम्र था! लाल बहूत ही वास्तविक था!

जैसे की मैं पहली एक इंद्रधनूष देख रहा था, उसे देखकर मैं आश्चर्य से भर गया। वह मूझे इतना जादूई प्रतीत हो रहा था। इतना रहस्यमय।

आपको याद होगा की एक बार पहले भी मूझे ऐसा महसूस हूआ था। गलफ़ुल्ले स्मिथ के साथ मेरी तलवारबाज़ी के ठीक पहले, मैंने बाहर एक इंद्रधनूष को देखा था और बिलकूल यही अनूभव किया था। मैं उस इंद्रधनूष का पीछा भी करना चाहता था।

लेकिन मूझे सालों तक उस तरह महसूस नहीं हूआ था। मैं इंद्रधनूष को नीरस मानता था, एक वैज्ञानिक तथ्य; आसानी से नज़रअंदाज़ किया हूआ और सरलता से भूला दिया गया। जिस दिन मैं गिरफ़्तार हूआ था, उदाहरण के लिए, मैं उस इंद्रधनूष से पूर्ण रूप से बेख़बर था जो मेरे ऊपर था। मेरे लिए, उस वक़्त, वो ध्यान देने योग्य नहीं था।

वो सब बदल गया।

मैंने अपनी आश्चर्य की समझ को फिर से खोज लिया था।

मेरी चिपचिपी आँखें उस इंद्रधनूष की सूंदरता की दावत उड़ा रही थीं। मैंने उन रंगों को निगल लिया था, उन कोहरे दार रंगों को पी लिया था, और उस शानदार चमक को गुटक लिया था।

मेरे अस्तित्व में ऊर्जा लौट आयी थी।

मेरी त्वचा में तंदूरुस्ती लौट आयी थी।

नर्स बेट्टी ने मेरा हाथ पकड़ा। उनकी खूरदूरी त्वचा ने मेरे हाथों को सहलाया।

"वहां पर एक एल्फ़ (कल्पित बौनों) का परिवार रहता है," उन्होंने कहा।

मैं हँसने वाला था। सचमूच, स्वाभाविक हँसी मेरी जीभ तक पहूंच गयी थी। लेकिन वो उससे आगे नहीं बढ़ पायी। मेरी अभी-अभी खोजी हूई आश्चर्य की समझ ने उसे नियंत्रित कर लिया, नष्ट कर दिया और निष्कासित कर दिया।

उस क्षण में, मैं विश्वास कर सकता था। मैंने अपने दिमाग से स्ट्रेटजैकेट निकाल दिया था। और मैं एक पूर्णतः नयी रोशनी में दूनिया को देखने के लिए तैयार था। मैं कारणों की बाध्यताओं से मुक्त होने और खुद को अनंत संभावनाओं की दुनिया को सौंपने के लिए तैयार था।

"वे उन पेड़ों की जड़ों के नीचे विशाल गूफाओं में रहते हैं," नर्स बेट्टी ने आगे कहा। "वो लाल यूनिफॉर्म और नोकदार टोपियाँ पहनते हैं। और जो भी बादाम, अखरोट, मूंगफली, और छोटे फल वो जमा कर पाते हैं उससे वे विस्तृत दावत पकाते हैं।"

"वो किस तरह के व्यंजन बनाते हैं?"

"ओह, हर तरह के, मेरे प्यारे! हर तरह के! क्रैनबेरी गाज़पाचो। एकोर्न कूस्कूस। स्टिंगिंग-नेटल पाई। वे इस तरह के स्वादिष्ट व्यंजन बनाते हैं जिनके बारे में हम इंसान सपने में भी नहीं सोच सकते।

"वाह! यह मज़ेदार लगता है!"

"यकीनन!"

"हमें उनसे एक विधि के बारे में पूछना चाहिए।"

"ठीक है। चलो ऐसा करते हैं!"

नर्स बेट्टी मुझे पतले लम्बे पेड़ों के एक झुंड के पास ले गयी। घने देवदारों ने अपनी ग्रन्थियुक्त भुजाओं को हमारे ऊपर ताना हूआ था। उलझी हुई जड़ें हमारी एड़ियों में चिकोटी काट रहीं थीं। पत्ते हमारे पैरों के ऊपर रेंग रहे थे।

"हमे एल्फों को बुलाना होगा," नर्स बेट्टी ने मुझे बोला। उनका पथरीला चेहरा, जो वक़्त के साथ मुरझा गया था, वह बच्चो जैसे भोलेपन से प्लावित हो गया था। "हमें उन्हें इस तरह से बुलाना होगा:

"एल्फ़ी! एल्फ़ी! कहाँ हो तुम एल्फ़ी?"

नर्स बेट्टी ने मेरी तरफ़ देखा। उनकी उस गलफ़ुल्ली हँसी से उनका चेहरा भर गया था। वो मुँह दबाकर हँसी और फिर उन्होंने आगे कहा:

"अब तुम करके देखो, मेरे प्यारे।"

मैंने हाँ में सिर हिलाया। और, एक बच्चे के मार्गदर्शन में चलते हुए किसी व्यस्क की तरह, मैंने पूर्ण रूप से अपना संकोच खो दिया था।

मैंने उन एल्फों को आवाज़ लगाई! मैंने उनके लिए गाना गाया। मैंने उन्हें पेड़ों के नीचे की झाड़-झाड़ियों में तलाशा। और, जब मुझे पत्तों के झुंड के नीचे कुछ तीव्र गति से चलता दिखा, मैंने बुलाया 'एल्फ़! एल्फ़! एल्फ़!'

मैं मान चुका था की वह एल्फ़ है। मेरे इस दावे के समर्थन के लिए कोई सबूत नहीं था, लेकिन मैंने इस पर विश्वास कर लिया। मैंने विश्वास किया!

हमने जश्न मनाया। हमने ताली बजायी। हम ताली बजाते रहे। मात्र ताली बजाना जी बहूत अच्छा लग रहा था।

हम गले मिले। हमारे बीच से बिजली पारित हो गयी। वो मानव संपर्क आनंद के एक बड़े हिस्से की तरह अनुभव हूआ।

और हम हँसे। हम ज़ोरों से हँसे। हम सकारात्मक रूप से खिलखिलाकर हँसे। ज़ोरदार हँसी के बाद ज़ोरदार हँसी। कड़ाकेदार अट्टहास्य ने हमें आश्चर्यचकित कर दिया। और दिली ठहाकों ने हमें लोट-पोट होने पर मजबूर कर दिया।

वह बहुत अद्भुत अनुभव था।

हम हँसे और फिर और भी ज़्यादा हँसे। हम हँसने की ख़ातिर हँसे। हम मुस्कुराने की ख़ातिर मुस्कुराये। और हम चीख़ने की ख़ातिर चीख़े:

'आ-उऊ! आ-उऊ! आ-उऊ!'

एक भेड़िये ने वापस चिल्लाया।

एक पक्षी ने साथ में गाना गाया।

एक ख़रगोश नाचा।

एक पेड़ लहराया।

एक इंद्रधनुष मुस्कुराया।

अट्ठाइस

नर्स बेट्टी मुझे बाहर प्राकृतिक वातावरण में खेलने, उछल-कूद करने ले जाती थीं, हर सुबह और हर दोपहर। हमने सांता क्लॉज, दन्त परी और उन बौनों, जो रात में ज़िंदा हो जाते हैं, के बारे में बात की। हमने हवा में गाना गया। और हम बारिश के नीचे नाचे।

उस अद्भुत महिला ने वाकई में मुझे अपने अंदर के बच्चे से पुनः जुड़ने में मदद की।

लेकिन मेरे अंदर का बच्चा अभी भी केवल बच्चा ही था। मुझे अभी भी उसका पालन-पोषण करने की ज़रूरत थी। मुझे अभी भी उसे पूरी तरह से उसे विकसित कर एक भीतरी-वयस्क बनने में मदद करने की ज़रूरत थी।

मुझे पता ही नहीं था की यह कैसे करना है।

फिर मैंने अकाला का एक गाना सुना 'गेट एड्केटेड'। (वही गाना जो तब बज रहा था जब मैं गिरफ्तार हूआ था)। आप उस गीत के बोल को याद कर सकते हैं जो मैंने इस किताब की शुरुआत में लिखे है।

वैसे भी, वहां एक पंक्ति थी जिसने मुझे सोचने पर मजबूर कर दिया:

'भूल जाओ उन्होंने आपको स्कूल में क्या सिखाया। शिक्षित हो जाओ।'

मैंने उस गाने को हज़ार बार सुना होगा, लेकिन वे शब्द कभी मेरे दिमाग में दर्ज ही नहीं हूए। उस क्षण तक तो नहीं।

उस क्षण में सब कुछ स्पष्ट दिखाई देने लगा था। वह सब समझ आ रहा था। मुझे एहसास हूआ की स्कूल की तरफ़ मेरी अप्रसन्नता या मेरे गुस्से का कारण, वो शिक्षा नहीं थी जो मुझे वहां से प्राप्त हूई। मैं इस बात की सराहना करता हूँ की मुझे वहां लिखना और पढ़ना, जोड़ना और घटाना सिखाया गया। नहीं, मेरे गुस्से के जन्म का कारण था मतारोपण/मत-शिक्षण। मैंने उसके ख़िलाफ़ विद्रोह किया, बेशक मैंने उसके ख़िलाफ़ विद्रोह किया, लेकिन मैंने कभी भी शिक्षा के ख़िलाफ़ विद्रोह नहीं किया था।

'बीप! बोप! बीप!'

'मैं नियमों से खिलवाड़ करने को नहीं कह रहा। शिक्षित हो जाओ।'

इस एक पंक्ति से अकाला ने मुझे यह समझने में मदद की है की शिक्षा विद्रोही हो सकती है। शिक्षा विद्रोह का सबसे शुद्ध रूप हो सकती है। यह मिलावट रहित विद्रोह हो सकता है!

और, इस वजह से, यह मुक्ति प्रदान करने वाला हो सकता है:

'बीप! बोप! बीप!'

'उनकी गुलामी की ज़ंजीरें तोड़ो। शिक्षित हो जाओ।'

मुझे एहसास हूआ की मुझे शिक्षित होने की ज़रूरत थी। वाकई शिक्षित। मुझे खुद को शिक्षित करना होगा।

तो मैंने नर्स बेट्टी को मेरे लिए पुस्तकालय से कुछ किताबें लाने को कहा। और जब वे पुस्तकें आयीं, मैंने खुद को उनके प्यारे, पुराने पृष्ठों में डुबो दिया। मैंने उन सभी मनोवैज्ञानिक अवधारणाओं के बारे में पढ़ा जिनका परिचय मैं पहले ही आपसे करवा चुका हूँ।

मैंने नेचर डेफ़िसिट डिसऑर्डर के बारे में पढ़ा। और मुझे एहसास हूआ की मैं अकेला नहीं था। की एक भरी हूई कक्षा या निष्प्राण ऑफ़िस के अंदर ज़बस्दस्ती बैठाये जाने पर, फंसा हूआ महसूस करना स्वाभाविक था। की दुनियाभर के, बच्चे और मज़दूरों ने भी यही महसूस किया था। की उन्होंने भी बाहर प्राकृतिक वातावरण में रहना पसंद किया था।

मैंने स्टेनली मिलग्राम के प्रयोग के बारे में पढ़ा, जिससे मुझे मेरी प्राधिकरण के लिए अधीनता को समझने के लिएं मदद मिली।

मैंने सोलोमन ऐश के काम के बारे में पढ़ा, जिससे मुझे यह समझने में सहायता मिली की किस तरह सहकर्मीयों के दबाव ने मुझे प्रभावित किया था।

और मैंने ऑप्टिमिस्म बायस या आशावादी पक्षपात के बारे में पढ़ा, जिससे मुझे यह समझने में मदद मिली की मैं क्यों वह सब करता चला गया, जबकि वह सब करना तर्कहीन था।

लेकिन जिसने मुझे सबसे ज़्यादा प्रभावित किया वह था ऑपरेंट कंडीशनिंग के बारे में पता चलना। वह वास्तव में आँखे खोल देने वाला था। उसने मुझे यह समझने में मदद की, कि किस तरह मेरे हेडमास्टर, शिक्षक, माता-पिता सभी ने मुझे उनके अनुरूप ढालने के लिए षड्यंत्र रचा था। किस तरह से उनके दंड और पुरस्कारों ने मुझे मेरे वास्तविक रूप को नकारने, एगोट को मारने और अपने भीतर के बच्चे को बंद करने के लिए मजबूर किया था।

मुझे लगता है की, यही, मेरी समस्याओं का मूल कारण था।

और इसलिए मैंने यह निष्कर्ष निकाला की मुझे वहां से शुरुआत करनी होगी। मुझे अपनी ऑपरेंट कंडीशनिंग के हानिकारक प्रभावों को पूर्ववत करना होगा। मुझे एगोट को पुनः जीवित करना होगा।

लेकिन यह, प्रिय पाठक, करने से ज़्यादा कहना आसान था। हाँ, मैंने मासूमियत, आश्चर्य, विस्मय, आनंद, संवेदनशीलता और चंचलता जैसी अपनी बाल-क्षमताओं की

पुनः खोज कर ली थी। लेकिन मैंने पुनः इतिहास नहीं लिखा था। सच यह था की कई, कई वर्षों तक एगोट को नकारा, उपेक्षित, अपमानित, त्यागा और अस्वीकार किया गया था। उसे सामाजिक दबाव की ज़मीन के नीचे दफ़ना दिया गया था। उसका शरीर मिट्टी में मिल चुका था।

मैंने उसे पुनः अस्तित्व में लाने की कोशिश की। ईमानदारी से, मैंने कोशिश की! मैंने अपनी आँखों को साथ में बंद किया, अपने होंठों को दाँतों तले कस कर दबाया, और अपनी सारी ऊर्जा अपने दिमाग पर केंद्रित कर दी। मैंने एगोट की एक मानसिक तस्वीर पर ध्यान केंद्रित किया। मैंने एगोट को बुलाया। मैंने एगोट की वापसी के लिए प्रार्थना तक की। हाँ, सही सुना। मैंने, यू शॉडकिन, जिसने अपनी ज़िन्दगी में कभी भी अपनी मर्ज़ी से किसी भी चीज़ के लिए प्रार्थना नहीं की थी, उसने वास्तव में एगोट के लिए प्रार्थना की!

लेकिन, अफसोस, इससे कोई फ़र्क़ नहीं पड़ा। एगोट जा चुका था और वो वापस नहीं आने वाला था। मुझे उसके बिना ही आगे बढ़ना था।

खैर, उस दुखद निष्कर्ष पर पहूंचने के बाद, मैं नर्स बेट्टी की लाओ त्ज़ू वाली किताब पर वापस लौटा। और, उसके अच्छी तरह से अलटे-पलटे हूए पृष्ठों में खुद को दफ़न कर दिया, मुझे प्रेरणा मिली। मुझे उम्मीद मिली। मुझे दिशा मिली।

लाओ त्ज़ू के शब्द मुझे वाकई समझ आये। वे मेरे प्राकृतिक तरंग दैर्ध्य पर स्पंदित हो रहे थे।

जैसे की यह पंक्ति, उदाहरण के लिए; 'मुक्त कर देने से यह सब किया जा सकता है। दुनिया उन लोगों द्वारा जीती जाती है जो मुक्त कर देते हैं। जब आप बार-बार कोशिश करते हैं, तो विश्व जीत के परे हो जाता है'।

इससे ज़्यादा सच्चे शब्द कभी नहीं कहे गए होंगे!

मुझे एहसास हूआ की मैंने अपना पूरा जीवन कोशिश करते हूए बिता दिया था। बार-बार, बार-बार कोशिश करते हूए। वो विद्यार्थी बनने की कोशिश करते हूए जो मेरे शिक्षक चाहते थे। वो बेटा बनने की कोशिश करते हूए जिसकी अभिलाषा मेरे माता-पिता को थी। वो कर्मचारी बनने की कोशिश करते हूए जिसकी ज़रूरत मेरे बॉस को थी। सफल होने की कोशिश करते हूए, सर्वोत्तम बनने की कोशिश करते हूए, पुरस्कार पाने की कोशिश करते हूए। एक पदोन्नति पाने, वेतन में बढ़ोतरी पाने और अपना खुद का घर खरीदने की कोशिश करते हूए।

इन सब से कोई फ़र्क़ नहीं पड़ा। मैंने 'बार-बार कोशिश' की लेकिन 'विश्व जीत के परे था'।

वह मिथक जो हमारे समाज ने बनाया है, की 'तुम्हे वो सब कुछ मिल सकता है जब तक तुम कोशिश करते रहते हो', मुझे बिलकुल बेतुका लग रहा था। अपने श्रेष्ठ रूप में यह केवल एक भ्रम है और अपने सबसे खराब रूप में यह जानबूझकर बनाया गया ढकोसला है ताकि हम, लोगों के लिए काम करते रहे।

मेरे लिए, लाओ त्ज़ू सही कह रहे थे। मुझे यह समझ आ गया था। मुझे समझ आ गया की मुझे 'मुक्त कर देना' होगा। या फिर, जैसे लाओ त्ज़ू कहते हैं, मुझे 'सरलता प्रकट करने, सादगी का आलिंगन करने, स्वार्थ को कम करने और कुछ इच्छाएं रखने' की ज़रूरत थी। क्योकि 'वह जिसे पता है की पर्याप्त पर्याप्त है। उसके पास हमेशा पर्याप्त होगा'। वो 'दुनिया जीत जायेगा'।

उन्तीस

"तो फिर चले, मेरे प्यारे," नर्स बेट्टी ने कहा। स्ट्रीट लाइट की चमक उनकी गहरी-काली त्वचा पर प्रतिबिंबित हो रही थी। सवेरे की हवा उनके पथरीले चेहरे की झुर्रियों को सहला रही थी।

नर्स बेट्टी ने मेरा सॉलिटरी बैग (थैला/झोला), जिसके अंदर मेरी ज़िन्दगी की सारी संपत्ति थी, उनकी ज़ंग लगी पुरानी गाड़ी की चरमराई हुई डिक्की में रख दिया। उन्होंने गाड़ी में चाबी लगायी, उसे घूमा दिया, और पीछे अपनी धूल-भरी सीट पर टिक-कर बैठ गयीं।

वो ज़ंग लगी हुई पुरानी धूल-भरी गाड़ी पुनः जीवित होकर दहाड़ी। वह बाएं से दाएं हिली। वो आगे से पीछे की ओर कंपकपाई। और फिर वह आगे की ओर झटके से बढ़ी।

हम शहर की घुमावदार सड़कों से रेंगते हुए गए; सफ़ेद इमारतों, सफ़ेद आसमान और सफ़ेद लोगों के पास से गुज़रते हुए। और हालाँकि हमें ट्रैफिक-लाइट की कभी न ख़त्म होने वाली श्रंखला के आगे रुक कर इंतज़ार करना पड़ा, तब भी ऐसा लग लगा था की हम एक वास्तविक प्रगति कर रहे थे। ऐसा लग रहा था जैसे हम शहर की रोबोट वाली पकड़ से आज़ाद हो रहे थे।

हमने आख़िरकार कर दिखाया। अंततः हम विशुद्ध हरियाली की भूमि पर पहुंच गए थे। एक भूमि जिसे आप शायद 'ग्रामक्षेत्र' या 'जंगल' कहें, लेकिन जिसे मैं 'प्राकृतिक आवास' कहना पसंद करूँगा।

हम उन अनोखी और सुन्दर गलियों में सांप की तरह बलखाते हुए चले जो प्राचीन पत्थर की दीवारों से संलग्न थी। हम घास के मैदानों और समय से भी पुराने पेड़ों के पास से गुज़रे। हम कीचड़ वाली उस पगडंडी पर फिसले जो एक गरम फ़ज-संडे (एक प्रकार की आइस-क्रीम) जितनी ही गरम और चिपचिपी थी। और हम पानी की छोटी-सी नदी से लुढ़कते हुए निकले।

हवा में स्वतंत्रता का स्वाद था। घास की सुगंध अपने आप में ही जीवन की तरह लग रही थी। और पक्षियों ने प्रेम के गीत गाये थे।

नर्स बेट्टी ने भी उन पक्षियों के साथ गाना गाया था। और मैंने भी! हमने जितना हो सकता था उतनी ज़ोर से गाया। हमारे फ़ेफ़डे ताज़ी हवा से और हमारी आत्माएं मधुर लय से भर गए थे। इससे मुझे आज़ाद महसूस हुआ था। इससे मुझे परिपूर्ण महसूस हुआ।

प्रिय पाठक, मैं इस अवसर पर इस बात का जिक्र करना चाहूंगा की मैं उस दिन मेरी

सहायता करने के लिए, नर्स बेट्टी के प्रति कितना कृतज्ञ था। उन्हें यह करने की ज़रूरत नहीं थी। वो इसके लिए बाध्य नहीं थीं। लेकिन फिर भी उन्होंने मेरी सहायता करी।

हे भगवान, मुझे वो महिला पसंद थी! मैं उनसे प्यार नहीं करता था। मुझे उनके शरीर की अभिलाषा नहीं थी। मेरे दिल में उनके लिए कोई प्रेम प्रसंगयुक्त भावनाएं नहीं थीं। लेकिन मैं उनके लिए एक पवित्र, निःस्वार्थ तरह का प्रेम अनुभव करता था। एक दयालु किस्म का प्रेम। उस तरह का प्रेम जिसे प्राचीन यूनानी 'अगापे' कहते थे।

खैर, नर्स बेट्टी सड़क से नीचे उतरीं और नृत्य करते सुगन्धित पेड़ों के झुंड से लहराते हुए निकलीं।

हम एक खाली जगह पर पहूंचे; जंगल का खुला हूआ मैदान जो एक ओस से ढकी हुई सुबह की तरह ताज़ा था। वह अत्यलंकृत था। वह मोह लेने वाला था।

मैंने साँस ली। और सामने अपने नए घर की ओर देखा।

आपके लिए, प्रिय पाठक, वह परित्यक्त झोपड़ी शायद जहाज़ के मलबे के समान हो। पत्थरों का एक ढेर। लेकिन मेरी लिए वह जन्नत थी। वह स्वप्न की तरह थी। उसमे चार पत्थर की दीवारे थी, बहूत सारी लकड़ियां, और प्रकृति के उपहारों का प्राचुर्य था।

मेरी छोटी-सी आवाज़ ने राहत की साँस ली।

मुझे आख़िरकार महसूस हूआ की मैं यहाँ से सम्बंधित था।

यह ऐसा है जैसा लाओ त्ज़ू कहते हैं; 'एक संत का जीवन दो तरह का होता है: वो दुनिया में सभी लोगों के द्वारा सम्मानित किया जाता है, अपना सिर लहराते हुए एक फूल की तरह, या फिर वह एक शांत जंगल में गायब हो जाता है'।

खैर, मुझे मेरा 'शांत जंगल' मिल गया था, और मैं उसमे 'गायब' होने वाला था।

मैं तब से अब तक यहीं हूँ।

तीस

नर्स बेट्टी ने 'अलविदा' कहा और मैं काम पर लग गया।

मैंने छत की मरम्मत की, उस लकड़ी का इस्तेमाल करके जो एक बाहरी दीवार के सहारे लगी हूई थी, और मैंने यहाँ चारों ओर बिखरी हूई पत्थर-गिट्टी का उपयोग कर एक छोटा-सा चूल्हा बना लिया था। वह झोपड़ी एक घर बन गयी थी। वह घर से ज़्यादा बन गयी थी। मेरे लिए, वह एक महल था, एक आश्रय और एक शरण-स्थल।

बारिश का पानी उन जगहों से टपका जिनके अस्तित्व के बारे में मुझे एहसास ही नहीं था। हवा ने सीटी बजायी। वह घूमी और उसने उथल-पुथल मचाई। लेकिन मैंने परवाह नहीं की। मैंने चाव के साथ उस बारिश को पी लिया। और मैंने उस सुहावनी, मधुर हवा को अपने अंदर सोख़ लिया।

मैंने वो सब कुछ अपने अंदर लिया और मुस्कुराया।

कितना अद्भुत! कितना सुन्दर! कितना मनोहर!

अंततः मुझे एहसाह हुआ की मैं यहाँ से सम्बंधित हूँ। जैसे की मैंने अपना स्वाभाविक राज्य ढूंढ लिया हो।

मेरी पूरी ज़िन्दगी प्रकृति की लय के साथ बढ़ना और बहना शुरू हो गयी थी।

जैसे की लाओ त्ज़ू कहते हैं; 'प्रकृति कभी जल्दबाजी नहीं करती, फिर भी सारी चीजें पूरी हो जाती हैं'।

मैंने भी 'जल्दबाजी' नहीं की। मैं अपनी झोपड़ी में रोज़ छोटे-छोटे सुधार करता था। मैंने थोड़ा यहाँ किया और थोड़ा-सा वहां। और, वक़्त रहते, 'सारी चीजें पूरी हो गयी थीं'।

मैंने कूड़े में पड़ी लकड़ी का उपयोग कर एक टेबल और कुछ कुर्सियों का निर्माण किया। मैंने पानी को इकठ्ठा करने के लिए नालियों का निर्माण किया। मैंने एक प्राकृतिक शौचालय खोदा। और मैंने एक छोटी-सी पवन चक्की का निर्माण किया जो मेरे लैंप को बिजली प्रदान करती थी।

नर्स बेट्टी मेरे लिए एक गद्दा और कुछ बीजे लायी थीं।

मैंने अपने घर का अंतिम परिष्करण किया और फिर मैदान में काम करने लगा, जहाँ मैंने वो सारे बीजे बो दिए जो मुझे लगा की पनप जायेंगे।

मैंने स्वादिष्ट साग, कुरकुरी सब्जियां और रसीले टमाटर उगाये; जीवंत जामुन, उत्सुक फलों के पेड़ और हार्दिक दालें।

मैंने खुद को जीवित रहना सिखाया। लकड़ी को आग में कैसे बदलते हैं, गेंहू को आटे में कैसे बदलते हैं, और पौधों को औषधियों में कैसे बदलते हैं। खाना कैसे ढूंढते हैं; खाने

लायक बेर और मशरुम को कैसे पहचाना जाता है। अखरोट को कैसे सुखाया जाता है, कॉफ़ी को कैसे भुना और चावल को कैसे अलग कर निकाला जाता है। ताज़े खाने को कैसे पकाया, सुखाया, नमक लगा कर संग्रहित किया जाता है और कैसे उसका अचार डाला जाता है। और योग एवं ध्यान जैसी आध्यात्मिक कसरत कैसे की जाती है।

मेरी पूरी ज़िन्दगी प्राकृतिक थी। मेरी पूरी ज़िन्दगी प्रकृति के खुद के साथ ही गुथ गयी थी, जुड़ गयी थी।

प्रकृति ने मुझे खिलाया। प्रकृति ने मुझे आज़ाद किया। और प्रकृति ने मुझे विचारशील बनाये रखा।

कृपया मुझे समझाने की अनुमति दें...

आपको याद है जब मैंने कहा था की मुझे स्कूल में फंसा हूआ महसूस हुआ था, गलफुल्ले स्मिथ के साथ मेरी तलवारबाज़ी के ठीक पहले? मैंने यह लिखा था:

'मैं अंदर फंसा हूआ था और स्कूल का दम घोंट देने वाला वातावरण मुझे परेशान कर रहा था। देखिये, मैं एक पंछी हूँ; मुझे आज़ादी से उड़ने की ज़रुरत है। मुझे मेरा एकांत और आज़ादी चाहिए... लेकिन मैं उस मेज़ के पीछे बैठने को मज़बूर था; उन चार असंवेदनशील दीवारों में कैद और अपने शिक्षकों के सर्वशक्तिमान अधिकारों का गुलाम... मुझे बस स्वाभाविक अनुभव नहीं हो रहा था। मुझे सही नहीं लग रहा था।'

खैर, यह एक आवर्तक भावना थी जो मेरे साथ चिपकी रही, एक खून भरी नस से चिपके हूए जोंक की तरह, मेरे पूरे युवाकाल के दौरान। वह एक छिद्रान्वेषी भावना थी। एक सर्वव्यापी टीस जिसने मुझे अकेला छोड़ देने से इंकार कर दिया था।

लेकिन, प्रिय पाठक, उस भावना ने मुझे उस वक़्त अकेला छोड़ दिया था जब मैं जंगल में रहने के लिए गया था।

मेरे खुले मैदान ने मुझे 'आज़ादी से उड़ने' की अनुमति दी थी। उसने मुझे मेरा 'एकांत और आज़ादी' दी थी। उसने मुझे अपने स्कूल की उन 'चार असंवेदनशील दीवारों' और अपने वरिष्ठों के 'सर्वपक्षीय प्राधिकरण' से मुक्त कर दिया था।

वो पेड़ जिनसे मैं घिरा हूआ था, वह दीवारे नहीं थे। वे छिद्रित थे। उनके बीच की जो जगह थी वह एक निरंतर बदलते हूए आश्चर्यलोक के दरवाज़े थे। एक आश्चर्यलोक जो मुझे हर दिन आश्चर्यचकित करता था।

और मेरा कोई बॉस नहीं था।

लेकिन यह कहना गलत होगा की मैं खुद का बॉस बन गया था, अपने खुद का मालिक। मैं खुद पर हूक़्म नहीं चलाता था। मैं खुद को आदेश नहीं देता था। मैं खुद को यह नहीं बताता था की क्या करना है।

मैं बस प्रकृति के साथ विलीन हो गया था।

मैं सूरज के साथ उठा। मैं हवा के ऊपर बहा। मैंने समय अंदर खींचा। और अंतराल को बाहर छोड़ा।

मैंने शांति को अपनाया, जो सिर्फ एक अलार्म घड़ी द्वारा भंग किया जाता था, जिसके बारे में मैं यह पता नहीं कर पाया की वो कहाँ है:

'बीप! बीप! बीप!'

एगोट कभी लौट कर नहीं आया। और मुझे इस बात की ख़ुशी थी। मुझे उसकी ज़रूरत नहीं थी। मुझे अपनी ज़रूरत नहीं थी। मैंने अपने स्वयं की समझ खो दी थी; वह पहचान की ,वैयक्तिकता की समझ, जिसकी युवावस्था में मुझे बहुत लालसा थी।

मेरी छोटी-सी आवाज़ शांत हो गयी थी।

अब मैं खुद को एक वैयक्तिक की तरह नहीं देखता था; दुनिया से अलग एक पृथक वस्तु। मैंने खुद को एक बहुत अधिक बड़े संपूर्ण के हिस्से के रूप में देखा था। महासागर में एक बूँद की तरह, जो खुद महासागर से अविभाज्य थी। एक असीम आकाशगंगा में एक सितारा। संयुक्त। अभाज्य। एक।

मैं प्रकृति था और प्रकृति मैं।

मैं एक पक्षी था, एक जानवर और एक कीड़ा।

मैं एक नाचता हुआ पेड़ था।

मैं एक उलझी हुई झाड़ी था।

मैं एक तारों से जड़ा, चमकदार आकाश था।

मैं शुद्ध नील का एक अनंत गुंबद था।

लेकिन, प्रिय पाठक, मैं अकेला नहीं था, नहीं।

नर्स बेट्टी हर थोड़े महीनों में मुझसे मिलने आती थीं। कभी-कभी, वो मेरे लिए ऐसी चीज़ें लाती थी जो उन्हें लगता था मुझे चाहिए होंगी। उन्होंने बदले में कभी कुछ नहीं माँगा। वह आत्मा की गहराईयों तक दयालु और उदार थीं।

एक बार, वह मेरे लिए एक कुत्ता लायी, 'क्लॉउडी'; एक मैली कुचली बूढ़ी लैब्राडोर जिसके साथ उसके पुराने मालिक द्वारा दुर्व्यवहार किया गया था। क्लॉउडी मेरी सबसे अच्छी दोस्त बन गयी। मैं उसकी ऐसे देख-भाल करता था जैसे वो मेरे स्वयं की बेटी हो। वह मेरी निःस्वार्थ इच्छाओं का एक महान केंद्र बन गयी। और, मेरी ही तरह, हमारे प्राकृतिक वातावरण के कारण उसमें भी फिर से जान आ गयी थी।

और कुछ महीने बीत जाने के बाद एक हलके नारंगी रंग की बिल्ली हमसे आकर जुड़ गयी थी। मैंने उसका नाम 'बेट्टी' रखा। मुझे कोई अंदाजा नहीं है की बेट्टी कहाँ से

आयी थी। वो बस अचानक आ गयी और उसने हमे गोद लेने का निर्णय कर लिया। उसका स्वागत था- हमें उसके साथ की क़द्र थी।

हमे अभी भी है। वह एक अजीब बिल्ली है। वह सब्ज़ियों के आहार पर जीवित रह कर खुश है। और वो घंटों बारिश में बीता देती है बिना डरे, बिना हिले, बिना हटे। वह ऐसी प्रतीत होती है जैसे ध्यान कर रही हो। लेकिन फिर मुझे लगता है की ज़्यादातर बिल्लियां अजीब होती हैं, जब आप इस बारे में सोचते हैं। मेरा अनुमान है की वे विभाजन व्यक्तित्व की होती हैं। वह इस बारे में अनिश्चित है की स्वयं को शिकारी समझा जाए या शिकार; बेशर्म और साहसिक बना जाये, या डरपोक और सेहमी हुई।

वो पक्षी जो हमारे साथ थे वे इतने उलझन में नहीं थे। वे शाखाओं पर बैठते और अपने दिल में जो है वो गाते थे। मैं उनमें शामिल हो गया। क्लॉउडी भी।

कभी-कभी हमारे यहाँ फ़ुदकते हुए खरहे या उछलते हुए ख़रगोश आया करते थे। हमने लोमड़ी और गिलहरी, रीछ और साँप को देखा। यहाँ तक की हमने मोर भी देखा।

तो मेरे पास वह सब था जो मैं चाहता था और उससे ज़्यादा भी। मेरे पास खाना और आश्रय था। मेरे पास साथी थे। मेरे पास शांति थी।

और, इस तरह की ज़िन्दगी का निर्माण करते हुए, मेरा मानना है की मैंने अपने भीतर के बच्चे का पालन-पोषण किया था।

एक बार फिर, कृपया मुझे समझाने की अनुमति दें...

मैंने इस किताब की शुरआत में आपको एक कहानी सुना कर बहलाया था, जिसमें मेरी शिक्षिका, मिस ब्राउन ने, जंगलियों के बारे में बताया था:

'एक जंगली व्यक्ति किसी जानवर की तरह होता है', उन्होंने कहा। 'वो न कपड़े पहनता है, न किसी घर में रहता है, न पढ़ता है और ना ही काम करता है। वह अपनी मूल इच्छाओं का अनुसरण करता है; खाना, पीना और प्रजनन करना... उसकी कोई महत्वाकांक्षा नहीं होती है... वह जीवित रहने के लिए कम से कम कार्य करता है। और वह अपना ज़्यादातर वक़्त सोते या खेलते हुए बिता देता है।'

इसने, आपको याद होगा, मुझे वाकई आकर्षित किया था। मैंने यह लिखा था:

'ऐसा लगा जैसे मैं अचानक किसी अतिमानव की प्रजाति से टकरा गया। मुझे, वो जंगली लोग, देवताओं की तरह प्रतीत हो रहे थे। मुझे एक बार में पता चल गया की मुझे भी इनमें से एक बनना है। मैं अपनी ज़िंदगी में किसी भी चीज़ को लेकर इतना निश्चित नहीं था।'

जंगलियों के बारे में जानने पर, मैंने पहली बार एगोट की बात सुनी थी। मैंने उपद्रव मचाना शुरू कर दिया था, यह मान कर की मैं खुद भी एक जंगली हूँ।

बेशक, मैं एक जंगली नहीं था। लेकिन जो उस समय सच था, वह तब भी सच था जब मैं जंगल में आया था। मैं खाना, पीना और सोना चाहता था। मैं खेलना चाहता था। लेकिन मैं काम नहीं करना चाहता था। मैं व्यर्थ की महत्वाकांक्षाओं की बेड़ियों में कैद नहीं होना चाहता था।

वर्षों तक मैं उन वास्तविक ज़रूरतों के बारे में भूल गया था। वर्षों तक मैं उन झूठे लक्ष्यों का पीछा करता रहा जो दूसरों द्वारा मुझ पर थोपे गए थे।

मैं उन नौकरियों के लिए कठोर परिश्रम करता रहा जो मुझे वास्तव में चाहिए ही नहीं थीं, बिना यह सोचे की यह कितना अनुत्पादक है। जैसे की लाओ त्ज़ू कहते हैं; 'अपना प्याला पूरा भर ले और वो छलक जायेगा। अपने चाकू की धार लगातार तेज़ करते जाओ और वो कुंद हो जायेगा'।

मैं पदोन्नति के लिए प्रयास करता रहा, बिना यह सोचे की एक प्रबंधक का पद कभी मुझे परिपूर्ण नहीं कर पायेगा। जैसे की लाओ त्ज़ू कहते हैं; 'वो जो दूसरों को नियंत्रित करता है शक्तिशाली हो सकता है, लेकिन वो जो खुद को क़ाबू कर लेता है वह ज़रूर पराक्रमी होता है'।

और मैं वेतन-वृद्धि का इंतज़ार कर रहा था, बिना यह एहसास किये की पैसा मुझे अमीर नहीं बना सकता। जैसा की लाओ त्ज़ू कहते हैं; 'वो जो संतुष्ट है धनवान है'।

फिर भी मैं वहां था, अपने जंगल के मैदान पर, एक जंगली की तरह जीवन जीता हुआ।

या शायद, मुझे कहना चाहिए की मैं एक 'प्राकृतिक मनुष्य' की तरह जीवन जी रहा था। (क्योंकि 'जंगली' एक अपमानजनक शब्द है)।

मैंने अपने भीतर के बच्चे का भरण-पोषण कर दिया था। मैंने उसे वह सब कुछ दे दिया था जो उसे हमेशा से चाहिए था; जैसे की आज़ादी, जगह, और प्रकृति। और मैंने उसे उन सभी चीज़ों से मुक्त कर दिया था जो उसे कभी नहीं चाहिए थीं; चीज़े जैसे की नौकरी, महत्वकांशा और लालच।

मैं एक इल्ली रहा हूँ, लेकिन मैं एक तितली बन गया था।

मैं एक बीज रहा हूँ, लेकिन मैं एक फूल बन गया था।

मेरे भीतर का बच्चा बड़ा होकर मेरे भीतर का व्यस्क बन चुका था। मैं अपना वास्तविक स्वरुप बन चुका था। मेरा असली स्वरुप। मैं एक बन गया था।

उपसंहार

मुझे जंगल आये हूए सात वर्ष बीत चुके हैं, और यहाँ मेरे वक़्त ने मुझे सोचना का अवसर दिया है। अपनी स्थिति को निष्पक्ष रूप से आंकने के लिए। और, जबकि मैं अभी यह नहीं कह सकता की मैं एक ठोस निष्कर्ष पर पहूंच पाया हूँ, मेरे पास ऐसे कुछ विचार है जिन्हे मैं आपके साथ साँझा करना चाहता हूँ, प्रिय पाठक, इससे पहले की हम अपने-अपने रास्ते चले जाएँ। मुझे उम्मीद है की यह शिथिल बकवास आपके विचारों को थोड़ा भोजन प्रदान करेगी...

अपने शुरूआती कुछ सालों की ओर देखते हूए यह कहना ठीक रहेगा की मैं खुश था। इतना खुश जितना मैं पहले कभी भी नहीं हूआ था। मुझे एक वास्तविक प्रकार के आनंद का अनुभव हुआ था, जो की मुझे आशा है इसके पहले वाले अध्याय में स्पष्ट हो गया होगा।

वह आनंद दो पृथक कारणों का परिणाम था:

पहला कारण सकारात्मक था। मुझे एक प्राकृतिक लय मिल गयी थी। मैं प्रकृति के साथ एक हो गया था; स्वतंत्र और जुड़ा हुआ दोनों, सम्पूर्ण और एक अधिक बड़े सम्पूर्ण का हिस्सा।

दूसरा कारण नकारात्मक था। मैं एक अभिमानी समाज से भाग आया था, जो अत्यधिक दबावों, हद से ज़्यादा अपेक्षाओं से परिपूर्ण था। मुझे ऐसा लगा जैसे एक बहुत ही भारी-भरकम वज़न मेरे नाज़ुक कन्धों से उतार लिया गया था।

खैर, यह कहना बिलकुल सच होगा की मुझे प्रकृति के साथ एक महसूस हूआ। मैं अभी भी सूरज के साथ उठता हूँ, ज़मीन से जीता हूँ, और संसारिक प्रवाह के साथ बढ़ता और बहता हूँ।

लेकिन इस बात का उल्लेख न करना मेरी लापरवाही होगी की मेरी मुक्ति का उत्साह ख़त्म हो चुका है। यह सच है की अब मुझे अपने कन्धों पर बोज महसूस नहीं होता है। लेकिन मुझे वो राहत अब महसूस नहीं होती जो उस वक़्त हूई थी जब यह भार पहली बार उतारा गया था। मुझे स्वतंत्र महसूस नहीं होता। मुझे कुछ भी ज़्यादा महसूस नहीं होता।

शायद, इस वक़्त, मुझे लाओ त्ज़ू की एक और कहावत का उल्लेख करना चाहिए। (मुझे उम्मीद है की मैंने आपको उस शख्स के प्रति अपने जूनून से उबाया नहीं होगा):

'निवास करना हो तो, ज़मीन के निकट रहे। सोचने में, सरलता रखें। झगड़े में, निष्पक्ष एवं उदार रहें। शासन में, नियंत्रण रखने की कोशिश ना करें। काम में, वो करें

जिसमे आनंद आये। परिवार में, पूरी तरह से उपस्थित रहे।'

खैर, मैं निश्चित रूप से ज़मीन के करीब रहता हूँ और मैं निश्चित रूप से अपना जीवन सरल रखता हूँ। मैं अपने काम का आनंद लेता हूँ, यदि आप उसे 'काम' कह सके जो मैं करता हूँ। मेरे कोई झगड़े नहीं हैं और मैंने कभी शासन नहीं किया है। इसलिए मैं लाओ त्ज़ू के छह में से पांच बक्सों को चिह्नित करता हूँ।

लेकिन क्या मैं पूर्ण रूप से अपने पारिवारिक जीवन में उपस्थित हूँ? स्पष्ट रूप से नहीं! मैं इससे ज़्यादा निकाला नहीं जा सकता।

मेरा परिवार मेरे बचपन के पड़ोस में रहता है। मैं यहाँ इस जंगल में रहता हूँ। हमारे बीच में मीलों का फ़ासला है, लेकिन शायद एक पूरी आकाशगंगा जितना फ़ासला भी हो सकता है। मुझे ऐसा लगता है, जैसे हम दो बिलकुल अलग-अलग सतह या ग्रहों पर रहते हैं।

और इससे एक और सवाल उठता है: 'क्या कोई वाकई में खुश रह सकता है, अनिश्चित काल के लिए, अकेलेपन में रहने के बावजूद?'

शायद कुछ अजीब जीव रह सकते हैं। लेकिन हम मनुष्य सामाजिक प्राणी हैं। हमे साहचर्य चाहिए। हमे प्रेम चाहिए।

मुझे अपने समाज और अपने बीच में से किसी एक का चुनाव करने के लिए मजबूर किया गया था। मैंने खुद का चुनाव किया। और मुझे उसका बिलकुल भी पछतावा नहीं है। मैं बस सोचता हूँ की काश मैं एक ऐसी दुनिया में जन्मा होता जहाँ वो चुनाव करना ज़रूरी नहीं होता। मैं उस छोटे-से समाज से प्यार करता हूँ जिसका मैंने यहाँ निर्माण किया है। मुझे अपने कुत्ते और बिल्ली के साथ समय बिताना पसंद है। मुझे नर्स बेट्टी से उन दुर्लभ अवसरों पर मिलना पसंद है जब वो आती हैं। लेकिन मुझे अभी भी एक अच्छे इंसानी समाज में रहने की लालसा है; एक ऐसा समाज जो मुझे अपने वास्तविक रूप में स्वीकारे।

मुझे वो पक्षी गीत पसंद है जो मेरे फुदकने, उछलने और कूदने को संगीत देता है। लेकिन मुझे अभी भी इंसानी हँसी की अद्वितीय स्वर-संगति की लालसा है। दूसरे मनुष्य के उल्लास के सौहार्दपूर्ण, बेहिचक स्वर को सुनने की लालसा। एक दूसरे को गले लगाने के सुखद एहसास की, उन जीवंत हलके-फुल्के आनंदपूर्ण वार्तालापों की, और एक साझा भोजन के साथ होने वाले कर्कश राग की लालसा।

मुझे ठंडी रात का आरामदायक आकर्षण और एक नम दिन का उदास आलिंगन पसंद है। मुझे प्रकृति के साथ अपना सम्बन्ध पसंद है। मगर प्रकृति भी निर्मम हो सकती है! मैं कभी-कभी एक अच्छी तरह से निर्मित घर के आराम के लिए तरसता हूँ। ऐसा घर

जो असहनीय रूप से ठंडा या गरम, गीला या संवृतिभीत नहीं होता है। एक ऐसा घर जिसमें एक बाथरूम या शॉवर या किताबों का एक अच्छा खंड हो।

कभी-कभी मैं खुद से पूछता हूँ, 'क्या मुझे वाकई में यही चाहिए था?'

और मैं उस सवाल का जवाब नहीं दे पाता हूँ। मुझे नहीं पता। मुझे नहीं पता। मुझे बस नहीं पता।

तो चलिए कोई दूसरा सवाल पूछते हैं जिसका मैं जवाब दे पाऊँ; 'क्या मैं प्रबोधन तक पहूंच गया हूँ?'

इस वाले का जवाब एक अटल 'ना' है। मुझे यह निश्चित रूप से पता है। मैं शायद कभी प्रबोधन तक न पहूंच पाऊं। मुझे तो निश्चित रूप से यह तक पता नहीं है की 'प्रबोधन' का कोई अस्तित्व है भी या नहीं। (हालाँकि अगर इसका अस्तित्व है, और मैं इसे प्राप्त कर पाया, तो मैं यकीनन आपको बताऊंगा)।

तीसरा सवाल; 'क्या मुझे ऐसा कोई भी शरीर से बाहर का अनुभव हुआ है, जहाँ मैं आज़ाद था और बीथोवन बज रहा था?'

दुर्भाग्य से, मुझे एक बार फिर 'ना' कहना होगा। असल में, मैं तो इस बात पर भी सवाल उठाना शुरू कर चुका हूँ की, क्या मुझे ऐसा कोई भी अनुभव कभी हूआ भी था? व्यक्ति की याददाश्त चकमा दे सकती है; पिछली घटनाओं पर निराशा का रंग लगाते हूए, और रोज़मर्रा के अनुभावों पर एक ऐसी जादुई रंगत फ़ैलाते हूए जिसका कभी कोई अस्तित्व ही नहीं था। शायद मैं कभी अपने शरीर से मुक्त हूआ ही नहीं था। शायद मैं सिर्फ विद्रोह के सुहावने अमृत के नशे में था; मेरी अस्थायी मुक्ति के द्‌वारा मदहोश और एक बेहतर जीवन की ख़ोज के ख़ुमार में चूर। मुझे नहीं पता। मुझे बस नहीं पता। आपको खुद इसका फैसला लेना होगा।

इससे पहले की हम अलग हो जाये, एक आखिरी प्रश्न; 'क्या मैं खुश हूँ?'

इस वाले का जवाब स्पष्ट नहीं है। शायद इसका जवाब 'हाँ' है, या शायद इसका जवाब 'ना' है। किसे पता? मेरा मतलब, वैसे भी 'ख़ुशी' असल में है क्या?

मैं काफ़ी बार खुश होता हूँ। कभी-कभी मुझे एक चरम सीमा के सर्वव्यापी तरह के आनंद का अनुभव होता है। बाकि समय मुझे ज़्यादा सूक्ष्म तरह की ख़ुशी का अनुभव होता है जो कई दिनों तक टिकी रहती है। मुझे अभी भी स्वयं को प्रकृति के साथ एक महसूस करता हूँ। लेकिन मैं इंसानी समाज से पृथक भी महसूस करता हूँ।

कभी-कभी मैं उदास होता हूँ। कभी-कभी मुझे अकेलापन महसूस होता है।

मुझे बस इतना पता है की अभी मैं जितना खुश हूँ उतना खुश मैं पहले कभी नहीं था। मैं अपनी प्राकृतिक आवृत्ति पर स्पंदित हो रहा हूँ। मैं शांत हूँ। मेरा मन स्थिर है।

और, मेरे लिए, इतना पर्याप्त होगा। यह वो जीवन है जिसमें मैं समायोजित हो रहा हूँ। यह बेहतर हो सकता है, लेकिन यह और बुरा भी हो सकता है। मैं अपने हिसाब से चीज़े कर रहा हूँ, और यह सही लग रहा है।

लेकिन यह एक बड़ा रहस्योद्घाटन नहीं होना चाहिए; किसी प्रकार का गहन दार्शनिक सत्य। और यह एक सबक भी नहीं होना चाहिए। मैं आपसे प्रार्थना करता हूँ, प्रिय पाठक, मेरे पदचिह्नों पर न चले। आपको ज़िंदगी में अपने खुद के रास्ते पर चलना होगा। आपको पता करना होगा की आपके लिए क्या उचित है। और कोई भी नहीं, न आपके माता-पिता, न आपके शिक्षक, और निश्चित रूप से न मैं, कोई आपको नहीं बता सकता की यह कैसे करना है। आप, प्रिय पाठक, अपने खुद के सर्वश्रेष्ठ शिक्षक हैं। आपके खुद के अनुभव आपको सबसे अच्छे सबक प्रदान करेंगे, जितने आपको कभी या कही और नहीं मिलेंगे।

जैसा की लाओ त्ज़ू कहते हैं; 'हिमश्वेत हंस को स्वयं को सफ़ेद बनाने के लिए नहाना नहीं पड़ता। न ही आपको कुछ करना है सिवाए वो बने रहने के जो आप हैं... अपने अस्तित्व के केंद्र में आपके पास सभी जवाब हैं; आपको पता है आप कौन हैं, और आपको पता है आपको क्या चाहिए'।

और उन ज्ञानपूर्ण शब्दों के साथ, अब हमे विदा लेना चाहिए।

अलविदा प्यारे मित्र!

अपने पथ पर जितना हो सके उतनी अच्छी यात्रा करना।

वो इंसान बनना जो आपको हमेशा से बनना है।

'बीप! बीप! बीईईईईईईईईईईईईईईईईईईईईप!'

शिष्यों ने यीशु से कहा:
"हमे बताइये की हमारा अंत कैसा होगा?"
और यीशु ने उत्तर दिया:
"क्या तुम शुरुआत की खोज पहले ही कर चुके हो जो अब तुम अंत के बारे में पूछ रहे हो? जहां शुरुआत है, वहां अंत भी होगा।
"सौभाग्यशाली वो है जो शुरुआत में खड़ा होगा। उसे अंत पता होगा। और वो मौत का स्वाद नहीं चखेगा।"

द गॉस्पेल ऑफ़ थॉमस

(वर्स फ़ोर्टीन)

जॉस शेल्डन द्वारा...

ऑक्युपाइड

"साहित्यिक उपन्यास का एक अद्वितीय टुकड़ा" - द एग्ज़ामिनर

"जॉर्ज ऑरवेल की 1984 से भी ज़्यादा डार्क" - ए एक्स एस

"स्पष्टवादी और बैचेन कर देने वाली" - फ्री तिब्बत

"शैली-पर्दाफाश" - पाक एशिया टाइम्स

"अवश्य पढ़ना चाहिए" - बज़फ़ीड

कुछ लोग व्यवसाय के तहत रहते हैं।
कुछ लोग खुद को व्यस्त कर लेते हैं।
कोई भी आज़ाद नहीं है।

एक ऐसी दुनिया में कदम रखें जो जादुई रूप से काल्पनिक और आश्चर्यजनक रूप से वास्तविक दोनों है, तम्सिन, ऐली, अरुण और चार्ली के जीवन का पीछा करें; एक शरणार्थी, मूल निवासी, ठेकेदार और आर्थिक प्रवासी। उन्हें निराश अतीत, रोज़मर्रा वर्तमान और मनहूस भविष्य के दौरान बढ़ते हुए देखिये। और आश्चर्यचकित होने के लिए तैयार रहें।

फिलिस्तीन, कुर्दिस्तान और तिब्बत के व्यवसायों, और और पश्चिम के कॉरपोरेट कब्ज़े द्वारा प्रेरित, 'ऑक्युपाइड' एक समाज की डरावनी झलक है जो आराम से ज़्यादा परिचित नहीं है। यह वाकई में साहित्यिक उपन्यास का एक अद्वितीय टुकड़ा है...

जॉस शेल्डन द्वारा...

इन्वोलुशन एन्ड इवोलुशन

ए राइमिंग एंटी-वॉर नावेल

"पृष्ठ-दर-पृष्ठ शानदार रूप से बहती है"

"महान, रोमांचक और ज्ञानप्रद"

"त्वरित-पुस्तक और लयबद्ध"

यह अल्फ्रेड फ्रीमैन की कहानी है, एक लड़का जिसने वो सब किया जो वो कर सकता था; मानव जाति की सेवा करने के लिए। उसने पांच हज़ार युवाओं को भोजन कराया, मरहम किया - बचाया - और - पीड़ा कम की; और बदनामों को बचाया। वह पक्षाघात से ग्रस्त लोगों को अच्छा महसूस करने में, पानी को वाइन में बदलने में मदद करता है; और अंधों को दृष्टि देता है।

जब पहला विश्व युद्ध पास आ जाता है, तो उसका देश डर से घिर जाता है; और इसलिए अल्फ्रेड खड़ा होता है। वह युद्ध का विरोध और शांति की मांग करता है, पुलिस की अवज्ञा करता है; और देश भर में बोलता है। वह भाषण देता है, और वह उपदेश देता है; ऐसे बयानों का उपयोग कर जो बहुत विशाल लगते है।

लेकिन प्राधिकारी जवाबी हमला करते हैं, और एक शक्तिशाली हमले को प्रारंभ करते हैं; जो घृणा-उपद्रव-और-तिरस्कार से भरा है। अल्फ्रेड को फांसी की सज़ा से धमकाया जाता है, और उसे उत्पीड़न सहना पड़ता है; जो उसे दर्द से कराहता हुआ छोड़ देता है। वह जीवित रहने, ज़िंदा बचने के लिए संघर्ष करता है; शांत रहने और विचारशील रहने के लिए।

'इन्वोलुशन एन्ड इवोलुशन' कविता की सर्वोत्कृष्ट रचना है, एक सन्देश के साथ जो वक़्त के माध्यम से गूंजता है; हम तुम्हारे दिमाग के अंदर घुस जायेंगे। रंग-बिरंगे पात्रो और काव्य-स्वभाव के साथ, यह आधुनिक युद्ध की एक कठोर आलोचना है; और उसके सारे खूनी रक्तपात की। इस उपन्यास में वो है जो पहले कभी कहा नहीं गया है, यह आश्चर्यजनक है; और इसे वास्तव में पढ़ा जाना चाहिए।

यदि आपको यह पुस्तक पसंद आयी, तो कृपया एमेज़न और गूडरीड्स जैसी वेबसाइट पर समीक्षा जरूर छोड़े। जॉस शेल्डन के पीछे एक पेशेवर विपणन टीम नहीं है - उन्हें अपनी पुस्तकों के बारे में प्रचार-प्रसार करने के लिए आपकी सहायता की ज़रूरत है!!!

www.ingramcontent.com/pod-product-compliance
Lightning Source LLC
LaVergne TN
LVHW100319210926
848480LV00003B/1187

* 9 7 9 8 2 3 5 2 1 3 8 7 6 *